LA FILLE
DU SAULNIER

DU MÊME AUTEUR

LA FEMME BUISSONNIÈRE, Jean-Jacques Pauvert, 1971.
LA DERNIÈRE FEMME DE BARBE-BLEUE, Grasset, 1976.
LA MARIE-MARRAINE, Grasset, 1978.
LA GUENON QUI PLEURE, Grasset, 1980.
L'ÉCUREUIL DANS LA ROUE, Grasset, 1981.
LE BOUCHOT, Grasset, 1982.
LE TOURNIS, Grasset, 1984.
JARDINS-LABYRINTHES (avec Georges Vignaux), Grasset, 1985.
CAPITAINE DRAGÉE, Grasset, Pauvert, 1986.
LE DIABLE BLANC (le roman de Calamity Jane), Flammarion, 1987.
LA GARDE DU COCON, Flammarion, 1987.
LE CHÂTEAU D'ABSENCE, Flammarion, 1989.
COMTESSE DE SÉGUR, NÉE SOPHIE ROSTOPCHINE, Grande Biographie, Flammarion, 1990.

PRIX-DISTINCTIONS :

GRAND PRIX DES LECTRICES DE « ELLE » 1978 pour *La Marie-Marraine*, adapté à l'écran sous le titre *L'Empreinte des géants* par Robert Enrico.
PRIX DU LIVRE INTER 1983 pour *Le Bouchot.*

LE LIVRE DE POCHE :

LA MARIE-MARRAINE
LE BOUCHOT
LE TOURNIS

J'AI LU :

LE DIABLE BLANC
LA GARDE DU COCON
LE CHÂTEAU D'ABSENCE

DIVERS :

SCÉNARIOS ORIGINAUX (TF1, FR3), PIÈCES RADIOPHONIQUES, ARTICLES, CONFÉRENCES.

HORTENSE DUFOUR

LA FILLE DU SAULNIER

roman

BERNARD GRASSET
PARIS

Pour Georges

N'est-ce pas la patience
que je cherche

(Graffiti sur la pierre, à Brouage)

PROLOGUE

LA POUDRIÈRE SAINT-LUC

Le jour de sa naissance, à Brouage, Casilda perdit sa mère. Sa nourrice, Symphorienne, consacra sa vie à l'enfant et à la maison. Située au pied d'un rempart de la ville contre la poudrière Saint-Luc, elle appartient au père de Casilda, le saulnier Modeste Gorge-Bleu. L'activité du saulnier ne consiste pas seulement au recueil du sel. Il fabrique aussi la poudre. Modeste Gorge-Bleu est le petit-fils, par sa mère, du maître poudrier Jean Pontoise. Son ascendance paternelle ne comporte que des saulniers. La poudre et le sel ont ainsi fait leur union dans la vie du saulnier.

La Révolution française n'a pas interrompu le trafic de la poudre à Brouage. Le directoire du district de Marennes, sous l'ordre du citoyen Galmier Loizeau, a ordonné d'en attribuer deux cents livres à la municipalité de Soubise. La poudre sera répartie dans les différents villages alentour. La municipalité de Saint-Just, à elle seule, en recevra quinze livres. Les navires, *Les Deux Associés* et *Le Washington*, auront droit à plusieurs barils entreposés aux magasins Saint-Luc et de la Brèche. Modeste Gorge-Bleu est responsable du précieux dépôt, au service de l'Etat.

Casilda parle peu à son père. Depuis le décès de Barbe, son épouse, on ne le voit guère sourire. Modeste est sévère et bon. Levé à l'aube, il part vers ses marais bien avant le réveil de la petite. Un jour sur deux, du printemps à l'automne, paludiers et mules s'activent au sel. L'autre partie du temps est consacré à la poudre. Modeste confie son marais à vingt-neuf paludiers. Il trouve toujours le temps d'aller voir si aires et mulons prennent bonne forme. Neuf ouvriers (en général des paludiers), dans l'épaisse bâtisse, sont au service de la poudre. Brouage, ses diverses activités, ont toujours été soumis au ressac de l'Atlantique. L'océan active les moulins. La production s'arrête en été. Elle dépend des rentrées de salpêtre. Tout s'achève en septembre, y compris la vente du sel.

Sur les bosses du marais, le saulnier a le droit de cultiver légumes et luzerne. La charrue n'a aucun secret pour ses mains. La tête d'attelage où s'enchaînent la rasette et le coutre va bon train, il manie habilement, au bout de chaque sillon, le bisoc réversible et le versoir. Symphorienne connaît tout de la terre. Elle aide, si besoin est, le saulnier. Ils savent, au centimètre près, les frontières de leurs labours, qu'ils soient maritimes ou agricoles. Les terres appartiennent au timonier Hippolyte Canavéral. Le saulnier est son métayer unique et favori. Pour ses affaires, le Timonier écrit directement à Modeste Gorge-Bleu. Les lettres commencent toujours par ces mots « Mon saulnier ». Modeste en signe les réponses par « Votre saulnier ». Quelquefois il commence l'écrit par « Mon maître ». Cette tradition vient de si loin que les bouleversements récents n'y ont rien changé. Saulnier et propriétaire se rendent réciproquement les comptes des marais, de la terre et de l'océan. L'océan n'est qu'une terre de plus que l'on force, que l'on implante, qui exsude le fin coquillage. Symphorienne et le saulnier sont ce bloc courbé vers la tourbe dont ils recueillent le meilleur. Casilda, toute enfant, les accompagne. Assise à l'ombre d'un fin berceau de roseaux construit par Symphorienne, elle regarde le va-et-vient de son père et sa nourrice jusqu'au crépuscule. Elle préférerait rejoindre les paludiers et les cobiers salés. Elle aime tant le soleil en éclats étincelants au fond des cristallisoirs! ... Règne ici une paix sauvage, à peine troublée par le cri de l'huîtrier pie, du faucon crécerelle, le hennissement des mules rétives, les Ho! ho! des enfants qui les tirent vers la baie où attendent les gabares, barques plates, pour le chargement.

L'activité du saulnier l'éloigne du logis. Il n'y revient qu'à la nuit. La demeure est austère, voûtée, toute en pierres massives. Les cinq pièces ressemblent aux alvéoles d'un magasin militaire. Lieu conçu pour abriter des soldats, des vivres, des armes et non des femmes. Le saulnier s'est réservé la chambre du fond, celle de ses noces jadis, avec Barbe, chambre où naquit Casilda et s'éteignit sa mère. Il aime cette grotte fermée aux verrous et bornes de bois. Quand la poudre est prête à sa livraison, le saulnier en devient la vigie, comme il est la vigie de sa propre peine. Nul n'ose entrer dans cette pièce quand y repose la poudre. Pourtant, il reste encore à la fenêtre taillée en meurtrière les blancs rideaux en calicot bordés de dentelles. Les rideaux de Barbe. Le blanc de la chair de Barbe, insensible sous ses baisers. Le blanc de son deuil. Y avait-il une grande différence entre ce visage livide et clos lors de leur première nuit et celui que la mort lui avait composé ?

Un jour d'avril, Hippolyte-le-Timonier était venu voir le saulnier, nanti de haute autorisation pour ravitailler son navire *Les Deux Associés*. Il y avait longtemps qu'il n'avait revu la fille du saulnier, Casilda, âgée seulement de treize ans, mais si belle qu'il fut transporté d'une grande passion...

Un autre comparse accompagnait le Timonier. Le citoyen Loizeau, du directoire de Marennes. Lui aussi avait remarqué la jeune fille.

Elle tissait, les yeux baissés, de fins rideaux en dentelles. La grande salle, austère et sombre, étincelait de propreté. Casilda y met en chaque saison les fleurs du jardin de Symphorienne. L'hiver, Casilda mêle la branche de houx au perce-neige. Le citoyen Loizeau convoitait l'enfant. Il la demanderait à son père pour ses quinze ans. Le père ne disait rien, il baissait la tête sur le registre des comptes. Ces deux hommes représentent le pouvoir, l'un est le maître des terres, l'autre n'épargne aucun citoyen de sa police.

– Allez dans votre chambre, ma mie, dit le saulnier.

La petite obéit aussitôt. Le père s'était aperçu qu'elle tremblait légèrement sous le regard du Timonier. Le procureur Loizeau semblait lui inspirer une grande crainte.

– Maître Saulnier, montrez-nous la poudre! ordonna sèchement le magistrat.

Les femmes n'ont pas l'autorisation de pénétrer dans la poudrière Saint-Luc ni celle de la Brèche. Une porte, plus lourde et cloutée que celle d'un antique tombeau, en barre l'entrée. Le sel, la poudre, dit Modeste, sont l'or de nos terres, de notre peine qui nous tient courbés et vigilants d'un bout de l'année à l'autre. Même pendant ces temps de violence, nous nous rendons au marais. Nous sommes des sortes de marins du sol. Qui peut bien nous retenir sinon les fièvres ou la mort? La poudre, le sel sont nos puissants passe-droit. Le saulnier se souvient d'un temps si proche où tonnait le canon des bleus, où des cris et des gémissements sortaient du couvent des Récollets bouclé sur les ennemis de la révolution. Le saulnier allait quand même, tirant ses mules. Il retrouvait les aires que parfois la marée avait inondées, saccagées. Les rites immuables menaient ses adeptes. Le saulnier se détachait des événements. Le sel l'adoubait mystérieusement. Les sentinelles disaient toujours: « Passe! » au saulnier et ses comparses. « Passe! » et le canon tonnait, et il y avait des grincements de dents, et les navires appareillaient, sans cesse menacés par les Anglais.

La fabrication de la poudre ressemble à une sorte d'apothéose du sel. Il y faut plusieurs semaines.

Casilda entend le déroulement des diverses opérations. Coups des mortiers, activité des pilons énormes de la machine, engrenages en tenailles destinés à broyer et mélanger le charbon bien humecté. Des hommes noirs, luisants de sueur, ajoutent salpêtre et soufre. Une énorme matrone, La Fuie, est embauchée. Sa taille, sa force inouïe, la barbe de son menton ne la font pas considérer comme une femme. Un sac l'ensache jusqu'aux chevilles. Une créature venue d'ailleurs à l'extraordinaire visage d'éléphante. Elle sent la paille, l'alcool, le sang, le fumier, le sperme, la poudre, les cristaux de sel. Deux mamelles en outres géantes cascadent à chacun de ses mots. Quand elle rit, elle effraye. A son passage, les femmes rassemblent les enfants autour de leurs jupes. Son regard est plus profond que les eaux d'un puits. Elle blasphème, injurie, emploie les mots infâmes des hommes ivres. Une bonté hors d'âge gît au fond de cette cuve de chair et d'insultes. La fille du saulnier le sait. Elle sait la poigne généreuse quand La Fuie se penche sur l'enfant du paludier qui tremble des fièvres, chancelant sous la corvée. Sel aussi lourd que la pierre ! La Fuie prend alors tout à son compte, l'enfant, le sel, la fièvre. Elle le ramène à sa cabane en roseaux. La force de La Fuie ! Elle a toujours fait peur aux hommes. Abandonnée à sa naissance, au pied d'une tour à coupoles et lanternons – « La Fuie » – dans le marais de Saint-Agnan, la nourrissonne, à la limite de la bête, avait été trouvée au pied de ce vaste colombier par un garde-vigne. Il la ramena sur son mulet jusqu'à Brouage. Etait-ce l'enfant d'une fille accouplée à un chien ? Le garde-vigne avait hésité. Tuer cet être femelle d'un coup de fourche ? Il n'osa pas. La cité non plus. Ils la baptisèrent, firent d'elle une servante, une vachère, une souillon, une bête. Sa taille, rapidement croissant, impressionna le pays. On la surnomma « La Fuie ». Elle fut halée pour toutes les tâches herculéennes. Elle aida, lors des épidémies, à tirer entre ses bras poilus la charrette des morts. Elle ouvrait elle-même les fosses, dans l'enclos éloigné de Saint-Froult. Elle effectuait les basses besognes qui repoussent les hommes. Elle lavait la Forge, consolidait les remparts avec les ouvriers pierriers. Quand éclataient des disputes, ils n'avaient pas toujours le dessus...

Tous se souviennent de La Fuie portant à même son dos les cailloux énormes. On craint son coutelas, glissé dans une lanière à son cou. La Fuie fait partie des éléments redoutés de la ville et de la terre : l'océan, la pierre, la grêle, la vase, le salpêtre, les bêtes enragées, la poudre...

Le saulnier Gorge-Bleu mesure avec attention le salpêtre. La Fuie et Labrachoulie-le-Laboureur, autre géant, amalgament le mélange à la main. Ils plongent le bras jusqu'au coude dans cette boue noire et jaune. Elle a tant brûlé leur peau qu'ils ne ressentent plus rien. Cinq à six hommes les aident ensuite à pilonner ce brouet. Le rythme est de soixante coups à la minute. Parfois, on manque d'eau. Les petits moulins sont actionnés à la main. Le grand moulin est la mécanique indispensable au tournoiement des éléments. Il est situé près de l'écluse. Pour l'atteindre, les hommes du saulnier sont accompagnés par la sentinelle. La charrette surchargée est tirée par La Fuie et Labrachoulie. On ménage les mules pour la récolte du sel.

L'écluse sert de lien entre les avant-fossés du rempart et le chenal de Boivin. Les fossés, réserve d'eau, sont remplis pendant le flux. On peut y travailler à marée basse. Le moulin est une belle machine, toute en ferrures. La grande roue est montée sur un arbre à seize pilons, deux batteries s'enfoncent, pourvues de mortiers, dans deux poutres d'ormeaux. Cette œuvre avait été jadis confiée au maître poudrier Jean Pontoise. Modeste Gorge-Bleu en avait hérité. Cela avait fait de lui, outre son métayage dans le marais du Timonier, un citoyen aisé et respecté. Casilda, sa fille unique, épouserait sans doute un bourgeois de Marennes ou de Rochefort-sur-Mer. Qui obtiendra la fille du saulnier ? Le redoutable citoyen Loizeau ou l'ardent Timonier ?

Mais la petite baisse vers la croix à son cou un furtif et fervent regard où dansent des paillettes d'or. Au mercredi des Cendres, elle baise le sol, la croix. Et le saulnier de trembler.

Casilda était entrée une fois dans la poudrière Saint-Luc.

Le battement des machines perçait l'ouïe, les odeurs faisaient pleurer, tousser et cracher. La poudrière, cependant, recelait du sacré, magasin celant ce trésor gris sombre... Du sel de mort, en quelque sorte. La poudrière est voûtée, capable de résister à n'importe quel boulet de canon. Le saulnier voulait montrer à Casilda – un enfant ne compte pas ; c'est ce qu'il leur dirait si on venait l'arrêter pour avoir osé honorer Dieu et ses saints – l'engrangement de 60 000 livres de poudre. La petite avait franchi avec son père, fier de sa rude moisson, le mur de protection. La sentinelle s'était écartée. Le saulnier avait introduit la clef géante dans la porte aussi massive que la muraille. Casilda crut d'abord pénétrer dans une immense cave à vins. Sur des cadres en bois s'alignaient des centaines de barils.

– C'est la poudre, dit le saulnier à mi-voix.

Il semblait pénétrer dans un sanctuaire.

Ils marchèrent en silence sous les quatre arcboutants, jusqu'à l'autre extrémité où se trouvait une seconde porte identique. Il l'ouvrit sur un passage voûté.

– Toujours la poudre.

Les tonneaux, à eux seuls, créaient une muraille infranchissable. Casilda se sentit presque mal. Son père dut la ramener au plus vite à la lumière.

– Qu'avez-vous, ma mie ? dit la nourrice.

La petite l'éveillait désormais la nuit, effrayée de mauvais songes.

– La Poudre... N'y a-t-il donc que ce dieu dans les cœurs de pierre ? La poudre est-elle la salure de l'âme des hommes ?

– Dormez, ma mie. La poudre n'est point l'affaire des enfants, ni des femmes. Demain nous irons au jardin, nous louerons encore le jour, ses dons, la terre, sa rutilance. Nous oublierons la poudre et la guerre. Nous aimerons...

Elle désignait, sans en dire davantage, la petite croix d'or au cou de Casilda qui finissait par se rendormir. Dans la maison obscure, les rêves l'assaillaient à nouveau. L'ombre fantastique des choses sur la muraille, la lune basse, à travers la meurtrière, étaient la Poudre, ni cendre, ni sel, mais une bête redoutable, scellée dans la pierre immobile et silencieuse.

LE JARDIN DE SYMPHORIENNE

Symphorienne est la sœur aînée de Barbe, la défunte épouse du saulnier. Pour élever Casilda, Symphorienne a renoncé à sa vocation, la vie religieuse.

Barbe... aux os désormais plus légers que ceux des passereaux.

La ferme où vivaient les deux sœurs et le laboureur était non loin du marais au sel de Modeste Gorge-Bleu. Une ferme humble entre toutes, basse, aux volets jaunes, bien lotie d'un puits, d'un jardin et d'un verger, entourée de marais.

Le saulnier ne manquait jamais, dans ses visites à dos de mule, d'y faire un détour, de s'enquérir du laboureur et ses filles, d'offrir ses services, d'admirer éperdument la beauté de Barbe... Le saulnier aimait cette enfant qui baissait les yeux à son arrivée.

Veuf, mélancolique, le laboureur sentait ses forces décliner. Un jour, il parla longuement au saulnier qui avait demandé la main de Barbe quand elle aurait quinze ans. Le laboureur fit promettre à Symphorienne de remettre, en son temps, l'enfant au saulnier de Brouage. Symphorienne promit. Le laboureur se laissa enfin aller à son dernier repos. Ses filles seraient en sécurité. Un sourire paisible flotta sur sa bouche définitivement close. Symphorienne avait tout pris en charge. La maison, la petite terre, le jardin et l'éducation de Barbe. Barbe, de vingt ans sa cadette, était davantage sa fille que sa sœur. Symphorienne avait aimé Barbe autant qu'elle choyait désormais Casilda. Elle retrouvait, finement calquée, sur le visage de l'une, la beauté de la défunte. Les ravissants cheveux d'or bruni, la parfaite coupe allongée des paupières, la perfection du corps frêle et robuste à la fois, le dessin arqué, suave, d'une bouche inimitable.

La tâche n'a jamais fait peur à Symphorienne. Elle avait appris très tôt à aider son père aux champs. Tirer la charrue, sarcler les carottes, ramasser les raves, glaner, planter, cuisiner, nettoyer la maison, Barbe sur les talons. Symphorienne chante tout le temps, même quand il lui fallut tout assumer après le décès du laboureur. Le chant ou l'héroïsme des anges. Symphorienne chante aux durs jours de lessive quand elle se lève avant l'aube. Tout est noir. Elle allume le feu dans l'âtre, mange la soupe aux fèves. Elle remercie Dieu pour tout ce qu'il donne, pour tout ce qu'il prend, pour le chant qui monte aux lèvres, le sanglot qui se tarit, les morts en repos, les vivants à la tâche. Elle contemple Barbe endormie, Barbe qui quittera le logis pour celui du saulnier. Elle la recouvre de laine.

Symphorienne travaillera jusqu'à la nuit. Le linge est raide de gel. Il porte les stigmates des dures saisons. La terre, la boue séchée, les traces du sel. Elle l'immerge dans un vaste bac de cendre fine. Elle le retire bleui, le fait bouillir dans un grand chaudron sur la flamme de l'âtre. Le plus dur sera de le vider dehors, dans le fossé. La vapeur mêlée de cendre monte dans l'air froid, râpe la gorge. Symphorienne chante toujours. Barbe s'est éveillée. Elle regarde, derrière le carreau, ce brouillard bleu qui entoure Symphorienne telle la fumée d'un magicien. Symphorienne tousse, suffoque, arrête son chant, recule, saisit le linge à la spatule, l'entasse dans un autre baquet. Elle pose sa charge dans la brouette. Le rinçage se fait à la mare. A genoux sur la terre, Symphorienne bat le linge qui fume et blanchit, aussi lourd que troncs d'arbre.

Elle l'étend près de l'âtre ou, par beau temps, sur le pré. Barbe compare les draps aux voiles des grands vaisseaux qui glissent, parfois, du côté de l'île d'Oléron... Il faudra une autre journée pour le repassage. Symphorienne remplit de braises les lourds fers à semelles noires. Barbe craint ces monstres qui font fumer la toile, brûlent cruellement si on n'y prend garde. Symphorienne hisse la petite sur une chaise haute, lui donne des noix pour jouer et continue son chant d'alouette. Le linge a été ce monstre, ce déploiement, cette exigence de l'eau, du fer et du feu... Lessive et repassage transforment, chaque mois, la vie de Symphorienne et sa maison en forge. Symphorienne, aidée de Barbe, traie les trois vaches, baratte le beurre, pose les fromages sur les claies, dans le chais qui ressemble vaguement à la cave à poudres du saulnier...

Le saulnier donne son linge à laver à Symphorienne, lui achète son beurre et ses fromages. Tout lui est bon pour aider les deux sœurs dont la cadette est sa passion. Le saulnier a vu grandir Barbe. L'année de ses quinze ans, il a renouvelé sa demande. Symphorienne a promis. Barbe n'a soufflé mot quand il l'a embrassée sur le front.

– L'aimes-tu ? a demandé Symphorienne.

– Ma sœur, je le respecte et le tiens en haute estime.

Pendant tout un long jour Symphorienne n'a pas chanté.

Le saulnier a proposé d'envoyer à la ferme un de ses hommes pour les plus durs travaux.

Symphorienne a refusé.

– J'ai beaucoup de force. Quand ma sœur sera votre épouse, j'entrerai, si Dieu le veut, au couvent des Récollets. Je demeurerai ainsi près de vous et de Barbe.

Dans l'attente des noces, les deux sœurs s'activèrent plus que jamais. Il y avait quotidiennement le suave moment du jardin. Le jardin de Symphorienne, gracieusement mêlé de légumes et de fleurs. Symphorienne a semé en chantant, les raves, les fèves, les choux, la courge, le haricot en espalier. Symphorienne chante, chante, quand elle pousse Barbe, toute enfant, dans la brouette. Sa petite sœur si belle et si fragile ! Elle l'emmène de plante en plante. Barbe lève les yeux vers le ciel plus tendre que la soie. Symphorienne chante au ciel, à la terre, au marais, aux trois vaches, à l'enclos bien fleuri où reposent ses parents. Symphorienne ou la joie. Sur le jardin, se heurte le vent, se jette la pluie, s'écrase le soleil. Symphorienne est consolée de la peine – bientôt, les noces de Barbe – par les richesses ineffables de sa joie et son jardin. Le jardin au chèvrefeuille, le jardin de Symphorienne! Parmi le figuier, les pommiers, le mirabellier fécond, les légumes ruisselants, Symphorienne a obtenu un peuple délicieux de fleurs. Sous sa main, tout a poussé, la rose trémière, les anthémis, les iris violets, mêlés aux lys. Un puissant rosier blanc cohabite, heureux, avec une clématite azurée qui rampe sur la grille. Le chèvrefeuille, abandonné au moment du décès du laboureur – il s'était évanoui et décoloré –, a repris vie sous les mains de Symphorienne. Elle l'a abreuvé, soutenu, élagué, arrondi en tonnelle où bourdonnent, apaisantes, fructueuses, les abeilles. Près du rosier, des flammes de tulipes, de narcisses embaument...

Les épousailles de Barbe et du saulnier eurent lieu l'été 1776. Modeste vint gravement chercher sa fiancée au jardin de Symphorienne. Il était allumé de bégonias, impatiences, géraniums, fuchsias et de ces roses blanches et rosées... Barbe, blanche et rosée, au bras du saulnier, Barbe et son vague espoir que tout eût pu s'arrêter au jardin, se dissoudre parmi les fleurs, disparaître sous les racines, les pétales, le feuillage... Devenir le feuillage, les pétales, la terre... Barbe, sous le voile en dentelles, agenouillée dans la petite église de Brouage. Le saulnier avait invité ses amis maîtres pierriers et poudriers. Galmier Loizeau honora les noces d'une courte et glaciale visite. Il n'osait regarder en face la mariée si frêle et si belle. Il connaît le secret de Barbe. Hyacinthe, son cadet, volage, trop beau, avait une fois de plus quitté le pays. Barbe courbait une tête de condamnée sous le tulle et la dentelle. Cette amertume rejoignit celle du magistrat d'une façon si aiguë qu'il quitta brusquement la cérémonie. Le saulnier avait tout remarqué et ne dit mot. Il pressa la main de Barbe, y glissa le bel anneau d'or. Il retint sa main en entier dans sa forte paume de travailleur qui avait déjà tant peiné... Barbe semblait une colombe prisonnière et le saulnier accepta par amour le mensonge.

Symphorienne s'était consolée de laisser sa sœur au saulnier en rejoignant son jardin. Cette noce était-elle un profond malheur ? En été, la nuit est longue à venir. La chambre du saulnier allait se fermer sur une enfant de quinze ans et un homme éperdu d'amour qui aurait pu être son père... Barbe, qui s'est mariée sans autre amour que l'estime, qui a dit oui pour assurer l'avenir de Symphorienne. Symphorienne ne peut entrer en clôture sans être sûre que sa cadette ait un sort ! Barbe a dit oui, la tête baissée sous le voile léger telle une aurore... Oui, au saulnier qui devine l'autre secret. Barbe aime Hyacinthe, le pilleur du corps et de l'esprit des filles. Nul ne soufflera mot du cadet Loizeau. Silence, silence du marais, enlisement qui consume Barbe, le procureur et le saulnier. Seule, Symphorienne pense que l'amour, le corps céleste de l'amour, détruira l'amertume. Elle priera sa vie entière s'il le faut. Elle priera au jardin.

Symphorienne regarde les tulipes tardives hisser d'un coup leurs lourds capuchons rouges, jaunes, orange... Symphorienne s'est agenouillée. Elle prie pour le bonheur de Barbe, leur paix à tous. Elle prie en ouvrant la terre de ses mains. « Je vous salue, Marie, pleine de grâce... » Les mains de Symphorienne, sillonnées des bleus ruisseaux de ses efforts. La terre cicatrise les mains de Symphorienne, les restitue à leur noblesse créatrice.

Le saulnier n'ose défaire la robe en soie qu'il a fait tailler et coudre par la meilleure ouvrière de Rochefort-sur-Mer. Il n'ose effleurer cette chair plus tendre que les fleurs de Symphorienne.

Symphorienne ouvre un chaud sillon, y pose un à un les bulbes gorgés de promesses. Un lac rose à larges corolles fleurirait donc au printemps suivant ? Le saulnier gémit d'amour en provoquant la tendre déchirure de soie... Une floraison naîtra au printemps suivant de la chair de Barbe.

Il n'est pas de saison où le jardin de Symphorienne tarisse. Même janvier y voit courir la vivace, le perce-neige, l'églantier sauvage. Symphorienne sourit, chante à bouche close la berceuse éternelle ; la terre est bonne, sa fécondité, éclatante. Tous les sentiers de la vie y mènent. D'avoir autant travaillé la terre et ses essences, Symphorienne croit qu'il n'y a pas d'horreur irréversible. Du fond de la fange, la graine donne son miracle de suavité. Le mirabellier ne prend-il pas souche sous une nappe putride ? Ses fruits pleuvent, gorgés de suc. Au suint noir des sillons, jaillit, éclatant, le fruit. Aux chairs du saulnier et de Barbe, jaillira, éclatant, l'enfant.

Le jardin de Symphorienne est entouré de chemins salés. Pour l'atteindre, il faut franchir la barrière des roseaux, les petits canaux enfouis sous d'épaisses feuilles moisies, d'un vert tavelé de jaune. La terre en entier exsude sa munificence. Le saulnier a défait la chevelure de Barbe, une cascade de boucles jusqu'aux reins.

– Viens ! murmure-t-il. Aime-moi !

Il supplie, hèle presque le pardon de ses caresses.

Symphorienne a cueilli une gerbe pour la tombe du laboureur et son épouse. Les roses blanches, six lys poudrés de jaune, la camomille en flocons odorants, les longs glaïeuls mauves, une branche de réséda. Symphorienne retrouve doucement sa paix profonde, à peine troublée par le lointain tambour d'une enclume, le meuglement feutré des vaches, un roucoulement de gorge-bleu... Symphorienne se vit plante, prend racine dans la terre, devient bulbe, racine gorgée d'eau, quiétude, celle du gorge-bleu et de la mésange quand ils s'envolent très haut, d'un seul mouvement de saphir et d'émeraude. Les fleurs de Symphorienne composent un vitrail éclatant. La terre est une prière éternelle. L'éternité des fleurs. A peine desséchées, Symphorienne les remplace. La terre est une conque d'abondance où les mains de Symphorienne vont chercher le trésor des branches et des fruits.

Symphorienne est de la race de ces vierges qui sauvent les villes, portent les glaives, anéantissent la vipère, dédaignent les offrandes ordinaires. La race de ces âmes qui succombent plutôt que de renier et se voiler la face. La race qui affronte les hommes quand les hommes mordent, aboient, attaquent, mutilent. La race qui fait serment et s'y tient. La race qui quête l'or des cœurs et rien d'autre. Symphorienne, glorieux attelage de fleurs, de branches, d'étoiles, mené par le son de sa voix en buccin...

Il y eut, à la naissance de Casilda, un brouillard encore jamais vu. Brouage était à peine visible. Fantastique, lunaire, sous les gazes blanches et grises. Les vaches, au marais, semblaient flotter. La terre perdait sa clémence, devenait une menace, un piège. Le brouillard entraînait la chute, le cloche-pied, le juron, la peur. La ferme de Symphorienne, son étable, ses appentis disparaissaient jusqu'au toit. Le brouillard et la terre décidèrent de tout.

On ne peut ni l'ouvrir ni semer. La terre est devenue à son tour un enclos où errent les corbeaux affolés. Le pied s'étonne de la rencontrer sous cette fumée humide, il est plus hasardeux de s'y aventurer qu'un navire pris aux glaces de la Charente.

Symphorienne nage vers son jardin. Avec un bâton, elle tâtonne du côté de la grille. Elle apprend la marche des aveugles. Le bâton lui fraye la réalité de sa route. Le brouillard monte jusqu'à mi-corps. Les oies, les dindons, les jars, les pintades de Labrachoulie grouillent derrière cette fumée glacée. Son poulailler n'est pas très loin de la ferme. Labrachoulie prépare les commandes du pays. On craint et on n'aime guère le géant du marais de Saint-Froult, mais on apprécie ses volailles. Il égorge, plume, vide, met les pattes, les crêtes, les cous à part, coud les croupions avec du gros fil, lie les cuisses sectionnées, passe à la flamme l'ensemble pour nettoyer les dernières plumes. Certains clients – en particulier le procureur Loizeau –

exigent aussi les plumes. Rien ne se perd. Quand on achète une volaille à Labrachoulie, on en veut le bec et le fiel pour la soupe aux chiens... Brouillard ou pas, Labrachoulie égorge, vide les entrailles. A cause du brouillard, Labrachoulie n'aperçoit plus la ferme de Symphorienne, ni l'enclos du nain Trouillon. Ses loups font deux taches noires entre sa grange et le poulailler...

Symphorienne veut rejoindre le jardin. Les couches de Barbe sont proches. Symphorienne souhaite ramener à Brouage les fleurs et le potiron en forme de carrosse pour fées... On donne toujours de la soupe au potiron à une jeune accouchée. Il lui faut gagner cet espace noyé de vapeur, franchir le chemin contre le petit chenal aux anguilles. A côté des potirons, Symphorienne a fait venir dans de grands pots une série de flamboyances, fleurs inconnues dont la graine a été trouvée au marais. Symphorienne veut les cueillir, pour fêter l'enfant de Barbe, Barbe qui ruisselle de sueur et d'angoisse. Le saulnier éponge son front. Pourvu que la sage-femme se dépêche, puisse atteindre la maison, la chambre, le lit malgré l'obscurité!

– Tout va aller très bien, ma mie!

Pourvu que Symphorienne arrive à temps! Le saulnier n'ose abandonner Barbe. Si au moins Labrachoulie était au moulin des poudres! Le brouillard est une muraille que tous ici redoutent. Chacun s'y perd.

Symphorienne a accroché une lanterne à la roue de sa brouette. Elle portera le potiron et les flamboyances à Brouage. Rien ne pourra l'arrêter.

Où est l'auvent?

Ses pas connaissent par cœur chaque mètre du chemin. Voilà bien longtemps qu'elle marche. La lanterne sert de repère. La roue de la brouette s'immerge, avance, racle le sol. On n'entend plus rien. Dans la maison du saulnier, il y a la plainte sans fin de Barbe. La roue perd son chemin, peine, se bloque, repart. Où suis-je. Tout s'épaissit, le ciel cousu au sol, d'une même sorte de vapeur. Barbe ne comprend pas la soudaine fureur des chairs. Elle s'accroche aux poignets du saulnier.

– N'ayez crainte, ma mie. Je vais chercher moi-même la sage-femme.

Sa frêle épouse est perdue dans la nuit de la douleur qui remplit en entier la chambre des noces, la chambre du saulnier. Barbe serre sa main sur la petite croix d'or à son cou. Elle ferme les yeux. La terre entière est devenue ce tombereau qui lui broie le corps.

– Allez chercher ma sœur, articule-t-elle.

Il y a bien longtemps que Symphorienne et sa brouette peinent, zigzaguent. La lanterne s'éteint. Symphorienne touche le sol. Elle ne le reconnaît plus. Ce n'est pas la drue tommette habituelle. Des végétaux en lames de couteaux la blessent. Des croassements insolites l'assaillent. Son pied frôle un crapaud dont elle devine le cri, le bond. L'eau n'est pas loin. L'auvent a totalement disparu. La grille du jardin aussi. Le clocher de Brouage lui servait de bouée. Elle ne le trouve plus. Le poulailler de Labrachoulie, autre boussole, est-il devant ? derrière ? au nord ? au sud ? Symphorienne est perdue dans le brouillard. Elle ressent la même goutte d'eau froide le long du dos lorsqu'elle avait remis Barbe aux mains du saulnier. L'angoisse. Elle s'entend crier sans savoir si ce cri vient de sa gorge, de sa terreur, ou une boule de suie et de sang issue du ventre.

Barbe entend sortir d'elle le cri, le sang, une boule de chair. La chambre est vide. Le carreau brouillé. Le saulnier erre le long de la rue Touchelonge. Les remparts ont disparu. Tout a le goût et la couleur du fer. Il se heurte à une tour de pierre, s'y blesse. La tour a grogné.

– La Fuie!

La Fuie, sur la route du saulnier, seule créature qui ne craint ni hommes, ni diable, ni éléments.

La terre, la terre est ouverte sous les pieds de Symphorienne. Elle a glissé dans une crevasse, sous le brouillard. La dérisoire petite brouette a roulé sur le côté. Symphorienne s'accroche à sa roue. A sa bouée. La roue râpe ses mains. La roue tourne, tourne en meulière, fait saigner la paume. Labrachoulie a installé dans son poulailler une grosse meulière où il aiguise ses longs couteaux. La roue coupe et blesse tel un couteau. Symphorienne lâche la roue. Symphorienne est dans l'eau, dans la vase. Le brouillard a tendu son piège, sa ruse. Le diable le voulait. Symphorienne enfonce dans la terre molle, aux secrètes tenailles, ses chevilles sont des boulets, des pierres, lourdes. Symphorienne est aux prises avec une flore gluante. Des végétaux, des batraciens, des corps mous et vivants l'enserrent. La vie de la vase. L'eau ferrugineuse, infecte, monte à ses narines. La terre décomposée. La vase du fossé est-elle le cadavre de la terre ou son perpétuel engrais ? Les flamboyances de Symphorienne, la merveille du monde viennent de là.

Symphorienne a cessé de crier.

Barbe a cessé de crier. La Fuie masse son ventre, y appuie de toutes ses forces ses mains énormes. Le saulnier s'épouvante et espère. La Fuie, bloc de chair penché sur le corps délicat d'où surgit, en un long cri, l'enfant.

Symphorienne ne sait comment lutter. Le seul fanal reste la roue, le miracle de la lanterne qui s'est mise à nouveau à clignoter. Symphorienne devine les roseaux qui coincent la brouette, limitent le fossé, ont griffé son visage et ses bras. Le ciel n'existe plus. Symphorienne est sous le brouillard, aspirée par la terre, audelà de cette fange qui grouille d'une orchestration immonde.

Barbe a disparu sous une vapeur rouge, aspirée par l'enfant. L'enfant formidable et minuscule. L'enfant, coutelas au flanc de la mère.

– Trop tard, grogne La Fuie en frottant au gros sel la nouvelle-née.

Le saulnier ne voit plus rien. Il ne savait pas que le chagrin était ce brouillard de sel, cette eau qui roule et tremble jusqu'aux coins des lèvres, cette tenaille sur la nuque et au fond des entrailles, cette destruction de chaque cellule, ce hoquet sans fin. Le saulnier en oublie La Fuie. Sans sa miséricorde, l'enfant n'aurait pas survécu.

– Une fille!

Une fille, comme jadis, au pied du colombier à lanternons, elle avait été ce bébé femelle que le gardevigne avait failli tuer d'un coup de fourche...

Symphorienne est vivante dans sa tombe. La roue, le petit œil de la roue, soleil, étoile qui guida les Rois

Mages. Ramper vers la lumière. La vie peut triompher au plus misérable des signes, une roue de brouette, une pauvre lampe. Ne jamais rien mépriser. Symphorienne délire, suffoque, pleure, rampe, avance, s'en remet à ce minuscule fanal qui tourne et clignote pour elle. Un bouquet d'épaisses racines lui ouvrent les genoux, la sauvent. Alléluia. « Au commencement, étaient l'eau, la boue, un peu de terre. De tout cela TU AS FAIT L'HOMME... » Symphorienne, d'eau, de terre, de boue, franchit la convulsion des racines. Peu à peu, elle sourd de la vase. Une jambe. Puis l'autre. « Je crois en la résurrection de la chair. » Elle avance encore, crache les excréments du sol, reprend souffle, attrape la roue sur sa face la plus meurtrière. Elle bénit la roue. Symphorienne est sauvée. L'âme de Barbe aussi. Les corps surgiront, reviendront et seront sauvés. Symphorienne sombre auprès de la brouette, ange de bois et de clous qui l'a sauvée du marais où elle s'était engloutie.

– Ma sœur, promettez-moi d'élever l'enfant, a murmuré Barbe avant de sombrer.

Elle parlait à La Fuie et croyait que c'était Symphorienne.

Quand Symphorienne renaît, le brouillard a disparu. Il est près de midi, la lumière, éclatante, la terre, rose et bleue. Symphorienne est exactement à l'opposé de Saint-Froult. Elle s'était égarée sous les remparts de Brouage, avait glissé dans un petit chenal bien connu d'elle, gorgé d'anguilles, nourrissant les joncs dont Barbe et elle tressaient les paniers.

Alors Symphorienne se mit à genoux. Elle dit Merci. Merci à la Terre. Merci au Ciel. Merci à la

Boue. Merci au Brouillard. Merci à l'Eau. Merci aux Crapauds. Merci à la Vase. Merci à la Brouette. Merci à la petite Lanterne. Merci à la Vie. Merci à Dieu.

Symphorienne pleure de joie, les larmes coulent sur le masque séché de la terre. Elle ressemble à une morte tirée du sol. Symphorienne bénit tout ce qui l'entoure. La Terre qui a failli l'engloutir. Le visible et l'invisible. L'infiniment grand et l'infiniment petit. Le pullulement du monde. Sa rotation en roue de brouette. La terre est une brouette, porteuse de fleurs, d'une pauvre lampe, capable de basculer de longs moments aux ténèbres, d'en resurgir, éclatante, sereine.

Quand Symphorienne entra dans la maison du saulnier, elle courba la tête. Le saulnier était dans la torpeur. La Fuie glissait quelques gouttes de lait dans la bouche de la petite. Barbe souriait, la tête sur l'oreiller bien blanc. La Fuie avait ôté le linge souillé. La petite morte ressemblait à un blanc lys immobile.

Symphorienne enleva doucement la croix d'or et la glissa au cou de l'enfant.

– Casilda, je serai désormais ta nourrice même si je n'ai point de lait !

La Fuie grognait d'émotion. Le saulnier ressemblait tout entier au Dieu brouillard, gris, hermétique, effrayant.

Alors Symphorienne posa près de Barbe le grand bouquet de flamboyances qui ne l'avait pas quittée.

LE SEL

Le sel est aussi la grande affaire de Modeste Gorge-Bleu. Sous le roi, il avait affaire aux gabelous, tremblants devant le procureur Loizeau. Les choses avaient changé. Exceptée la terreur qu'inspirait le procureur Loizeau, le droit de Brouage était perçu sur tous les marais de Saintonge et d'Aunis. Les décrets du 14 mars et du 22 mai 1790 avaient supprimé les droits sur le sel à l'intérieur du royaume, tant à l'extraction des marais salants qu'à la circulation. La taxe pour l'étranger – Amsterdam – était restée la même, 1 livre, 2 sols et 6 deniers. Le saulnier doit désormais compter avec deux pouvoirs. Le Comité de Salut Public et son propriétaire, le timonier Hippolyte Canavéral. Depuis 1789, on ne dit plus « le maître » mais « le propriétaire ». Le saulnier continue à nommer le Timonier « mon maître », à la grande irritation du citoyen Loizeau. Le Timonier possède les marais de Brouage dont la nature donne trois sortes de sel. Le sel gris courant, aux nuances gris-blanc, appelé « beau commun ». Près des bosses, le sel noir, chargé de terre, nommé « chaudière ». Les marchands hollandais l'achètent ainsi pour le raffiner. Le « chaudière » sert aussi à la poudre. Le saulnier lui réserve un traitement à part. Enfin, le sel vert ou « terreneuvier », corrosif à l'extrême, propre aux salaisons, fort apprécié en Saintonge, poudre enflammée dans la bouche... Modeste Gorge-Bleu est saulnier « à moitié », dit « lettrier ». Grâce à un écrit (une lettre) d'Hippolyte Canavéral, Modeste Gorge-Bleu est devenu métayer du sel. Il est en possession d'un privilège que lui envient les simples paludiers : cultiver éternellement le marais qui lui a été confié. Cette copropriété passera sur la tête de ses enfants. Tout dépendra du Timonier qui apprécie ce saulnier plus doué que les autres. Le Timonier abandonne à Modeste la moitié de ses moissons, s'est démis du droit d'évincer son saulnier à condition qu'il maintienne ses marais en parfait état... « Non, songe le saulnier, je ne veux pas que ma mie use sa vie au sel... Mais, répond Symphorienne, elle aurait ainsi fortune assurée. N'est-elle pas capable de faire rendre gorge aux terres les plus ingrates ? de contrôler et diriger les vingt-neuf paludiers ? Ne vous fiez pas à la délicatesse de ses mains, elle est vaillante et simple... »

Au fil des ans, les salines prospérèrent. Pendant l'hiver 1787 où on ne trouvait à Oléron plus de pain, le marais de Brouage donna son meilleur sel vendu aux Hollandais. Le saulnier obtint même du sel blanc, dit « propre aux Anglais », jusqu'alors fierté d'Oléron. A la fin de la saunaison, il le couvrit de paille et de varech. Les paludiers le tassèrent de terre glaise au moyen de la « masse plate ». Le sel blanc résista ainsi trois années durant aux intempéries. Le Timonier fit très bonne recette et toucha un solde fort avantageux à son retour de Saint-Domingue. Il autorisa alors à Modeste le profit des bosses, c'est-à-dire la culture alentour aux aires. Le saulnier y fit pousser du bon froment, des fèves et autre luzerne, nécessaires à nourrir ses mules attelées au charroi. Les boues retirées du curage, rejetées sur les bosses, firent de cette terre une des plus fertiles de la région. Les marchands de Saintes, Saint-Just, Le Gua, Marennes, L'Aiguille, Aix, Ré, Royan jalousèrent ce saulnier (et le Timonier) dont la fortune grandissait. Le citoyen Loizeau était le plus envieux. Il avait tant convoité les marais du Timonier ! On pouvait désormais compter dans la maison du saulnier des meubles simples mais nombreux, douze fourchettes en argent, autant de cuillers, six écuelles aux poinçons de La Rochelle et près de 900 livres en numéraire... Le saulnier – outre la poudre qui lui donnait un statut particulier – avait ajouté à ses cultures les menus produits de la mer, dont les moules et les huîtres. Sur la Seudre, ses quelques claires relayèrent les aires saunantes quand elles produisaient moins. Chaque année, le saulnier fournissait au Timonier l'état de ses marais.

Dans le pays, on appelle Modeste Gorge-Bleu « le saulnier principal ». Ce titre comprend son rôle vis-à-vis de la poudre. A lui, le contrôle des sacs jadis troués, rapiécés dans le but de frauder. A lui, la réception des lettres des marchands en l'absence du maître. Ces courriers sont automatiquement contrôlés par le citoyen Loizeau qui signe un passe-droit. A chaque printemps, le navire de Nicolas Hulf, *Le Moulin,* arrive d'Amsterdam en baie de Brouage. Il faut alors aux mules et aux paludiers beaucoup d'énergie pour rassembler la moisson de l'été dernier, la hisser à bord des gabares, afin d'atteindre la corvette. Nicolas Hulf achète une vingtaine de muids. Le saulnier contrôle la bonne marche des opérations. La moitié du gain sera remis au Timonier lors de son retour.

Le saulnier est obligé d'en rendre raison au citoyen Loizeau, qui en soutire une taxe personnelle confondue avec les nouveaux droits de la République. Le sel reste ainsi un élément trouble, toujours prêt à être fraudé. « Canaille ! » gronde le Timonier devant la ponction du procureur.

A la fin de l'été, le saulnier s'occupe en personne de la vente.

Il part pour Rochefort-sur-Mer et remet solennellement les comptes au Timonier. Cet argent inclut celui de la poudre et du marchand hollandais.

Le sel lui donne beaucoup de mal. Quand il besogne au marais, plus de différence avec ses paludiers, presque misérables, qui gîtent dans des huttes en roseaux. Les enfants cuisent sous le soleil, gèlent sous la grêle. Le sel est la mémoire de leur histoire. De père en fils, ils se sont penchés et ont recueilli ce feu de la mer, amer dans leur bouche et leur gorge, rutilant sous le soleil... Ils endurent bien de la peine à son service. Sans parler des fièvres. Grelotter jour et nuit, le corps et la bouche emportés d'une soif intarissable. Ont-ils avalé des tonnes de sel, celui d'avant la Création ? Modeste redoute le moment où Casilda devra user son corps, crevasser ses mains sous son joug. Il a tout fait pour l'élever en fille de marchand plus qu'en fille de saulnier. Elle porte robe-redingote en percale rayée, fermée par des boutons métalliques, un mouchoir en mousseline au cou, une coiffure basse à boucles, un large tablier à volants.

– Mon père, laissez-moi vous aider !

Il la regarde et s'émerveille du suave dessin du visage.

– Vous me rendez bien plus heureux en restant au logis !

Le sel est tiré quarante jours par an, au beau temps. La récolte est sans cesse interrompue par les pluies de l'avant-printemps, dont l'abondance affaiblit les eaux. En février, le saulnier rejoint à l'aube ses paludiers pour la *limaille* ou préparation du terrain. Ils évacuent les eaux de la saline pour les remplacer par celles, neuves, prises à la vasière. Il leur faut battre le fond des bassins, réparer les *vettes* ou levées de terre à grands coups de boguets et de pelles creuses... Ils en auront pour plusieurs heures. L'eau, écoulée enfin dans les aires où elle était enfermée, devient rougeâtre. Elle se couvre d'une croûte si épaisse que le saulnier la brise à l'aide d'une longue palette, le *rouable*. Il la précipite ainsi au fond. Les cristaux sont enfin déposés. Le saulnier tire sur la vette avec le *survon,* aidé de Labrachoulie ou de La Fuie. Le survon est une planche percée de trous telle une écumoire au bout d'un long manche dont le poids entraîne. Le sel s'égoutte. L'évaporation est cette vapeur qui suffoque. Un brouillard, un nuage qui râpe le gosier. La récolte est portée à dos d'enfants sur les bosses. Quand les tas sont très gros, on les nomme *vaches*. L'été bat son plein.

Accumulé en *mulons*, le sel ressemble à de la granule grisâtre. Où se cache-t-il ? Il faut encore le battre sur toute la surface des cumuls. Modeste se mêle à ses paludiers. Labrachoulie, La Fuie poussent des cris de mulets à chaque coup de *rable*, longue pelle courbée. La Fuie, dans l'aube rouge, ressemble à un énorme galet extrait des vasières. Enfouie dans un sac de toile, elle a enfoncé jusqu'aux yeux un vaste chapeau de paille. Ses jambes sont nues, ses pieds glissés dans des sabots qu'elle ôte quand elle entre à mi-jambe dans l'eau troublée. Elle tape du rable avec frénésie. Elle rend progressivement la croûte supérieure très ferme. Labrachoulie achève le travail à coups de *servion*, pioche à bout plat. Pendant ce temps, trois enfants sont allés quérir les roseaux et le chaume nécessaires à couvrir la récolte. Modeste y fait ajouter l'argile amenée en charrette. La couverture atteint ainsi une épaisseur de vingt-cinq centimètres.

Peu à peu dissous par l'humidité atmosphérique et les pluies qui pénètrent cette couverture, le sel subit alors le déchet.

Il faudra compter, pour une bonne récolte, avec la bise de nord-ouest qui souffle à partir de midi...

L'influence du Timonier dans le pays est très grande. La Terreur, les dénonciations, la jalousie des saulniers de l'Aunis, celle bien plus sournoise du citoyen Loizeau, l'atteignent peu. Son pouvoir vient du sel. Le Timonier, outre sa vaillance incontestée en mer, ses missions, l'une après l'autre menées à terme en dépit des navires anglais, est une sorte de Saulnier Suprême. Son pouvoir tient du symbolique. Le pays respecte le sel. Sans lui, le marais perd son sens. Chacun, ici, le sait. Abandonner le marais, le voir devenir *gâs* entraînerait l'oubli de ce peuple des Charentes maritimes. Jusqu'à quel point le sel a-t-il protégé le saulnier et le Timonier de la vindicte ? Le Timonier peut gronder tout son saoul ses désaccords. Il ne s'en prive ni à terre ni en mer. Il échappe au cachot, à la mort. Les délations à son sujet trouvent porte close. Seul, patient, le citoyen Loizeau suppute et attend. L'équipage du Timonier est composé en partie d'anciens paludiers misérables. Bons marins, ils se souviennent, lancinant, du sel. Ils appartiennent au marais bien plus qu'à la mer et voient dans le Timonier leur maître. Rentrer au pays, redevenir paludiers, dépendra du Timonier et du saulnier qui peu à peu a su faire rendre au sol et à la mer leur puissance mélangée... Le citoyen Loizeau a longuement réfléchi. Le vrai pouvoir est davantage dans la symbolique que la possession ordinaire. C'est bien pour cela qu'il fallait que meurent le roi et les siens. Que meure le symbole. Si le citoyen Loizeau possédait les sauneries du Timonier, sa puissance serait absolue. Cette idée le ronge. Les sauneries où, si rarement, on aperçoit la fille du saulnier...

Le saulnier l'emmène pour la récolte. Elle aime ce moment de l'année où les moires du ciel et des vasières se réunissent ! Elle aime le chemin des salines, le cri flûté des crapauds et, au retour, le phosphore du ver luisant... La mule va bon train, tirant l'attelage le long du marais gâs de Labrachoulie. Casilda a sauté entre les aires du canal à écluse où montent les puissants effluves du *cobier*, large et plat réservoir. Casilda a posé, sur ses boucles nouées en catogan, un chapeau-bonnette dissimulant le haut du visage. « Que le soleil, le vent ne piquent pas votre teint si rose, ma mie ! » a dit la nourrice. Le saulnier est vêtu d'un frac en drap commun, d'une culotte épaisse, de jambières et de chaussures en gros cuir. Le large chapeau tressé le confond avec ses paludiers. La mer est haute. Elle a envahi le *jas* (la vasière) afin d'inonder le cobier. L'ensemble est ce quadrillage d'où surgissent, fantastiques et noirs, les paludiers.

Chaque rectangle de terre et de mer a son rôle. La Fuie, plantée dans l'eau jusqu'aux cuisses, veille au transvasement du *gourmas* dans les *couches*. Du gourmas, mince canal, dépendra l'excellence ou le gâchis de la récolte. Les huit cases des couches où s'opère la première concentration scintillent... Casilda a retroussé sa jupe à la polonaise, enfilé les rudes sabots, saisi, malgré son père, la pelle. Elle entre dans le cobier. « Non ! crie le saulnier, vous allez attraper les fièvres ! » Elle rit ; le châle en linon blanc sur les délicieuses épaules. Travailler avec les saulniers est une fête rare dont elle ne se prive pas. Elle manie le servion, le boquet avec une force insoupçonnable. Elle se met à chanter comme le lui a appris Symphorienne devant toute tâche ingrate. Elle aime partager la vie des paludiers, le bain amer et naturel qui est leur lot quotidien... Combien simple lui semble chaque geste nécessaire à la vie du sel !

Elle rit, l'eau jusqu'aux genoux, adorables et tendres sous les bas retroussés.

Le vent gèle les mains, le sel brûle les jambes. Casilda aime sur sa peau ce cautère vivifiant. Son père et les siens n'y ont-ils pas calciné leurs jours depuis si longtemps ? Partager leur fardeau lui est simple. Elle reçoit la pluie sur son visage renversé. Le catogan s'est défait. Le chapeau-bonnette a glissé. La chevelure s'est dénouée, pavillon d'or et de soie.

Elle se penche, creuse, frappe du boquet, déverse les bubons nocifs du sol. Elle patauge, rit encore, refoule l'eau excessive... La Fuie n'arrête pas de jurer. Sel, salpêtre, glaise, vase sont pour elle la rage de ce sol. La rage des hommes. Le rire, le chant de Casilda ricochent sur l'eau noire tels de frais galets roses... Pourquoi est-elle la Joie, cette enfant d'or et de miel ? La Fuie déteste le sel. Il lui saute aux yeux et aux jambes telle une nuée d'insectes à la dure piqûre... La Fuie est entrée dans le faux gourmas, second canal où l'eau s'infiltre jusqu'au *muant*. Après le bassin d'évaporation, l'*aderne*, la cristallisation commencera jusqu'à la stagnation du troisième bassin : le *mort*.

Mort ou le cristal gris, figé, déjà apparent, mort qui consume la peau, arrache des larmes autant que la poudre explosée... Le sel, dont la qualité dépend de la puissance corrosive, est recueilli par le saulnier lui-même dans les *œillets*. Au bout des dernières aires aboutissent enfin les gros tas définitifs ou *vaches*.

Le sel sera ramassé au boquet. Il faudra trois journées entières pour le verser dans les corbeilles à égouttoir. A la fin de son histoire – début septembre – on le hissera dans le *taudelin*, panier semblable à celui des vendangeurs... Les paludiers le ramènent sur le dos, jusqu'à la maison du saulnier. Il y a déjà quatre longs mois que le navire hollandais en a acheté une lourde charge. Il est temps, au saulnier, de vendre l'autre moitié de la récolte. Gris, cubique, sous l'éclat du soleil de septembre, il atteint la force multicolore du cristal... Que portent donc les paludiers ? Des perles étranges comme celles que troque le Timonier dans l'île de Gorée ? Casilda a rempli elle-même l'humble mesure utile à leur quotidien. Un boisseau suffit aux salaisons de la maison, à donner grand goût aux mets, au pain de seigle cuit longuement au four scellé dans l'âtre. Un pot épais, rempli à plein bord, est destiné aux remèdes.

Ainsi va le sel. Cargaison modeste et mystérieuse, rutilante ou terne, selon la lumière. « Le sel ! » disent les gens du marais quand passent les saulniers. Ils savent qu'une saison est achevée, qu'une autre se prépare. Le lent passage des hommes et des mules est devenu la frontière qui délimite une année d'une autre, un espoir d'un autre, la terreur d'une autre. Le sel passe, telle une châsse. Il y a aussi, sur la mule de son père, la fille du saulnier. Et les vieux de se taire...

Symphorienne glisse le sel, soigneusement, sans jamais le renverser – signe de grand malheur – dans les hauts paniers à cet usage. Plus de cent sont alignés sur les dalles, dans la vaste pièce fermée au verrou ainsi celle de la poudre.

Le saulnier entreprend alors la route du sel.

Il quitte Brouage avec ses onze mules. Deux paludiers l'accompagnent. Il est difficile de mener seul un tel équipage. Les routes sont peu sûres ; y traînent une étrange soldatesque et des bandes de chiens errants.

Le troc du sel durera près de dix jours. Le saulnier et ses hommes logeront chez l'habitant. On les connaît. On les attend.

Le sel est scellé au flanc des mules. Le départ a lieu aux matines. Symphorienne a noué solidement dans un sac le pain rond, le lard, le fromage sec, les pommes. Les gourdes clissées pendent à la ceinture des voyageurs. Du linge de rechange, la pelisse contre le froid sont roulés contre le sac à provisions. « Dieu vous bénisse, saulnier mon maître ! » a murmuré la nourrice. Il ne refuse ni les mots ni le signe de la croix sur son front.

Le saulnier entre dans la chambre de Casilda endormie. Il n'aime pas quitter le logis, laisser ces deux créatures féminines dont l'une lui est plus chère que la vie. Bien sûr, elles ne craignent rien et le géant Labrachoulie veille. Il passera chaque jour à la maison du saulnier, prêt à coucher comme un chien devant la porte si menace le moindre danger. Le saulnier sait tout cela. Que craindre sinon les fièvres, ou, imprévisible, une bouffée de chaleur populaire et malveillante... Le saulnier a un peu honte de compter sur le citoyen Loizeau. Une populace déchaînée – sait-on jamais – se heurterait au pouvoir de ce dernier. Le saulnier a bien deviné la sombre convoitise qui le hante. Elle porte le nom de sa fille. Le saulnier a la gorge serrée, même si la citadelle est fermée, gardée. Casilda dort, les cheveux répandus sur la courtepointe bien blanche. Sur le mur épais – tout n'est que voûtes et murailles –, elle a peint une croix à la chaux vive. Au pied de cet humble et brûlant paraphe, elle a disposé les roses de Symphorienne, rouges, touchées de feu... Un éventail flamboyant, dans un seau en bois rond tel un puits. Le saulnier soupire. En dehors de l'Espagne, quel havre possible aux fous de Dieu ? Là-bas, carmels et monastères ouvrent leurs portes. Mais il ne faut plus que la petite y songe. Ces folles idées viennent de Symphorienne ! Le saulnier est irrité. Il aimerait tant que sa fille s'établisse au mieux à Marennes ou à Rochefort-sur-Mer ! Il n'aime guère quand elle vient aux sauneries. Il a tenté de l'éloigner, l'élever en bourgeoise et non en paludière. Casilda, sa fleur de serre, son trésor, son œuvre, qui lui échappe. Casilda habitée d'un secret, un souffle venu d'ailleurs...

Qui est Casilda, la fille du saulnier ? Un diamant brut contre lequel on se heurte, ébloui, douloureux du choc, transporté par l'éclat ? Personne – excepté le saulnier et la nourrice – n'entre dans la chambre de Casilda. Une porte, en ces temps féroces, est si fragile... Il suffirait, à la sentinelle, d'un coup d'épaule ou de baïonnette pour forcer le refuge de sa fille, forcer ce corps ravissant et tendre, cette bouche close et douce, ce sommeil paisible, semblable à celui des condamnés... Une légère angoisse saisit le saulnier. Barbe aussi avait ce sourire flottant quand la mort s'était approchée. Casilda endormie ressemble à sa mère, et le saulnier de souffrir. Le secret de Barbe l'avait tuée bien plus que la naissance de l'enfant. Le doute s'était emparé à jamais du saulnier à cause de ce sourire flottant... Le doute qui, peu à peu, portait le nom de trahison. Barbe ne l'avait jamais aimé – aimé comme lui l'adorait – et il le savait. Le saulnier se demandait où était l'origine précise du mensonge. Symphorienne, confondant la roue de la brouette avec un miracle ? La roue, la petite lumière, l'avaient sauvée du marais pervers alors que Barbe agonisait. Son secret avait refoulé le saulnier dans la plus totale des solitudes. Dans son cœur, la foi existait, elle circulait, par à-coups, une force diffuse, mal ajustée. L'idée de Dieu ne provoquait en lui ni réconfort, ni certitude. Un malaise, une angoisse qui l'assaillait en tout lieu. Près du cobier, des morts, des mulons, des aires débordantes pendant la limaille, dans la poudrière Saint-Luc, sur la route du sel... Depuis Barbe, le saulnier n'avait jamais retrouvé la paix. Sa foi mutilée, les temps nouveaux, les massacres divers, les arbres de la liberté plantés à grand renfort de cris et de chants, avaient développé ce malaise. Il y avait aussi, ponctuel dans sa maison, le citoyen Loizeau, comptant chaque baril, chaque boisseau, épiant Casilda d'un œil de faucon. Il y avait, inquiétantes, les fougueuses arrivées du Timonier. Certes, il vénérait ce maître des marais, mais l'angoisse le saisissait quand, d'une seule enjambée, le maître s'approchait de sa fille, relevait le menton charmant entre ses poings, ordonnait : « Ne baisse pas les yeux, fille du saulnier ! » Le sort de Casilda devenait celui de la tourterelle. Modeste Gorge-Bleu en éprouvait une peine plus lourde que le poids des mules sur le dur chemin. Barbe jadis avait été l'enjeu des convoitises – et Barbe était morte. Le saulnier tremblait désormais à cause de cette enfant dont la beauté laissait muet. Elle parlait peu, souriait beaucoup, portait au cou la petite croix en or de sa mère. Elle finissait par vaincre la sentinelle qui menaçait du doigt la croix et le cou délicieux qui la portait. Ce n'est rien, fille du saulnier, de trancher un cou si léger ! Elle riait. Je n'ai pas peur. Je ne crains pas la mort. Je ne crains que la chute, le doute, renier qui j'aime... Qui donc aime la fille du saulnier ? Dieu ou le Timonier ? Dans quel furieux désordre ? Le saulnier devinait, à défaut de la comprendre, cette âme ardente héritée de sa mère...

Il tremblait.

Sa fille, ce trésor, ne lui donnait pas d'autre issue que ce tremblement, ce malaise. Quand elle partageait avec lui le dur labeur du sel, elle ne faisait qu'accroître son tourment.

– Allons-y ! dit-il brusquement à ses paludiers.

Le cortège s'ébranla lentement vers Rochefort-sur-Mer.

Le parcours du sel a son sévère protocole.

D'abord la maison du citoyen Loizeau. Il faut au saulnier le permis de douane dûment signé par le froid magistrat. Avant de délivrer le document, il épluchera le livre des comptes, supputera chaque gramme à vendre ou troquer. Le saulnier connaît le rite de cette visite. Quelques mots désagréables au sujet du Timonier, des questions précises sur le rendement du marais, l'espoir que les salines soient bientôt échaudées, quelquefois un imprévisible refus d'aller dans certaines communes. Le citoyen Loizeau agite une main énervée sur le livre des comptes. Il abhorre la richesse du Timonier. Comment l'abolir ? Le glacial regard derrière les lunettes en acier, le col raide et haut monté, la redingote noire, le cheveu maigre jeté en arrière, le citoyen Loizeau épouvante lentement – eh bien, saulnier, la récolte a l'air un peu trop bonne !

Il cingle plus qu'il ne parle, accuse plus qu'il ne commente. Il évite le regard du saulnier ou soudain le fixe, le fouaille de manière aiguë.

– Comment se porte votre fille ?

Le parquet ciré est sombre, un tapis à chimères assourdit les pas. On entend à l'étage le gémissement hurlé de la mère du procureur devenue lentement folle. Le tic-tac d'une lourde pendule à angelots fige le temps.

– Partez, saulnier ! murmure le magistrat ; n'oubliez pas mon boisseau ni qu'entre vous et moi il y a autre chose que ces livres de chiffres...

Il parle de Casilda. Sa fille à livrer un jour ici. Enfermée derrière ces hauts murs, la grille épaisse semblable à la volière du procureur où se cognent, affolées, les colombes... Le saulnier sent le malaise tenailler son cœur, un étau inexorable, le sourire flottant de Barbe, celui, identique, de Casilda endormie, la cupidité désespérée du citoyen Loizeau, petit, déjà vieux et redoutable... Tout se tient dans cette étrange peur. Y compris cette envie d'aimer Dieu qu'il faut cacher et qui est devenue une insupportable solitude. Sans Dieu, aimé, éclatant, aussi fort que le ciel, la mer et la terre réunis, le saulnier a la confuse intuition d'un immense abandon. Pour un peu, il envierait la force de ces prêtres non jureurs que la République est en train de poursuivre jusqu'à la mort... Il envierait le sourire flottant de Barbe, de Casilda, la gaieté si simple de Symphorienne, celle qui sait chanter aux aubes noires quand l'effroi de vivre prend toute la place...

– Allons! répète-t-il, tant à ses hommes qu'à ses mules.

Ils marcheront une partie du chemin pour ne pas les fatiguer. Ils iront d'abord de commune en commune, Saint-Agnan, Le Gua, Saint-Just, Saint-Nazaire... A Soubise, ils traverseront la Charente. Le bac est une large planche. Le passeur a pris la couleur jaune du fleuve.

Il ne sait pas lire mais reconnaît le tampon du citoyen Loizeau.

– Passe! dit-il au saulnier et sa caravane.

Il avance au rythme pugnace et lent des mules, il avance, tête sous un grand chapeau, culotte en toile, capote en peau. Ils feront les trois dernières lieues jusqu'au port de Rochefort-sur-Mer, au dos des mules, saulnier en tête, paludiers derrière afin de surveiller la bonne marche des bêtes qu'un rien écarte du chemin pierreux...

Avant d'entrer dans la ville, ils croisent un colporteur en culotte bleue, bonnet de laine, harnaché de sacs remplis à craquer de brochures. Le saulnier se souvient de cet homme, condamné sous le roi à cinq ans de galères pour avoir osé vendre *Le christianisme dévoilé* du baron d'Holbach et *L'homme aux quarante écus* de Voltaire... Mieux valait alors s'en tenir aux romans courtois, aux contes de Mme d'Aulnoy et de Perrault. Lors de ses réguliers voyages, Modeste n'avait pas manqué de les ramener au logis... Le saulnier avait tenu à ce que sa fille sache lire. Outre les Evangiles, elle déchiffrait les petits volumes de la bibliothèque bleue achetés sur la route.

– Nourrice! venez lire avec moi!

La petite avait à son tour enseigné les mots à Symphorienne.

Les temps avaient changé. Ce matin-là, à l'entrée de Rochefort-sur-Mer, le colporteur lui proposa *L'almanach du Bonhomme Richard* et *La médecine et la chirurgie du pauvre.*

Le saulnier acquit ses brochures pour quelques sols. Le marchand récitait très haut les conseils pour faire fortune du *Bonhomme Richard* :

« *La paresse rend tout difficile; le travail rend tout aisé, celui qui se lève tard, s'agite tout le jour et commence à peine ses affaires qu'il est déjà nuit...* »

– Au revoir, l'ami, cria le saulnier, fouettant sa mule.

Le jour resplendissait. Symphorienne était à sa cuisine, Casilda à sa quenouille... L'après-midi, elles se rendraient au jardin soigner la tubéreuse et la rose. La sentinelle dirait : « Passe! » à ces deux femmes dont la plus jeune soulevait un étrange émoi.

La brochure sur la médecine du pauvre contenait des recettes de purgations diverses. Le saulnier sourit. Symphorienne n'avait pas son pareil pour composer leurs remèdes à base de sel.

N'avait-elle pas guéri La Fuie d'une piqûre de serpent avec son onguent? Dans un pot en terre, Symphorienne avait finement broyé le sel, l'origan, le miel et l'hysope. L'application du cataplasme avait soulagé la fièvre et dégonflé l'enflure bleuâtre qui transformait la cheville de La Fuie en une poutre monstrueuse. Casilda avait nettoyé la plaie à l'eau salée. Tandis que Symphorienne nouait serré le cataplasme, La Fuie grognait de douleur et de reconnaissance. Trois jours plus tard, le mal avait disparu et La Fuie retournait au moulin à poudre... Contre les piqûres de frelons et de guêpes, Symphorienne employait le sel mêlé de vinaigre. Chaque matin, elle faisait fondre, depuis sa tendre enfance, une petite pincée de « terreneuvier » sous la langue de Casilda pour protéger ses dents des caries. Denture éblouissante de la fille du saulnier!

– Frottez vos dents au sel, ma mie! vos baisers n'en seront que plus tendres!

Sourire de la petite, nacre des dents que le Timonier comparait à la perle entrevue au cou des femmes au visage en velours blanc. Lorsque Casilda était née, La Fuie l'avait frottée au gros sel avant de l'envelopper de linge... Mais Barbe était morte et le saulnier pleurait. Ses larmes contenaient une salure plus considérable que celle du marais...

Pendant les jours qui avaient suivi son deuil, le sel fut pour lui le spectre du malheur, le contraire de la fertilité. Il ne démêlait plus très bien l'amertume de ses larmes à celle de son métier. Il lui sembla, tout au long de son deuil – et bien après –, être devenu ce marais gâs, acide et durci que nulle eau fraîche n'abreuverait plus. Il lui sembla, devant le sourire flottant de Barbe, être devenu aussi figé qu'elle, une cité rasée où les conquérants répandent du sel afin que son sol soit à jamais stérile.

– Vous péchez contre l'esprit! frémissait Symphorienne. La mort n'est qu'un passage. Votre peine ne doit pas vous enlever la joie...

Le saulnier avait pleuré pour la première fois de sa vie. Le sourire flottant de Barbe lui rappelait la cruelle vérité ; il n'avait pas été aimé. Il pleurait autant cette évidence que la mort de Barbe. Que de fois, après les funérailles, debout près du cobier, n'avait-il eu aux lèvres et sur la peau l'embrun amer et corrosif de sa peine !... Symphorienne savait et soupirait. Casilda apaisait ce feu amer qui brûlait lentement sa vie. Quand il la contemplait endormie, la noire angoisse le saisissait. Elle ressemblait à une soif non apaisée, une tonne d'embruns dans la bouche, l'enfer, cette mine de sel... Le chagrin du saulnier était devenu cette âcreté sans relâche. La présence vive de Casilda avait été l'eau fraîche et le salut jusqu'au jour du sourire flottant et du Timonier soulevant délicatement le visage ravissant. La convoitise, proche de la haine, du citoyen Loizeau, la détermination de la petite – mon père, j'aimerais tant entrer en religion ! – avaient ravivé la folle angoisse... L'âme du saulnier redevint ce marais gâs, abandonné, et Casilda priait sous la croix à la chaux vive, lisait ces mots des Evangiles dissimulés derrière l'âtre :

« Que se retire de toute âme la salure de l'antique condamnation. »

Peu à peu la douleur du saulnier s'était transformée. Tassant les vaches de gros cristaux gris, il répétait au secret de son cœur :

« Vous êtes le sel de la terre. Mais si le sel perd sa saveur, avec quoi la lui rendra-t-on ? Il ne sert plus qu'à être jeté dehors et foulé aux pieds par les hommes. »

Alors le sel, la vie reprenaient en partie leur dure saveur. Le saulnier se penchait sur le cobier, glissait ses mains dans les cristallisoirs. Il se brûlait, se vivifiait, tentait d'oublier le sourire flottant de Barbe, confondu à celui de sa fille. Sa déchirure, peu à peu, se déroulait, telle la chenille en soie prête à l'envol. Il travaillait plus que jamais. Les lettres du Timonier arrivaient, brèves et concises. Elles annonçaient sa visite. Il y répondait et signait toujours « Votre saulnier ».

Parfois, il se levait la nuit, en toute hâte, car la pluie cinglait. Il fallait sauver la saunaison, secouer sa peine qui le submergeait d'une attaque soudaine. Il tremblait ; le chagrin ressemblait à l'orage qui cognait dru sur le toit de la poudrière Saint-Luc.

Ces nuits-là, Modeste partait sur sa mule. Il réveillait La Fuie en cognant à la porte de son bouge. Le saulnier ne s'approchait pas de l'antre de Labrachoulie. Il se contentait de l'appeler de loin. Cela suffisait ; le géant ne dormait que d'un œil, les loups grognaient, les faucons s'agitaient follement. Labrachoulie avait entendu l'orage, ombre longue de loup-garou, il traversait son marais gâs vers la mule de son maître.

Ils avançaient, courbés sous les éclairs. Le cobier débordait, les petites digues avaient disparu.

– Dépêchons-nous ! criait le saulnier, les pluies ont affaibli les eaux de moitié.

La nuit y passait. L'océan cognait, le tonnerre éclatait, de grands éclairs mauves éclairaient la baie jusqu'à Fouras. La peine du saulnier s'exaltait en un espace originel, puissant, infini. A l'aube, le sel était sauvé. Une fois déjà, le saulnier avait glissé au-delà de l'écluse, au risque d'être emporté par l'océan. La Fuie et Labrachoulie l'avaient ramené, à demi assommé, ruisselant, suffoqué.

– Continuons! avait-il dit, aussitôt réanimé.

« Continuons! » criait le Timonier à ses matelots quand la corvette partait follement en tous sens sous le monstrueux fracas du vent. Marins des terres, les paludiers dépassaient à chaque tempête leur risque de mort...

Sous le déluge, ils étaient forcés, au feu de la lanterne qui tremblait et s'éteignait constamment, de porter le sel jusqu'au mulon. L'averse risquait de tout dissoudre, tout emporter.

– Vite!

Lampe éteinte, ils continuaient en aveugles, à tâtons, sans se tromper, en véritables maîtres du sel. Peut-être, une fois pour toutes, s'égareraient-ils vers une vasière trop profonde, au-delà du cobier... Hissée sur le mulon, La Fuie avait tout d'un être bifide, appartenant à peine à l'espèce humaine. Pour conjurer la peur, elle criait comme une bête. L'orage la cinglait d'un fanal rougeâtre. Son crâne, ses yeux, ses dents étincelaient. Labrachoulie tentait de retenir la digue prête à se rompre... Il ressemblait à l'ogre, l'ours debout, le loup des légendes. Le poitrail dénudé par l'effort, recouvert d'une rousse pelure révoltante, il se courbait, ahanait sous le poids du taudelin débordant des cristaux gris qu'il s'agissait de sauver...

A l'aube, rompus, glacés, couverts de boue, méconnaissables, ils pouvaient repartir : le sel était sauvé. Ces nuits furieuses, le saulnier hésitait désormais à les appeler mauvaises nuits. Se colleter à la violence de l'eau, de la terre et du ciel lui avait appris à faire reculer sa peine, cette angoisse, quand il surprenait, sur la bouche de sa fille endormie, le sourire de Barbe.

Sauver le sel hissait le saulnier hors du désespoir. La voix de Symphorienne, quand s'éteignait la lanterne, lui arrivait de plein fouet. Il y avait le vent qui hurlait, l'océan enragé, les murets éboulés et les mots pour ne point rompre l'Alliance avec ce Dieu désormais interdit, bafoué, refoulé :

« Tu ne laisseras point ton offrande manquer de sel, signe de l'Alliance de ton Dieu. »

Au retour de ces nuits de bataille, le saulnier offrait à ses comparses le pain, le morceau de lard, la soupe de fèves. Symphorienne allumait un grand feu dans l'âtre et apportait le linge propre. Casilda tendait le pain au géant qui perdait contenance. Il grognait doucement tel un fauve qui se couche sur le flanc et fait sa soumission.

Et le saulnier, rompant le pain, offrant le vin et le sel, se surprenait alors, quelquefois, à sourire.

Dans la ville de Rochefort, les pavés ralentissent la marche des mules. Le saulnier longe péniblement la rue à la lanterne. Un établissement de filles est allumé jour et nuit. La patronne ne manque jamais de sortir quand elle entend le pas des mules. Elle troque le sel contre du rhum, une fille, si le saulnier voulait. Ses négresses, achetées à un négociant de Bordeaux, sont très prisées. Tamaris, la plus belle, vient de Saint-Domingue. Une liane sombre et fine, vêtue de satin floche, de bas noirs, d'un bouillonné à mi-cuisse, d'un caraco en mousseline transparent sur les parfaits petits seins aux bouts roses et tendres... Un ruban noué au cou, un turban doré, une bouche bien endentée... Tamaris entraîne les hommes dans la chambre au lit formidable, en acier étincelant et dentelles éparses.

– Monte avec elle, saulnier ! offre la patronne.

Il secoue la tête. Jamais il n'entre dans la chambre des filles.

– Tu as tort, saulnier ! rit la patronne. Rien n'est aussi bon que l'amour !

La patronne, Toinette Michon, est originaire de Pons. Couverte de verroteries des îles et de soie des Indes, elle loue son corps somptueux et gras qu'adorent les marins. Une mousse de cheveux teints en rouge, un nœud en velours noir autour du cou dénudé jusqu'aux seins, trois mouches obsédantes sur cette peau blanche, offerte...

– Ah ça, saulnier de Brouage, viendras-tu un jour dormir dans mes draps blancs ?

Le saulnier ne répond pas. Il ne nomme pas « amour » ce genre d'invite. Le corps de Barbe se met en travers de sa mémoire. La chair si tendre et sa trahison, l'amour et ses mensonges, et lancinante, la vrille de cette angoisse...

Devant l'établissement à la lanterne, les filles et quelques soldats de l'an II ont planté un arbre de la liberté. L'époque oscille sans cesse entre l'ancienne Indécence et la nouvelle Vertu. On persécute les religieux, on assassine les innocents, la vie continue cependant, avec ses rires, ses désirs quotidiens, l'amnésie de tant d'horreur. Les marchés grouillent, la familiarité côtoie la peur. Les filles de joie ont échappé à la persécution. Les bourgeois du Comité du Salut Public se rendent souvent en brûlantes escapades chez Toinette Michon. Tamaris et les négresses représentent les nouvelles libertés ; plus d'esclaves ! des filles d'ébène à égalité au lit des Blancs ! Payées suivant leur vaillance, dansant la carmagnole et des poissonades autour de l'arbre de la liberté, buvant le rhum et baisant la bouche des soldats à la cocarde...

Le saulnier prit le rhum contre le boisseau de sel. La corruption lavée par le sel. Il songeait à Barbe et sa totale absence aussitôt consommées les noces. Il songeait à Symphorienne et ses prières au jardin merveilleux, au jardin traître qui avait failli l'engloutir. Il songeait, petit poignard au cœur, aux treize filles des Récollets décapitées à Saintes. Il songeait au royaume des morts, interminable mine de sel où chaque âme peinait jusqu'à la Miséricorde. Il songeait, repris de malaise, à sa fille...

– Au revoir, saulnier de Brouage ! cria la patronne, frappant la mule d'une main lourde de bagues et de bracelets cliquetants.

Modeste atteignit le but ultime, fondamental de son trajet : la maison du Timonier, son maître à qui était dû le sac en peau rempli de sols. Devant la maison carrée, si belle, à la porte ornée de ferronnerie à gueule de lion, un vendeur d'images négociait à la criée. Il ressemblait à un petit arbre multicolore dont chaque feuille était une image. Il brandissait vers les passants les illustrations dont il chantait les couplets. Au moment où le saulnier frappa le marteau sculpté contre la porte, il tonitruait *La bouteille* du chansonnier Panard. Le texte était gravé en forme de flacon. Le saulnier sourit à l'homme dont le chapeau ressemblait à un clocheton d'où pendaient des grappes d'images.

Que mon
Flacon
Me semble bon.
Sans lui
L'ennui
Me nuit,
Me suit.
Je sens
Mes sens
Mourants,
Pesants...

Le Timonier reçut le saulnier. Il entra dans la cour pavée, laissant dans la rue paludiers et mules. La porte se referma et le saulnier respira d'aise. Il aimait la cour carrée où coulait une fontaine en gargouille. Des plantes exotiques poussaient, vertes, roses. Le Timonier en ramenait de ses voyages. Le doux climat de l'Aunis était amène à la fleur tropicale. Une glycine grimpait au mur, d'une folle couleur fauve mêlée d'un violet tendre... Des feuilles étranges, en forme de sabre, surgissaient de bacs en pierre.

– Entrez, mon saulnier ! dit le Timonier.

Vêtu d'une culotte de laine, de bottes vernies, d'une chemise blanche, il respirait la vaillance, la liberté, les océans. Dans ses yeux qui jamais ne se baissaient, passait la moire de tant de cieux entrevus qu'on hésitait sur la couleur exacte des iris. Aigue-marine ? vert sombre ? brun orangé ? cela dépendait de l'humeur du Timonier. D'un seul coup d'œil, il jaugeait tout et chacun, l'importance de la récolte, la peine ou la paix du saulnier, la force des orages, le risque des corvettes prêtes à résister ou à périr... Ce regard avait vaincu voluptueusement tant de femmes ! Le Timonier avait le rapt ardent et rapide. Il aimait de l'amour son feu et sa fulgurance. La pensée de Casilda assombrit son regard. Cette enfant de quinze ans avait entamé sa paix féroce, sa liberté voluptueuse.

Oséko, le serviteur noir, prit la sacoche et les boisseaux.

– Venez, mon saulnier, parlons.

Le Timonier le fit entrer dans le frais vestibule en marbre. Ils s'assirent devant une longue table. Oséko leur servit un vin très noir. Le Timonier interrogea Modeste sur ses marais. Les tempêtes de février avaient-elles brisé les digues du cobier ? Le marchand hollandais était-il satisfait de la récolte du printemps ? Il félicita Modeste pour sa vaillance. Bientôt, il irait quérir, à la poudrière Saint-Luc, la poudre pour *Les Deux Associés*. Une mission pénible lui était impartie. Le citoyen Loizeau lui avait écrit à ce sujet. Il fallait, pour cela, quarante barils de poudre. Trop de navires anglais menaçaient.

Le Timonier regarda attentivement le sel dans la saulnière. Blanc, fin et sec, corrosif, du très beau sel, vraiment ! Dans ses voyages, le Timonier avait vu bien des choses. Ainsi, dans les pays nippons, il avait assisté à un rituel. Pendant les cérémonies funéraires, le sel était placé sur le sol, devant la maison du mort.

Chaque objet du défunt, qui, par inadvertance, s'était trouvé souillé, était recouvert de sel... Le peuple de Stamboul la belle lui avait offert – ainsi qu'à ses matelots – le sel, suprême convivialité.

Le Timonier avait acheté Oséko l'Abyssin à Gorée. Oséko, lutteur à mains nues, était présenté couvert de chaînes, un sac de sel sur la tête en signe de force. Est-ce à cause du sel que le Timonier l'avait ramené avec lui ?

– Saulnier, parlez-moi de votre fille ! ordonna brusquement le Timonier.

Le vin chauffait lentement le corps et l'esprit du saulnier. Un rayon de soleil inonda la pièce et le visage des deux hommes au prénom de Casilda.

Le sel devenait miel.

VERSETS D'UN PROCUREUR

Qui donc a versé autant de fiel dans le cœur du citoyen Galmier Loizeau ? Un fiel plus amer que celui des volailles de Labrachoulie. Un fiel venu des ténèbres, tapi dans l'âme déformée peu à peu en une brèche obscure. Un fiel qui avait tout envahi, desséché ce visage en angles aigus, usé l'esprit autant que la chair, ce corps malingre, cette peau parcheminée, ce mince sourire... Un fiel que l'on pouvait confondre avec l'amertume du sel, quand, à la fin de la saunaison, il tourmente la bouche du paludier d'une soif ardente. Ce fiel, aux heures où le juge exerçait son métier, se transformait en glaive de la justice, en couperet. Il n'y avait pas si longtemps encore, ce fiel était la corde, la roue et si souvent, sur la grand-place, le honteux carcan des voleurs... On disait du magistrat fort peu de choses. L'habitude était prise d'appréhender ses décisions.

Le saulnier le redoutait davantage pour sa fille que

pour lui-même. Le procureur l'avait demandée à son père en termes froids et nets. Il attendait, patient, qu'elle acceptât sa demande. Une grande partie de l'angoisse du saulnier venait de cette obsession du magistrat. Que répondre à une telle opiniâtreté ? Il y avait le Timonier, mais il s'en allait si souvent ! Le saulnier savait bien où était le danger. Imaginer qu'elle franchirait un jour le seuil de l'austère et sinistre maison de Marennes lui assombrissait la vie. Il rusait comme il le pouvait avec la demande du procureur. Il argumentait la jeunesse de Casilda, qu'elle ait au moins deux années de plus...

– J'attendrai, répondait le citoyen Loizeau, imperturbable.

Le Timonier, lui, ne semblait jamais vouloir attendre. Il allait, repartait, revenait, s'emparait de l'esprit de sa fille. Il était violent, beau et insécure telle la mer. La petite osait se défendre et revendiquait l'autre appel ; celui de la foi. Et le saulnier tremblait...

Le drame du citoyen Loizeau était ce mystère enfoui, ce marais informe et gâs qu'il fallait bien se garder d'approcher sous peine d'y périr... Le saulnier en avait tant pâti... Ce secret était aussi le sien, l'origine de son drame, l'origine de ce fiel, l'origine de Casilda.

La maison du citoyen Loizeau est la plus belle de Marennes. Sur la grand-place, derrière l'église, elle est cet épais rectangle en pierre grise dont tout est sombre. La grille, la cour, les pavés, les feuillages, la volière et ses oiseaux. Une végétation austère accentue la mélancolie de l'endroit. Près de la volière, un banc recouvert de mousse ressemble à une tombe. Seul, le citoyen Loizeau, par certaines soirées d'été ou quelques rouges matins d'automne, s'assoit sur ce banc, contemple ses oiseaux. Les oiseaux, sa rare passion, allument son regard d'une étrange fascination. Ils tirent de sa gorge une roucoulade de sons doux et enjôleurs que le saulnier avait une fois surpris.

– Couroucou ! couroucou ! chuchote tendrement le juge.

« Couroucou » s'adresse à son corbeau et ses colombes qu'il élève à la viande crue et à la baguette. Ses colombes sont devenues aussi cruelles que le corbeau, un milan, presque fou, tourne matin et soir sur son trapèze...

– Couroucou !

Il attire, patient – il attendra la fille du saulnier autant qu'il le faudra –, sur le dos de sa main, la colombe que guettent tour à tour le milan et le corbeau. Une pie jacassante nargue le milan qui se précipite sur les gorges-bleus et leur ouvre le crâne...

– Jette cela au fumier ! dit sèchement le magistrat à Machaut, l'homme à tout faire, quand, certaines nuits, a eu lieu le carnage.

Le magistrat est fasciné par le manque inné de pitié des volatiles, dressés les uns contre les autres, de voracité jamais assouvie, d'épouvante sous la plume, du guet constant... L'œil rond, fixe, n'exprime pas le moindre sentiment autre que la faim, la soif, la peur, l'envie du meurtre...

Le magistrat ne voit pas de différence entre ces prunelles fixes, folles, et celles de tant d'êtres, qu'il a vus trembler devant lui, au tribunal. Ces oiseaux lui ont enseigné le pire de l'humanité, le pire de son métier. Le réel.

Il sait que les colombes dépècent le petit mulot encore palpitant, qu'elles broient et déchirent le cœur... Et le citoyen Loizeau de rire, rire, rejeter en arrière un cou où danse la glotte sous le haut collet.

– Couroucou !

Un coup de badine chasse les colombes au plus haut des perchoirs. Au tour de la pie d'éclater en vociférations qui effrayent le milan pourtant féroce...

– Couroucou !

Le langage des oiseaux sort de la mince bouche du magistrat. Il ajuste ses lunettes rondes pour mieux observer l'attaque du milan, la défense désespérée des gorges-bleus, l'arbitrage imprévisible et meurtrier du corbeau.

Tout finit par s'apaiser dans un modeste flot de sang et de plumes. Les trapèzes, les perchoirs redeviennent immobiles. Le citoyen Loizeau retourne aussi à son silence, à son ennui... Casilda sera-t-elle la colombe enfin bouclée dans la cage ? Lui, ce faucon malingre, apprêtant les rites nécessaires pour mieux la capturer ?

– Couroucou...

La bataille des colombes a été rude. L'une d'elles gît, à demi assommée. Le citoyen Loizeau la porte avec délicatesse sur le banc moussu et souffle doucement sur le bec ouvert. La syncope se prolonge. Les yeux à demi clos palpitent. « Couroucou », murmure le procureur. Un sentiment compliqué l'inhibe. Réanimer la colombe. Bercer les douces plumes nacrées, serrer, serrer la poitrine...

Furieux, il la jette plus qu'il ne la pose dans la cage.

La servante – une femme âgée portant coiffe d'Oléron – tire l'eau du puits derrière la volière. Plusieurs tâches l'attendent. Rien ne fait sourire la servante. Voilà tant d'années que la maison du procureur est ce deuil interminable ! L'amertume suinte des murs. Chez le Timonier pousse facilement la fleur exotique, au jardin de Symphorienne la provende éclatante. Rien ne croît dans la cour du procureur, exceptés de funèbres fusains, un antique cyprès taillé en épée, un marronnier tors dérobant au soleil sa dernière chance d'éclat...

Les carreaux sont opaques tel le fond des bouteilles. La servante a frotté chaque parquet, chaque lambris à l'huile de lin. La cuisine, l'âtre, les tommettes, tout est sombre. Au fond des chaudrons et des cuivres lourds, les visages se reflètent et se déforment.

Chaque pièce laisse entrer le minimum de lumière. Le procureur a pris l'habitude de travailler dans l'obscurité. Sa main gratte, insecte furieux, les parchemins de sanction, d'argent et de mort. Quand la nuit est totale, il consent, enfin, à faire allumer la lampe. Elle diffuse sur les murs des ombres fantastiques en forme d'oiseaux, de chimères à long col, de profils perdus...

Il est très difficile d'entrer dans le bureau du citoyen Loizeau. La double porte, la terreur qu'il inspire paralysent. Le saulnier a la gorge sèche quand il lui faut quérir son passe-droit.

La servante s'active, bouche close, souffle retenu. Elle nettoie avec le plus grand soin les pieds du bureau, formidables pattes de lion. Elle essuie les vitrines où rutilent vaguement les précieuses porcelaines saintongaises... Le greffier, le second juge, les trois commissaires du peuple baissent soudain le ton dans ce bureau où, rarement, le procureur les invite à prendre siège.

Seul, le Timonier s'assoit d'autorité quand il vient pour la poudre. Il laisse son cheval devant la maison, Oséko dans la cour. Le citoyen Loizeau craint ce visiteur autant qu'il le déteste. L'intolérable se joue dans ces courtes visites qui laissent le procureur plus amer que jamais. La virilité du Timonier, sa prestance avivent l'humiliation de jadis en coupure fraîche.

Galmier avait été de si longues années ce terne aîné! Quelle femme résistait à Hyacinthe, le brillant et voluptueux cadet? Le Timonier appartient à cette même race, réduire les filles au consentement affolé d'où elles se relèvent, perdues. Le Timonier quelquefois glisse la main dans la volière. Le procureur crispe un poing sur le dangereux coupe-papier. Le Timonier capture une colombe, caresse le plumage nacré, renverse la gorge palpitante d'un geste délicat, serre légèrement l'oiseau – la fille – qui se débat... Il sait faire trembler d'un plaisir compliqué et vif toute voluptueuse capture... Hyacinthe aussi avait ces subtils gestes prédateurs que le citoyen Loizeau avait enviés jusqu'au désespoir. Il y avait eu alors, goutte à goutte, le fiel.

Le Timonier expédie très vite ses rares visites chez le procureur. L'un comme l'autre évitent soigneusement le nom du saulnier et de sa fille. Ils échangent des propos vifs et lourds de sens.

– Le marais pourrait bien devenir échaudé cette année...

– Il faut cinq cents barils au moins pour la mission aux Antilles...

– Gare aux Anglais, Timonier !

Le procureur secoue la tête, paraphe les différentes autorisations de sa signature en branche sur laquelle se perchent des lettres en forme de becs et de crêtes. Le Timonier gronde alors devant ce malingre qui a tenu tant de vies sous cette main couleur ivoire.

– Pourquoi avoir laissé assassiner les filles des Récollets ?

Le procureur a un mince sourire. « Attention, Timonier ! ne risquez pas de les suivre ! vos propos regardent la République et risqueraient de prouver que vous n'y êtes pas attaché... Heureusement nous sommes entre amis... »

Le Timonier se lève brusquement.

– Au revoir, citoyen Loizeau ! ne tourmentez ni mon saulnier ni les siens ! je le saurai...

Le procureur ne répond pas et l'accompagne jusqu'à la grille. Il désigne Oséko :

– Prêtez-le-nous pour la prochaine fête de la déesse Raison !

Indifférent, il se tourne vers ses oiseaux.

– Couroucou...

La servante n'ose toucher au bureau de son maître. La plume, posée sur la margelle en bronze d'un encrier massif, est sans cesse taillée et renouvelée. Outre les dossiers sur la poudre et le sel, il y a ceux, infâmes, des dénonciations, noires et scellées, les listes des suspects dont celle des prêtres non jureurs.

Le magistrat a épluché en détail cette liasse considérable au point de la connaître par cœur. Nom, âge, état civil, provenance de ces malheureux... Il sait lesquels sont morts à bord du *Bonhomme Richard*, ceux destinés à embarquer sur *Le Washington* et *Les Deux Associés*.

– Je n'aime pas cette mission! a protesté le Timonier.

– Vous irez, c'est un ordre! a susurré le procureur.

– Un ordre! a crié le Timonier, frappant du poing sur les tragiques feuillets.

– Oui, un ordre.

Le procureur n'a pas cillé. Il a vaincu plus d'un mauvais cheval! En un éclair, le Timonier a songé à Casilda et, la rage au cœur, s'est calmé.

Pénètrent aussi dans ce lieu, qui gèle les os, les espions du procureur. Le nain Trouillon, virulent entre tous, trouve chaque piste suspecte grâce à son pendule. Le nain, dont le saulnier n'a point voulu parmi ses paludiers, court de ses courtes jambes jusqu'à Marennes. Reçu en ce lieu redouté, il chuchote des noms, des adresses, des lambeaux de conversations, le lot sinistre qui destine aux prisons et, si souvent, à l'échafaud.

Epoque de mort, de sang, de violence, où cependant les marchés croulent de fleurs, de fruits, de poissardes vendant les moules à la criée... Le vin clairet, les fêtes et les rires, les mouclades énormes sont fréquents sur la place, à Brouage. Les filles de l'établissement à la lanterne hèlent les sentinelles et les autres... Le citoyen Loizeau connaît chaque détail, chaque identité, chaque secret. Plus qu'un magistrat, c'est un policier aussi impitoyable que Fouché. L'établissement à la lanterne avive le fiel de son cœur, le sens de son échec. Mais il ne touchera pas (pas encore) à la maison de Toinette Michon. Les citoyens ne le lui pardonneraient pas. Chaque chose en son temps. Le document vert d'eau, sous le dossier des prêtres, contient le nom des filles de Toinette Michon. En un temps peut-être proche, le citoyen Loizeau s'en débarrassera. Non qu'il ait scrupule à épurer les mœurs et les campagnes, mais il veut chasser l'obsession, la honte, le fiel; le regard des filles, qui toujours, s'est détourné quand il s'approchait.

Le regard de Barbe...

Barbe!

Il y a maintenant dix-sept années, il venait à cheval jusqu'à la maison du laboureur. Il était alors le falot et timide aîné du Conseiller. Hyacinthe était né dix années après Galmier. Veuve peu de temps après, la mère se prit de passion pour ce cadet, qui accentua l'indifférence innée que provoquait en elle son aîné. Les deux frères grandirent dans la maison de Marennes. La Conseillère creusa, à sa manière, le gouffre entre eux. L'aîné battait sournoisement le cadet qui se plaignait et obtenait gain de cause. La Conseillère envoya rapidement Galmier en pension, à Bordeaux. Hivers de glace, solitude, silence et sourde haine... Les années passèrent. Il fit son droit. Hyacinthe brillait de toutes les chances faciles. Le procureur grattait une grande partie de ses nuits les interminables dossiers. Il entendait le cadet rentrer aux aurores d'une équipée au corps des filles... Il y avait le pas ferré du cheval, un bruit de bottes sur les dalles, le soupir tremblé d'un épuisement heureux... La Conseillère non plus ne dormait pas. Jalouse, folle de ce fils dont elle épiait les retours comme une amante. Barbe! à ce prénom qui le brûle encore, le procureur sent son esprit se brouiller, sa mémoire envahie d'un brouillard funèbre. Le fiel le submerge, le suffoque telle la vase au marais qui engloutit l'imprudent.

La chambre du citoyen Loizeau est derrière son bureau. Une fenêtre à croisillons donne sur la volière. La demeure est composée d'une enfilade de salons luxueux et de salles à manger inutiles. La chambre du juge est bien différente. Une austérité monacale, de simples dalles lavées souvent, glaciales au pied, les murs recouverts d'une couche de chaux, un lit étroit, en fer, à mince matelas et couverture unique par tous les temps. Point de feu dans la cheminée, une ancienne saulnière sert de coffre à vêtements. Sur la table en bois, des livres de comptes, ceux, en double, des saulniers du pays. Une simple chandelle, un escabeau. Excepté le grelottement de la cloche au portail, les piaulements de la volière, le feulement soudain d'un chat dont on a du mal à comprendre une telle violence, tout est silence.

La servante est farouchement dévouée au procureur. Elle craint et déteste sa mère réfugiée au premier étage. La servante appréhende le milieu du jour et le moment qui précède l'aube. Les réguliers instants du « miaulement ». Dans le pays on a surnommé la mère du procureur « la miauleuse ». Elle est devenue folle après le décès de Hyacinthe, l'adoré, le frivole, le trop beau. La miauleuse éclate en ce feulement qui atterre. Elle se tord d'une convulsion particulière. Qui ignore ce drame penserait qu'à l'étage de la maison vit un chat d'espèce démoniaque et géante, un chat en colère, pris de rage, de terreur ou d'un rut hors de toute espèce. Le miaulement monte et traverse les murs aussi épais que ceux de la poudrière Saint-Luc. Le miaulement traverse le toit, déchire le ciel, flotte sur la ville... Comment, d'un corps si menu de vieille femme, peuvent s'échapper ces cris de bête ? Il faut alors la lier, lui faire boire de force le vin mêlé d'opium... Le juge et la servante ne sont pas de trop pour calmer la crise. La nuit décuple la crise, il faut l'aide de Machaut. Les miaulements atteignent une intensité effroyable. La bave coule sur le menton de la convulsionnaire. Elle a entouré de cierges allumés le portrait de Hyacinthe.

– Taisez-vous, madame! ordonne le procureur en versant le flacon d'opium dans le verre.

Au début, Machaut, l'homme à tout faire, avait peur. La servante aussi. D'un geste, le procureur a balayé leur terreur d'une autre encore plus grande et ils ont obéi. Il se parle à lui-même plus qu'à ses serviteurs quand l'opium finit par agir.

– C'est un cas proche de celui des convulsionnaires de Saint-Médard... Le trouble s'est emparé de l'esprit de ma mère. Elle se sent coupable de la mort de son fils... et de celle, si lente, de son aîné... Les convulsionnaires, quoique interdits de pratique, ont longtemps pensé qu'à travers miaulements, aboiements, mutilations et hystéries diverses, ils pourraient, invoquant le diacre Pâris, laver leurs péchés... faire parler leurs morts...

Certains se faisaient crucifier, labourer le corps à coups de fourche. D'autres s'enterraient à demi sous la tombe du diacre Pâris... Il y a des années de cela! Les récits de Hyacinthe à ce sujet – sa mort – ont précipité sa mère dans cet étrange désordre.

Voilà maintenant près de quinze années que la Conseillère miaule. Chaque feulement de la folle a brisé le crâne de l'aîné.

Galmier était déjà ce maigre jeune homme décoloré, vieux avant l'âge, quand le brillant cadet commençait ses frasques. Galmier se souvenait de son père, dont trône un portrait à l'huile dans son bureau. Le Conseiller l'avait en partie élevé.

– Faites vos humanités, mon fils!

Le Conseiller estimait ce timide et replié garçon dont l'intelligence le surprenait. Il apprenait vite et bien. Sa mémoire prodigieuse, sa capacité à ingurgiter les revêches textes de lois attisaient l'admiration paternelle. Galmier aimait travailler de longues nuits à des dossiers ingrats. L'aptitude à comprendre le métier de juriste avait été la passion du Conseiller. Un autre fils était né. Hyacinthe. Différent de Galmier tel le jour de la nuit, la colombe du corbeau, la fleur du chardon... Le Conseiller méprisait vaguement cet enfant trop beau, qu'il n'eut pas le temps de voir grandir. Il mourut après avoir mis ses affaires en ordre, doté l'aîné de la maison de Marennes, le second de quelques terres et argent. Il laissa à son épouse, de naturel volage et rieur, l'usufruit de tout, y compris la propriété des salines de Saint-Froult qu'elle s'empressa, aussitôt veuve, de vendre à la famille du Timonier afin de pourvoir aux caprices du cadet tandis qu'elle avait éloigné et bouclé l'aîné... Le fiel... le fiel... Vendre les salines! le procureur s'en remettait mal. L'influence du cadet était extravagante dans l'esprit de sa mère. Tous leurs biens pouvaient être engloutis s'il ne revenait pas très vite dans ce qui était devenu sa maison.

Il se mit à détester davantage Hyacinthe qui l'avait oublié, livré à sa folle et ardente nature.

A cette époque, dans la maison sur la place, entraient la lumière et les amis de Hyacinthe. On entendait son rire insolent, on apercevait son cheval, son élégante silhouette, son sourire éblouissant. Il sillonnait à perdre haleine le marais, les salines, en quête d'aventure. Il ravageait les cœurs, les corps, les vies... Ses conquêtes dépassaient largement ce pays désolé. Il avait noué aventure avec beaucoup de dames de La Rochelle, Saintes, Bordeaux et Paris. Il partait de longs mois. Il revenait, fourbu, mystérieux, prêt à repartir. A Marennes, il s'ennuyait, restait quelques jours, parfois, quelques heures, à la grande désolation de sa mère et à la satisfaction de l'aîné dont le pouvoir grandissait... Hyacinthe adorait tous les plaisirs, l'inconstance, les lointains voyages. Il s'était entiché d'expériences scientifiques. Il avait une foule d'amis brillants dont Pilâtre de Rozier. Ils avaient projeté de construire une machine volante pour traverser l'océan.

Sa mère s'était enthousiasmée à cette idée dont elle finança une grande partie, vendant un autre marais. Hyacinthe entrevoyait à peine le malingre aîné, blanc de rage, grattant au rythme des insectes les épais dossiers de la ville... A vingt-trois ans, Hyacinthe voyagea à bord d'une corvette menée par le Timonier. Ils avaient le même âge, ils allèrent ensemble à Saint-Domingue, achetèrent une esclave qu'ils jouèrent aux dés et la perdirent. Ils reprirent la route vers Gorée. Hyacinthe demanda à son ami de l'y laisser quelques mois. Il reviendrait par un autre navire. Il fit un moment fortune dans différentes aventures et se prit de passion pour une fille d'or et d'ébène. Il repartit sans se retourner.

– Allons, ma mie, n'allons pas ternir le souvenir de nos nuits délicieuses par les liens détestables du mariage !

Il se fit autant d'amis que d'ennemis mortels, il creusait, dans le cœur de l'aîné, l'envie et le désespoir.

A Marennes, on le vit de moins en moins. Il arrivait toujours à l'improviste. Machaut ouvrait, s'affolait, la servante accourait, circonspecte. Le procureur avait tout entendu. Il ne sortait pas de son bureau. Sa mère se levait à la hâte, s'exclamait de joie, ne se lassait pas de contempler l'aventurier si beau. Il revenait, parfois balafré d'une joue, amaigri, la botte maculée de poussière. Il promettait, bien sûr, de rester. On lui servait, quelle que fût l'heure, le chapon grillé, le vin parfumé à la cannelle, les blancs petits fromages, le lourd gâteau au miel...

L'aîné retombait alors dans son particulier enfer.

Levé à l'aube, il savait que Hyacinthe dormait,

voluptueusement étendu sur le ventre, dos nu, souffle régulier, pistolet et ceinture au sol... Ils se retrouvaient à table, dans la plus belle salle à manger, préparée à cette occasion. Il y avait d'abord le petit déjeuner avec cette merveille nouvelle ramenée par l'aventurier : la poudre de chocolat et le café amer. A onze heures, autre rassemblement devant les célèbres volailles de Labrachoulie. Une oie fondante, succulente, que le cadet dévorait à pleines dents. Le procureur grignotait, ne touchait ni au vin ni à la viande. Il partait sans un mot pour le tribunal ou les magasins de Brouage. Hyacinthe et sa mère buvaient seuls, soulagés, le café et la liqueur couleur caramel... Pendant ces repas, intolérables au procureur, la Conseillère, grasse et blanche, caquetait sans relâche, indifférente aux portraits à l'huile de son époux et à cet aîné qu'elle trouvait laid et n'avait jamais aimé. Elle se livrait maintenant à la magie et au spiritisme pour que revienne le radieux cadet, Hyacinthe disparu. Galmier baissait la tête. Tout jeune, il avait souvent essuyé des larmes. Le fiel sécha son cœur. Enfin, il était devenu la pierre, le fer, l'amertume décapante... La lucidité.

Galmier ignorait qu'il pleurerait une dernière fois à l'âge adulte. Barbe... Il y avait eu l'histoire de Barbe... Le Timonier avait alors quitté Rochefort-sur-Mer pour de longues années. On ne le voyait guère qu'au printemps, au moment des vaisseaux hollandais, parfois à la fin de l'été quand revenait le dû des saunaisons. Le laboureur était mort, Symphorienne s'activait près de Barbe et au jardin.

Symphorienne avait un jour éprouvé grande confusion. Barbe l'aidait à rincer la lessive. Barbe et sa chevelure de miel nouée sous le foulard à carreaux, Barbe, si fine et belle, promise au saulnier... Quelqu'un était entré dans la cour de la ferme et s'était approché du bac où fumait le linge. Le procureur Loizeau avait perdu son air froid et méprisant. Il souriait sans quitter sa monture.

– Ne vous dérangez pas, dit-il à Barbe, confuse d'être surprise à la tâche.

Il descendit de cheval et s'approcha. Debout devant un baquet d'eau savonneuse, elle baissait la tête. Il sortit la main de l'eau et la baisa avec délicatesse.

Rien d'autre, il n'y avait rien eu d'autre. Un baiser à goût de miel et de savon. Sa bouche en garda, à jamais, l'empreinte brûlante. La main de Barbe, la peau de Barbe... Ses paupières se levèrent sur l'homme vêtu de noir... Il n'avait pas ôté son chapeau à bicorne, ni sa cape sombre. Il contemplait Barbe, s'enivrait d'un espoir insensé. Barbe, dont il eût pu exiger la main, quitte à soulever le scandale, compromettre son rang car elle n'était ni bourgeoise ni riche. Barbe, dont le père, si humble, avait labouré tant de sillons...

Il repartit brusquement et Symphorienne comprimait son cœur très agité.

Le saulnier avait croisé le procureur sur le chemin. Un pressentiment le tenaillait. Barbe... Il avait foncé à la ferme. Il avait trouvé les deux sœurs à leur lessive. Symphorienne, distante, distraite, tandis que Barbe chantait, le souffle un peu court.

– Ma mie, m'aimez-vous ? avait murmuré le saulnier.

Barbe avait couru vers la ferme, bu à la cruche l'eau glacée. Le saulnier, dans l'encadrement de la porte, était cette ombre qui palpitait. Barbe sentait sa gorge se nouer. Le secret, le secret de Barbe.

Il y avait eu, trois jours avant, une visite bien plus dangereuse que celle du procureur.

Le matin éblouissait. Symphorienne était partie très tôt au jardin. Barbe était seule dans la grande pièce aux dalles fraîches. On entendit le pas d'un cheval. « Le saulnier ! s'affolait Barbe, pourvu que ce soit le saulnier ! » Résignée à ce choix de vie, elle s'en remettait à lui, elle évitait d'arrêter sa pensée sur quiconque.

Ce n'était ni le saulnier ni le procureur, mais la passion en entier qui avait déboulé dans la pièce. Hyacinthe, une rose à la bouche, le regard brûlant, couvrit le mur d'une ombre fantastique.

– Viens ! dit-il.

Ils n'eurent pas besoin des mots pour nommer cet étrange désir qui les poussa, sauvages, l'un vers l'autre...

– Non ! disait Barbe, non...

Leurs bouches se mordaient.

Il l'avait entraînée vers la grange. A moins que ce ne fût elle qui s'accrochât à lui, emportée d'une si singulière ardence... Barbe savait les rares visites de Hyacinthe au pays. Il déboulait d'une traite jusqu'à la ferme des deux sœurs, au grand galop d'un cheval fougueux qui marquait à peine sa trace...

Symphorienne avait activé les fiançailles de Barbe et du saulnier. Elle savait que Hyacinthe perdrait Barbe.

Barbe n'avait rien compris au brasier qui l'avait emportée, clouée à même le sol telle une fille, au plaisir de l'homme, au plaisir du rapt, au sien propre.

Quand Barbe s'était enfin relevée, Hyacinthe avait disparu. Avait-elle rêvé une telle foudre ? Elle avait chancelé jusqu'au puits, bu l'eau glacée, s'en était inondé le visage. Elle était entrée dans le ruisseau où l'on rinçait le linge. Elle se fût arraché la peau. Elle craignait de croiser dans l'eau limpide le reflet de la morsure voluptueuse au coin de sa bouche.

– Que faites-vous là, ma douce ?

Tout était devenu surnaturel. Un abîme séparait Barbe de ce qui avait été sa vie quelques heures auparavant. Elle avait entendu le pas de la mule du saulnier.

Elle n'osait se retourner. Le foulard était resté mêlé au foin de la grange. Le saulnier vit les boucles impudiques, les mains tremblantes de Barbe. Il ne dit rien, s'assit près d'elle, effleura les beaux cheveux, le mensonge en entier. Barbe sentit sa main se crisper légèrement sur sa chevelure où flottait vaguement un parfum, une odeur venus d'ailleurs.

– Quoi donc, ma mie ? dit soudain le saulnier.

Elle détournait son regard, il prit sa main du ruisseau. La main traître et mouillée, la main qui avait osé, intrépide, caresser, étreindre, s'agripper tour à tour crispée ou ouverte...

Elle se mit à trembler. Il l'aida à se lever et la ramena dans la pièce, près de l'âtre. Elle se laissa tomber sur l'humble escabeau.

– J'ai froid, murmura-t-elle, j'ai froid.

Elle semblait avoir la fièvre, il alla chercher la couverture de sa mule. Il l'enveloppa, effleura les cheveux humides, prit son visage entre ses mains, l'obligea à le regarder. Elle s'affolait.

– Regardez-moi ! ordonna-t-il, presque violent.

Des larmes s'échappaient de ses yeux. Elles sautaient, rondes et brillantes sur son col ouvert... Elle endurait mal l'odeur de sel qui nimbait le saulnier, ses larmes, les mains un peu râpeuses, qui avaient travaillé la matinée entière sur les mulons... L'honnêteté avait donc cette odeur âcre et révulsive ? Barbe songea à la peau de son amant, son goût, son odeur de gibier fin. Un flot amer, intolérable souleva sa gorge.

– Reposez-vous, articula le saulnier. Vous avez attrapé la fièvre du marais. Cela va passer...

Il lui donna à boire le vin mêlé de sel et la quitta sans un mot.

Dans la lumière éclatante, à son tour, il grelottait.

Hyacinthe avait quitté brusquement le pays. Il rejoignait sa bande d'amis ivres de machines volantes. Les expériences avaient lieu en Normandie, sur les hautes falaises de Dieppe. Ils avaient projeté de lancer un aérostat dans le marais de Brouage. Hyacinthe avait à peu près oublié Barbe, le corps de Barbe, la bouche et la fougue de Barbe mêlés au siens... Elle était un voluptueux souvenir parmi tant d'autres, une conquête délicieuse au fond de la chaude odeur des foins... Le procureur avait appris l'histoire de cette brève étreinte par le nain Trouillon. Immobile et tapi dans les roseaux, le nain avait surpris le jeune homme à la rose entraîner Barbe-la-Belle dans la grange dont la porte s'était refermée. Il avait vu le saulnier s'en aller à la hâte et trembler...

Le procureur avait reçu sèchement le nain.

– Qu'as-tu à dire, nain Trouillon ?

Le nain chuchota ses informations. Pour une fois, le procureur perdit son empire sur lui et chassa le nain qui se délectait.

– Va-t'en. Tais-toi.

Il prit sa tête entre ses mains et pleura.

Le fiel, encore et toujours, glaça à jamais les larmes. Il n'irait plus jamais à la ferme de Saint-Froult.

Trois semaines avant les noces de Barbe, Symphorienne la ramassa évanouie sur les dalles de la grande pièce. Elle frotta son front de sel et de vinaigre. Les deux sœurs ne parlèrent pas, mais se regardèrent longuement. Barbe crispait sa main sur sa gorge, chancelait jusqu'au jardin. Elle marchait très vite, comme poursuivie. Symphorienne courait derrière elle. Barbe ne s'arrêta qu'au jardin de Symphorienne. Elle se laissa glisser contre les fleurs, contre la terre. Elle hoquetait.

– Etes-vous prête à épouser le saulnier ? murmura Symphorienne.

Barbe secouait la tête ; la main sur la bouche, elle essayait de retenir une folle nausée. Sa sœur recula.

– Mon Dieu..... Mon Dieu...

– Je vais avoir un enfant, dit Barbe sans regarder sa sœur.

Alors Symphorienne s'agenouilla sur la terre du jardin et pria.

Translucide, une mouette traversa le marais suivie d'une nuée de gorges-bleus. Les oiseaux disparurent dans des volutes de lumière. Symphorienne regarda le ciel, les oiseaux fugaces au cri déchirant, les fleurs, la solitude effondrée de Barbe.

Elle jura alors de racheter la faute de Barbe. Elle renoncerait à la vie religieuse et se consacrerait à l'enfant de Barbe. Elle fut prise d'une grande pitié pour Barbe, le saulnier et l'enfant à venir...

La Conseillère vendit une partie des salines quand naquit Casilda. Hyacinthe s'était entiché pour sa machine volante qui coûtait fort cher. Pilâtre de Rozier, les frères Mongolfier s'enflammaient. Hyacinthe avait oublié jusqu'au prénom de Barbe. Le procureur était allé au mariage de Barbe et du saulnier. Blanche et proche de malaises sous la dentelle, Barbe n'osait croiser son regard. Le procureur se demandait quel insensé courage l'avait poussé aux noces de Barbe. Le saulnier était pâle et fiévreux. Il glissa l'anneau au doigt de Barbe d'une main qui tremblait. On ne voyait pas le visage de Barbe sous le voile rabattu. Le procureur fixait la nuque penchée. La honte. Tout, dans cette silhouette de soie et de dentelle – le saulnier avait engagé trois de ses mules pour la vêtir en dame – tout respirait la honte. Pour la première fois de sa vie, le procureur comprenait la lâcheté, la faiblesse de l'homme quand il aime, le silence éperdu du saulnier, le sien propre. Barbe pâlissait ; le procureur disparut.

Jamais il ne revit Barbe. Il ne retourna au magasin des poudres qu'après son décès.

Quand naquit l'enfant, il y eut les cris, le sang,

l'épouvante du saulnier. Dans le délire des chairs en fureur, Barbe parlait. Elle rejetait d'elle l'enfant et les mots qui poignardèrent le saulnier. Est-ce pour cela qu'il avait quitté la chambre à la recherche de La Fuie ? Dans la rue perdue sous le brouillard, il se bouchait les oreilles. Les mots de la trahison déchiraient son cerveau. A son retour, Barbe dormait, un sourire flottant aux lèvres et l'enfant vagissait.

Le saulnier prit la petite dans ses bras. Il répétait comme on prie devant l'échafaud :

– C'est ma fille... La fille du saulnier...

Le procureur vit la fille du saulnier toute enfant. Il contempla les boucles blondes, la radieuse bouche à l'arc délicieux. Il se souvint d'un portrait honni de Hyacinthe au même âge. Superposé à l'adorable visage, le procureur reconnut celui déjà lointain de Barbe la défunte.

Un étrange sentiment s'empara de lui. Casilda serait un jour dans sa maison, colombe ravissante entre toutes. Il ne démêlait pas les sentiments qui l'agitaient. Il se rendait régulièrement à Brouage. La poudre n'était plus le but de sa visite mais la fille du saulnier. Il n'imaginait aucune impureté avec cette enfant d'or et de porcelaine. Elle était à lui ; à lui, comme on peut s'imaginer, follement, capturer tous les ors et les sceller chez soi. Il ressentait pour elle une attache suave et confuse, au-delà de la passion d'amour. La fille du saulnier abolissait le fiel de sa vie. Il l'eût préférée morte qu'écartée à jamais de son existence. N'avait-il pas, un jour, tué de ses mains sa colombe préférée pour avoir osé s'envoler en haut du noir cyprès ?

Il avait tué la colombe qu'il aimait... Il avait alors senti du plomb fondu brûler son cœur. Il avait maudit encore une fois sa mère et son frère, sa très particulière malédiction. Parfois, l'idée proche du vertige l'effleurait qu'il était peut-être devenu fou. La fille du saulnier, seule, apaisait l'âcre rumeur de son âme. Obtenir cette enfant dans sa maison passerait par le mariage. Il n'y avait aucune autre issue.

Il attendrait.

LA MIAULEUSE

Le 27 août 1783, le vol de l'aérostat du physicien Charles avait duré trois quarts d'heure. L'appareil s'était écrasé à Gonesse.

– Un monstre du diable! un monstre du diable!

Ainsi avaient crié deux moines et les habitants de ce village près de Paris. Ils entourèrent la machine. Il y eut de longs palabres avant que les moines n'osassent la toucher. Ils la contournèrent telle une bête maléfique, saisirent une de ses branches d'osier qui se balançait mollement. Ils tremblaient et récitèrent une neuvaine. Dans un grand cri, ils traînèrent la chose qui venait du ciel. Les habitants aussi criaient de ce long feulement des foules en délire. La contagion les gagnait. Quelques années plus tard, et pendant des siècles et des siècles, ils crieraient de même. Ce serait alors des êtres de chair et leurs têtes sanglantes qu'ils montreraient en triomphe à travers les rues, non ce tas de bois, de papier, de tissus et de cordes qu'ils attachèrent à la queue d'un cheval. Ils traînèrent ainsi l'aérostat jusqu'à sa destruction, ils se sentirent proches du ciel et ses anges. Sous la Révolution, ils se crurent forts, libérés, loin de ce ciel vide vers lequel ils vociféraient leur haine...

Pilâtre de Rozier et Hyacinthe travaillaient avec enthousiasme aux plans de leur nouvelle machine.

– Superstition imbécile ! s'était exclamé Hyacinthe devant la réaction des habitants de Gonesse.

Ils avaient enfin abouti leur projet. La machine était un large ballon en toile recouvert de papier enveloppé d'un filet, loti d'une nacelle en osier surmontée d'un système d'entrecroisements sophistiqués. Ils avaient prévu un fourneau à vapeur pour chauffer le gaz. Pilâtre avait rassemblé charpentiers et ouvriers capables de suivre ses plans. Hyacinthe, grâce à la vente d'une dernière saline de sa mère, avait financé une grande partie de l'affaire. Ils avaient loué à Pomponne, en Brie, un vaste hangar et sa maison où ils passèrent sept mois jusqu'à l'achèvement de la machine volante. Hyacinthe écrivait longuement à sa mère. La Conseillère suivait pas à pas les progrès d'une telle élaboration. Hyacinthe donna enfin la date de son arrivée. Elle correspondrait au lancement de la machine : septembre 84. L'aérostat, baptisé « le ballon des salines », voyagea jusqu'à Brouage dans un lourd fourgon ; Hyacinthe et ses amis suivaient à cheval. Quand ils entrèrent dans la ville de Rochefort-sur-Mer, les habitants se mirent sur le pas des portes. La curiosité était très grande au sujet de ce chariot fermé de toute part dont on connaissait l'histoire. Le passage par le bac de Soubise occupa une matinée. Il fallut trois voyages. Le fourgon sans les chevaux, les six chevaux, les voyageurs... Le passeur grognait, farouche. Son bac n'allait-il pas se fendre en deux au milieu de la Charente ? Pilâtre lui donna un sac d'or et la planche s'ébranla en une série de craquements.

La Conseillère avait tout organisé pour son cadet et ses amis. L'ancienne prison de la Forge fut louée pour recevoir la machine. La Conseillère n'avait pas prévu un obstacle. Il fallait la signature du procureur Loizeau et son autorisation pour ouvrir ce lieu d'Etat et lancer une machine volante.

– Eh bien, ma mère, dit sèchement Galmier, vous m'aviez donc oublié ?

Elle lui jeta un vif regard où n'entrait nulle tendresse. Un doute, cependant, flotta dans ce regard. Et si l'aîné refusait ?

Galmier était debout devant la fenêtre de son bureau. Un merle piaillait dans les fusains et prit son envol. Il était jeune, volait assez mal, il atteignit le faîte du cyprès et sembla perdre l'équilibre. Il regagna les fusains, palpita dans l'ombre. Il avait perdu le sens du vol, du vide ; il s'était blessé aux branches. Même les oiseaux, quelquefois ne savaient pas prendre l'envol.

Le procureur songea à l'aérostat, à l'intrépidité absurde du cadet.

– Entendu, dit-il. Je consens à cette nouvelle extravagance de votre fils et de vous-même.

Il disait toujours « votre fils », jamais « mon frère ». Le ton distillait ce fiel, ce métal qui glaçait tant de prévenus...

Le jour du lancement, la Conseillère avait fait

grande toilette. Une robe dite « polonaise aux ailes », avec les manches en sabots terminées par les doubles ruchés nommés « petits bonhommes ». La couturière avait fixé à la soie moirée un inutile et ravissant coqueluchon. Ailes et queue étaient relevées assez hauts, les fentes des poches, le tour de l'ourlet garnis de ruchés assortis aux petits bonhommes. Un volant à tête bouillonnée ornait le bas de la jupe. On apercevait la cheville un peu épaisse, un bout du mollet revêtu de bas roses. La boucle en acier de la chaussure à talons épais brillait, bien fourbie par la servante. La Conseillère gagna ainsi Brouage. Avant de partir, pour une fois indécise, elle était entrée dans le bureau de l'aîné, qui écrivait, plus hermétique que jamais.

– Venez-vous ? murmura-t-elle.

Il la regarda, d'une ironie si lourde qu'elle recula. Dans la cour à la volière, elle courait presque, penchait un dos de coupable...

Machaut conduisait la calèche ouverte. Il y avait près de deux lieues jusqu'à Brouage. Le temps était magnifique, la petite route en lacet, ravissante et bleue. Devant la maison du saulnier jouait Casilda. La Conseillère fit arrêter sa voiture. Emue, elle s'approcha. N'avait-on pas murmuré de si étranges choses à propos de cette enfant ? La Conseillère contempla la petite, les boucles charmantes. Un grand trouble s'empara d'elle.

– Comment te nommes-tu, enfant ? murmura-t-elle.

Une ombre bruissante avait surgi, masquant la petite comme pour la protéger.

– Casilda, dit Symphorienne.

La nourrice recula avec la fillette jusqu'à la fraîche maison ouverte. La Conseillère passa une main gantée de satin sur son front.

– Allons, c'est bien... c'est très bien, dit-elle.

Elle fit signe à Machaut. La voiture s'ébranla jusqu'au marais où devait avoir lieu l'expérience.

La machine ressemblait à un étrange oiseau. Une nacelle, des cordes, le souffle chaud du feu, un ballon haut de dix-huit mètres...

Vêtu de blanc, botté de vernis noirs, les cheveux en catogan, Hyacinthe riait. Il s'approcha de sa mère, lui baisa la main et la présenta à ses amis.

Il y avait beaucoup de monde sur les remparts, les chemins, autour de l'aérostat.

Le saulnier, farouche, penché sur ses digues ne levait pas la tête de l'eau glauque. Il était parti aux aurores. Il avait frémi de malaise en croisant les hommes qui installaient le ballon. Il avait fouetté sa mule. Allons! plus vite! plus vite! Il était entré à mi-jambe dans le cobier, avait heurté du boquet et de la pelle les cristallisoirs. Pour la première fois, il bousculait ses paludiers, donnait rudement ses ordres. Il ignora La Fuie et Labrachoulie, oublia l'heure où tous s'arrêtèrent pour manger le pain noir, l'oignon cru et le dur fromage blanc. « Allons! » répétait-il, congestionné sous son chapeau de paille. Allons...

Il s'adressait aux hommes, à la terre, à l'océan disparu, au sel, aux mules, à l'invisible – à lui-même.

– Regardez! s'écria tout à coup un paludier.

Trois hommes avaient attisé le feu nécessaire à l'envolée du ballon.

Hyacinthe, archange blanc et or, était monté en riant dans la nacelle.

– Non ! murmura sa mère, la main gantée contre la bouche rose. Non...

Le ballon frémit plusieurs minutes avec grâce avant de quitter le sol. Le saulnier se pencha davantage contre la vasière. L'aérostat, tout à coup, s'éleva dans l'air transparent. Symphorienne avait bouclé la petite dans la maison. « Nourrice ! je veux voir le ballon ! O nourrice ! s'il te plaît ! » Elle contemplait la petite croix au cou de Casilda, la petite croix de Barbe. Elle ferma les yeux, pria, navrée de l'insolence criminelle des hommes. Comment oser défier ainsi les nuages et le ciel, la vie du saulnier ? « Casilda ! murmurait-elle. Casilda ! » La petite s'agitait. « Nourrice ! Nourrice ! » Elle pointait son doigt vers la fenêtre. La machine survolait la cité. Casilda ouvrit brusquement la porte et courut vers le rempart.

– Non ! pleurait Symphorienne. Revenez, ma petite mie...

Il était trop tard. L'enfant battait des mains, le marais à ses pieds, la machine au-dessus d'elle. Tête relevée, elle clignait des yeux, éblouie de lumière et de l'étrange spectacle. Symphorienne la rejoignit et l'assit contre elle. Dieu seul était l'envol suprême, l'ascension qu'osait singer l'homme, camouflé en faux ange, ne le mènerait qu'à sa chute...

Il va, l'aérostat, il va !

Les paludiers ont cessé de travailler. Tête renversée sous les grands chapeaux, ils regardent le ciel. Le saulnier ne dit plus rien. Quelle malédiction ramène ainsi, jusque là-haut, le sens de sa chute et celle de Barbe ? Le sel pique ses yeux, une buée amère obscurcit sa vue.

Le ballon est maintenant au-dessus du marais gâs de Labrachoulie. Ses loups, ses chiens, ses volailles éclatent en cris divers. Le ballon a dépassé le jardin de Symphorienne, il s'immobilise, évanescent, au-dessus des vasières. Les paludiers agitent leurs chapeaux. On entend, farouche, le râteau du saulnier. L'aérostat, frémissement soyeux, d'un bond en volutes, se retrouve du côté de l'île Madame. Les laboureurs arrêtent la charrue, se signent et maudissent tout bas... Le vent a cessé. L'aérostat s'immobilise, mêlé à un flocon de nuage, au-dessus de l'île. Capricieux, il tourne sur lui-même, revient sur sa trajectoire. Le voilà à nouveau au-dessus du jardin de Symphorienne. Une convulsion broie la gorge du saulnier. Il se sent tout à coup proche du procureur qui avait en partie cessé de vivre. Hyacinthe ou l'arme de mort des filles amoureuses et leurs trop timides amants... Hyacinthe, aussi dangereux et inconséquent que cet appareil extravagant qui l'entraîne toujours plus haut. Exaltés, Pilâtre et les physiciens courent, galopent sur leurs chevaux, poursuivent le rêve d'Icare enfin réalisé ! Voler ! Voler ! Un homme s'est envolé !

– Il vole, crie Pilâtre ou la Conseillère, il vole !

– Non, fait une voix, il tombe !

Est-ce une chute, ce lent tournoiement, proche de celui d'un oiseau blessé à l'aile ? ce tournoiement d'une machine, cette illusion d'osier, de papier, de soie, de tissus ? Le ballon, silencieux, dessine des cercles en poudre argent, dangereusement proches du sol. Il descend ainsi en plusieurs bonds, aminci, dégonflé en partie, il ressemble à une poire, une tubéreuse inconnue, un vertige, la chute dans les rêves. La nacelle a heurté la rocaille de l'île Madame. Elle rebondit, s'élève encore, se précipite à nouveau. Hyacinthe a vu se rapprocher le quadrillage des marais, celui des vasières, les paludiers à portée de main, le grand chapeau du saulnier. Le monde est contenu dans cette ultime vision ; le quadrillage des salines, le chapeau du saulnier... Hyacinthe avait amené une longue-vue de marin. De là-haut, il s'était émerveillé. Oléron, Aix, la lame argentée de l'océan, la crête de Fouras... Ne pas revenir sur la terre... Plus haut... Plus haut...

– Va, crie-t-il à la machine qui ose retourner vers le sol, mais va donc !

N'a-t-il pas les mêmes fougueux appels quand une femme lutte contre son plaisir et le sien ? Barbe n'avait-elle pas entendu ce « va ! va donc ! » qui avait entraîné son être vers l'exultation d'une machine volante, emportée, insensée ?

– Va !

... Jusqu'à la funeste culbute, le sourire flottant de la mort.

Hyacinthe ne pense jamais à la mort. Il avait été à peine ému par la disparition de Barbe. Il évitait d'y songer. La vie enchaînait tant de merveilles, de beauté et d'ardeur ! Il trouve soudain grotesque le chapeau du saulnier, grotesque et funèbre. La mort serait donc la forme dérisoire d'un chapeau de saulnier ? Ultime vision avant le fracas si léger de l'osier, la déchirure soyeuse du papier, celle, silencieuse de la chair...

Il fallut trois bons quarts d'heure à la foule pour rejoindre la rocaille de l'île. La marée basse permit d'y arriver par le chemin de galets et de sable. La Fuie, hissée sur les mulons, dresse vers le ciel un mufle congestionné.

– Travaillons ! ordonne le saulnier, invisible sous son chapeau.

Il ne parle qu'à lui-même ; ses paludiers se sont précipités à l'endroit où s'est brisée la machine.

Hyacinthe est à peine modifié par le choc. Une petite plaie en fer de lance au coin de la tempe. La boue, la vase ont épargné mystérieusement la veste blanche et or. La mort a été cette culbute ensoleillée, le chapeau du saulnier, tout à coup redoutable tel un banc de rocs. Hyacinthe, météore explosé, comète tourbillonnant dans la lumière trop grande... S'il n'y avait eu le chapeau du saulnier, la mort eût été le contraire de l'ombre, un brasier multicolore et gai dont la peur est exclue. La marque définitive est ce sourire flottant qui fait hurler la Conseillère.

– La mort n'est pas l'ombre.

En peu de mois, la mère du procureur sombra dans son égarement. L'amertume de l'aîné fut à son comble. Ce trouble mental prouvait de façon définitive à quel point il avait été exclu de l'esprit de sa mère. Rien, il n'avait jamais rien reçu d'elle. Ni tendresse, ni argent, ni attention. Débarrassé de ce cadet honni, il n'en avait pas pour cela perdu l'insoutenable amertume. Son impuissance lui sautait à la gorge telle une bête sournoise. Le fiel reprit son joug. Le procureur ne dormait plus, la bouche amère... Qui, pour lui, éprouverait le moindre chagrin s'il venait à disparaître ? sa servante ? ses oiseaux ? les pierres du chemin ? La folie de sa mère était le comble de l'offense, la preuve sinistre de son abandon.

La tombe de Hyacinthe est bien une idée de la folle ! Surelevée de marbres tors et précieux, chargée de pilastres, moulures diverses, sculptures d'anges, guirlandes fleuries... Le profil du défunt saille d'un bronze massif, passé à la feuille d'or. Une lourde grille entoure le catafalque. La Conseillère s'est installée dans la chambre du défunt dont elle a fait une étrange chapelle. Un portrait grandeur nature de Hyacinthe entouré de cierges, fleurs entêtantes qu'elle oublie de changer. Sur un autel nappé de blanc, parmi crucifix et images pieuses, l'effigie du diacre Pâris que le procureur voue au diable. La Conseillère se consume en une interminable insomnie. Son hurlement insane déchire le milieu de la nuit. Elle passe ses heures dans un fauteuil. Quand les crises sont trop violentes, on est obligé de la lier. Le lit de Hyacinthe, massif, en moulure et bois précieux, est devenu un autre espace de son délire. Elle est persuadée que le mort y revient certaines nuits de pleine lune... Le repos s'en est allé à jamais de cette âme perdue aux ténèbres. Au chevet du fauteuil, quelques livres sur la magie. La biographie du diacre Pâris par Barthélemy Doyen. Bien avant cet orage du cerveau, la Conseillère s'en était entichée. Hyacinthe lui avait narré le spectacle des convulsionnaires de Saint-Médard. Certes, la loi interdisait ces sulfureuses réunions, mais ils passaient outre, continuaient à se retrouver en secret, dans des maisons particulières, rue du Temple, rue du Roi-de-Sicile, rue de la Verrerie... Hyacinthe avait assisté à des scandaleux spectacles qui troublaient sa mère.

Miracles, convulsions, cérémonies de flagellation et même, chez le chevalier de Saint-Furcy, la crucifixion d'une lingère en extase... Les clous furent plantés un vendredi saint entre la seconde et la troisième phalange des mains et des pieds. La croix restait au sol, puis on la dressa. La fille semblait ne pas souffrir. Un sourire flottant doublé de cris proches de ceux du plaisir... Ces supplices, expliquait le chevalier de profession libertine, devenaient pour ces gens la persuasion, devant l'au-delà, d'un rachat, d'une délivrance, recours possible à l'invisible. La Conseillère y croyait ardemment. Elle eût tant aimé rejoindre le groupe des convulsionnaires et leurs expériences! La magie se mit à la passionner.

Dans une obscure cabane, sur la route de La Cayenne, trois filles du pays avaient sombré dans ce délire. Marie Touchelongue, brodeuse de rubans, Antoinette Michault, couturière, Gabrielle Lavoine, chapelière. Au quotidien, naturelles, humbles et habiles de leurs mains, elles œuvraient pour la Conseillère et ses robes. Epingles dans la bouche, à genoux sur le plancher de la chambre, Antoinette Michault entrait régulièrement dans la maison du procureur. Pendant les essayages, elle persuadait la Conseillère de se joindre à leur groupe révélateur des grands secrets de Dieu et de l'au-delà. La Conseillère s'y était rendue une nuit, la tête sous une capuche, un loup sur les yeux. Antoinette l'avait accompagnée. Dans la cabane éclairée d'une simple chandelle, commença la cérémonie. Des prières confuses et sans suite, puis les filles se tordirent, se flagellèrent les unes les autres, se roulèrent sur le sol en criant le mot

« Brouille ! ». Elles miaulaient à tout rompre. La Conseillère tremblait d'une singulière émotion. Elle eut du mal à les quitter, rejoindre sa demeure. Il faisait nuit. Les fenêtres semblaient ne rien voir, ne rien savoir. Un étrange silence, comme toujours, planait sur cette ville. Où étaient ses habitants ? Tapis derrière quelle porte à écouter ses pas, supputer sa chute, s'en réjouir d'une mauvaise torsion de l'estomac ? La nuque brûlante, une goutte de sueur froide le long du dos, la Conseillère traversa les rues, la place. Machaut s'écarta dans l'ombre des fusains en ouvrant la grille. La volière se taisait. Où étaient ses oiseaux qui tant de fois éclataient en furibondes clameurs quand on entrait dans la cour ? La Conseillère s'approcha, un trapèze s'agita, puis un autre. Couroucou... Elle mima maladroitement le cri si souvent répété. Elle ne s'était pas aperçue qu'elle miaulait doucement. Les oiseaux s'affolèrent, s'éparpillèrent en une grappe de plumes confondues, entrechoquées.

– Ils ont peur, murmura Machaut d'une voix neutre.

Une lumière éclairait faiblement le bureau du procureur. « Je n'irai plus jamais revoir ces filles ! » se promit la Conseillère. Elle tremblait légèrement, elle fut longue à ôter sa robe qu'avaient cousue les mains qui, tout à l'heure, se griffaient follement le visage...

Le lendemain, Antoinette et la brodeuse de rubans vinrent sonner au portail sous prétexte d'essayage. Machaut les rabroua : « Madame n'est pas là ! » Les filles le regardaient fixement, sans ciller. Le ton montait, la fenêtre de l'étage s'ouvrit, un lourd visage de velours blanc apparut.

– Laissez entrer mes couturières, Machaut !

Machaut obéit à contrecœur, claqua la grille et mit le verrou. La servante avait, exprès, lancé un seau d'eau savonneuse sur les dalles du vestibule. Les deux filles eurent du mal à ne pas glisser. « Sorcières ! Maudites ! » grommelait la servante.

Que chuchotèrent-elles à l'oreille de la veuve ? Elles restèrent plus longtemps qu'un essayage habituel. La Conseillère les raccompagna elle-même au portail. La servante et Machaut avaient disparu. A partir de ce jour, la Conseillère fut sous influence. Elle ne pouvait se passer de ces nuits à la cabane de La Cayenne. Initiée par les miauleuses, elle se mit à invoquer les esprits, faire tourner un guéridon, écrire sur un parchemin les mots obscurs venus d'ailleurs. Inspirée, yeux fermés, elle psalmodiait : « Brouille ! Brouille ! » Le crayon allait, inscrivait des courbes, des signes, des troncs d'hommes et d'arbres, des blasphèmes. La Conseillère se mit à miauler à son tour, réclamer entre deux cris Hyacinthe... Le procureur Loizeau avait fait arrêter les miauleuses de La Cayenne. Le nain Trouillon avait indiqué la cabane, l'heure des rendez-vous. Les archers avaient eu du mal à mater les filles déchaînées dont la force était décuplée. Elles les mordirent, il fallut les attacher serré, les embarquer ainsi dans une charrette jusqu'à l'hôpital des fous, à Saujon. On dut les bâillonner car elles poussaient des miaulements épouvantables, y compris la Conseillère que les archers ramenèrent chez le procureur. Machaut ne reconnut pas sa maîtresse en cette femme dépenaillée, qui hurlait à tout rompre. Le procureur, écœuré, fit un signe. Machaut porta la Conseillère dans sa chambre, lui fit boire l'opium et le vin... Sombre et irrité, le procureur s'enferma dans son bureau. Il relut la copie de certaines pièces concernant les procès de convulsionnaires. Le mot « brouille » apparaissait sans cesse dans les témoignages. « Brouille »; esprit brouillé; époque brouillée... Comment s'orienter quand se perdait ainsi la Raison ? Qui peut retenir la Conseillère ? Avant d'être cette miauleuse cloîtrée, elle a couvert de honte son aîné. Il y eut ses convulsions sur la tombe absurde de Hyacinthe. « Quelle indécence, songeait le procureur, si encore je pouvais la boucler à Saujon ! Au moins, dans ce cabanon, on lie, on enchaîne, on bâillonne les fous, on les ensevelit vivants et on les oublie... » Il avait bien tenté d'interroger sa mère au sujet de ses étranges rites. « La mort, disait-elle, met tout à coup le monde sens dessus dessous. Relâchez mes compagnes ! relâchez-les, Galmier ! vous êtes sans cœur ! je l'ai toujours su ! La convulsion est un effort corporel qui permet d'entrer en contact avec les défunts. Dieu opérera un jour le grand rétablissement... »

Le procureur avait haussé les épaules, ordonné que le cimetière soit fermé à clef. Sa mère y errait parfois de façon imprévisible. Machaut et la servante furent chargés de la surveiller et elle devint cette cloîtrée, cette tête flottant derrière le carreau brouillé... Elle oublia la tombe et le monde extérieur. Quand on lui apprit la mort du roi, elle répéta, hébétée : « Brouille ! Brouille ! »

La sépulture de son fils fut abandonnée. Le visage sculpté du diacre et celui de Hyacinthe sont devenus cette boursouflure sous la pluie. Les statues et les bustes enguirlandés ont disparu sous la mousse et la pierre effritée. Les chaînes sont rouillées, les inscriptions ont fondu, la tombe est ce confus enclos où courent la ronce et le volubilis sauvage.

Le procureur relit la description du nain Trouillon. Les trois filles en convulsion se sont griffé le visage, jetées sous la dalle surélevée. Elles ont gratté la terre, se sont labouré la gorge, les bras, la peau, arraché les cheveux. Elles miaulaient sauvagement, mélangeaient, dans leurs invocations, Dieu, diable et le prénom du disparu. « Brouille ! Brouille ! gémissaient-elles. Tout est brouillé. » La Conseillère était la plus déchaînée. Elle revenait de ces monstrueuses équipées le corps bardé de plaies, le visage en sang. Le procureur referme sèchement le dossier. Il va y mettre bon ordre.

Voilà six années qu'elle n'a plus quitté la chambre. Le procureur, la servante et Machaut assistèrent à la lente dégradation de son être. Les plaies, longtemps, refusèrent de cicatriser, l'odeur de sa peau fut celle d'un cadavre, son bras gauche fut perclus et elle eut un pied dévié. Son dos peu à peu se courba en vieille mère bâton, ses cheveux tombèrent par poignées, ses dents, une à une, furent déchaussées. La bave coulait de sa bouche qui miaulait frénétiquement aux heures froides de la nuit et au milieu du jour. Il ne restait presque plus rien de cette femme qui avait été belle, grasse, rieuse, volage et rose à souhait. Exceptés les larges iris châtain clair que l'on pouvait reconnaître chez Casilda... Il y eut, dans la chambre suffocante, sens dessus desous, d'autres portraits de Hyacinthe.

La servante avait du mal à venir à bout du ménage, de cette malheureuse liée pendant ses crises. La servante la contournait pire qu'un crabe. Elle ouvrait les fenêtres avec suspicion. Un jour, la Conseillère avait bondi et lui avait griffé le visage avec violence. La servante, désormais, appelait Machaut. On liait les mains de la folle. Elle grognait, courbait la tête, tirait une langue verdâtre, faisait la morte. La servante ramassait, revêche, hostile, les diverses souillures. Elle nettoyait sans douceur les plaies, lavait ce corps déformé par la démence. Liée au fauteuil à chimères par la corde qui entrait dans ses chairs, la Conseillère pendait en avant. Elle soufflait par le nez et la bouche tels les chats en colère. Parfois, elle rotait, un sourire de satisfaction plus inquiétant que ses cris.

La servante lui tendait à la cuillère le brouet, un peu de viande. La Conseillère riait tout à coup sans pouvoir s'arrêter, fixait la main, la nourriture, la bloquait dans sa bouche, crachait avec la soudaineté d'un animal qui a conscience de s'empoisonner... Sur l'autel aux portraits, il y avait, pêle-mêle, des crucifix et des images pieuses achetées jadis aux colporteurs.

Jour et nuit, la Conseillère entra dans la phase du miracle et le procureur dans l'amertume définitive.

Elle fut cependant plus calme. Elle miaulait moins, absorbée par le crayon qui faisait parler le mort. Ses crises s'apaisèrent, ses plaies se fermèrent. La magie avait remplacé la fureur.

La Conseillère a déplacé le fauteuil devant un guéridon, elle se concentre, ferme les yeux. Le crayon avance entre ses doigts sans qu'elle le touche... Son fils répond très fort. Le crayon dessine une contrée inconnue, un moutonnement de terre, des collines, des ravins, des arbres en forme de torches, des potences serrées en une haie monstrueuse... Est-ce dans ce paysage affreux qu'erre l'esprit de Hyacinthe ? Le crayon court, dessine une bosse au-dessus des potences. Est-ce un volcan ? Quel nom porte ce pays ? Existe-t-il quelque part, sur le globe ? Est-il rattaché de l'autre côté du monde ? « Va », écrit la main. Qui doit aller et où aller ? Doit-elle retourner sur la tombe interdite ? Dans la saline où s'est écrasée la machine volante ? Le crayon a esquissé une monstrueuse libellule. La Conseillère reconnaît le ballon et la nacelle. « Pars », écrit le crayon. « Dieu c'est la peur et la peur c'est nous. » Le crayon est devenu frénétique. Voici une cascade qui se précipite dans un gouffre. Le crayon va si fort que la servante entend un fracas. Va, esprit, va. Le crayon s'est brisé. Le guéridon est tombé. La Conseillère fixe le parchemin. Un paysage complet. Des nuages au-dessus de ce qui semble être une rue, une ville, une citadelle, un visage d'enfant derrière des volutes et des spirales. Quelle est cette boule tout là-haut ? La lune, le soleil, le ballon crevé de l'aérostat ? Ce visage de femme ou d'enfant, est-ce celui de Hyacinthe devenu ange ? Mais non. La Conseillère a bien vu un visage d'enfant. Les signes épars des symboles ordinaires de la chute. La Conseillère se souvient du fond de ses ténèbres. L'au-delà lui a envoyé le visage de la fille du saulnier...

OSÉKO L'ABYSSIN

Le Timonier avait acheté Oséko l'Abyssin l'été où s'était écrasé l'aérostat. Il menait une corvette de négociants bordelais en quête d'esclaves, ancrée dans le port de Gorée. Ils eurent du mal à aborder la côte et son ressac. Il leur fallut quitter le navire en deux larges barques dont l'une réservée à la marchandise humaine. Le port grouillait. Il y avait les pieds des pendus effleurant le sol, les paniers débordants de fleurs, de fruits, de coquillages étranges, les sombres capitaines ornés de perroquets, cracheurs de blasphèmes à la manière des cracheurs de feu devant les échoppes. Il y avait les filles qui riaient à ces hommes et léchaient leurs lèvres injurieuses et ardentes... Il y avait le marché aux esclaves. Le marchand avait fait transporter Oséko dans une cage. Il se jetait contre les barreaux. Il réussit à en tordre un entre ses dents. Il avait fallu les chaînes et six hommes pour l'exposer sur l'estrade.

Oséko est la plus belle pièce de la vente. Vingt ans peut-être, la tête carrée, la chevelure en mousse rude passée à l'huile de coco, écrasée par un sac de sel. Les pieds, habitués à fouler la jungle, ses feuillages venimeux, sont revêtus d'une semelle naturelle. Oséko est capable de marcher, courir pendant des lieues sans fatigue. Une moisson de poils sombres, lustrés, frise sur le poitrail de l'Abyssin. Les perles bleues et rouges d'un collier s'emmêlent à cette fourrure qui sent la bête et la sueur. Une paire d'yeux noirs roule avec furie sous l'orbite bistrée. On a ôté les chaînes de ses pieds. Les négociants et le Timonier sont au premier rang. On a sorti d'une autre cage un Noir un peu plus âgé. On les met face à face. D'un grand coup de fouet, le maître des ventes excite leurs reins, cingle leur dos.

Ils doivent se battre pour mieux convaincre leurs acquéreurs.

Oséko lutte avec haine, non contre son adversaire – sombré dans la même tragédie – mais contre ses vainqueurs.

Son adversaire a gémi, les reins ployés sous la poigne d'Oséko, le front dans la poussière. Oséko se relève, le lance à la volée contre les cordes de l'estrade. Oséko s'acharne, le tord, le maintient au sol. Un hurlement fanatique sort de toutes les gorges, en mille dialectes :

– A mort ! A mort !

Un dieu ! un dieu de glaise, de sueur, de sang. Oséko cogne son comparse d'un seul élan des pieds réunis. Personne n'a jamais osé vaincre l'Abyssin. Il a été pris dans une embuscade. Il avait fallu ce piège à lion pour qu'il se retrouve entravé, fou de colère. Il avait fallu l'entrecroisement des bois invisibles sous les feuilles, le grand trou hérissé de pointes, de pics, de cordes, le ululement de la tribu triomphante. Oséko, attaché à une longue poutre, tête pendante, était devenu la bête vaincue. On le ramena au milieu des tambours et des cris, des danses. On le scella dans l'ignominieuse cage jusqu'à la place de Gorée où on l'obligeait à se battre.

Le marchand est enfoui dans un burnous bigarré, le visage dissimulé, un long fouet à la main. A chaque coup dont il cingle son troupeau, ses poignets cliquettent de sequins d'or et d'argent. Il a fait un signe. Ses aides ont promptement remis en cage le vaincu. Oséko ruisselle de sueur. On l'attache, bras et chevilles écartés contre une croix en X. Le Timonier a un mouvement. « Laissez ! » grogne un négociant. Les valets du marchand ont amené une négresse très jeune. Onze ans, peut-être ? On lui désigne le guerrier qui secoue ses liens en tous sens. La petite est nue, excepté un pagne minuscule. Elle porte sur le visage un masque peint, en fine toile d'araignée. Des perles, des fleurs, un os coloré dans son bizarre chignon crêpé... Un corps gracile, à peine pubère, où se dessinent deux petits seins à bouts roses, entremêlés de perles. La jambe est longue, les bras gracieux, le ventre plat, la fesse rebondie. Elle s'est approchée du guerrier qui crache des malédictions. Le marchand arrache son pagne. Entièrement nu, Oséko ressemble à un python géant, un fauve dressé... Le marchand désigne aux négociants ses testicules, son sexe. Il jette un ordre à la petite. Elle cache ses yeux. Elle a honte. Elle a peur. Le marchand frappe son dos d'un coup de fouet. Elle gémit, avance, ose, d'une petite main intrépide, sur laquelle est peint un triangle orange et or, toucher le sexe. Progressivement il durcit, devient cette épée gainée de satin. La main de l'enfant va et vient, le membre gonfle, explose en une sémillance épaisse et blonde sous la lumière... Le marchand montre à tous l'opulence de la semence qui coule en trace d'argent, en trace d'escargot, le long des cuisses du nègre. Il a gémi, de rage et de plaisir mêlés, prêt à tuer, assommer, être tué... La petite esclave tombe à genoux, tête sur l'estrade. Elle lui demande pardon dans sa langue. Les aides la poussent d'un coup de pied.

– J'achète! crie le Timonier. J'achète Oséko l'Abyssin.

Son sac d'or l'emporta. Il correspondait à quatre années de saunaison. Les négociants de Bordeaux étaient mécontents. Ils avaient convoité ce colosse. Ils firent cependant de bonnes affaires, embarquèrent soixante nègres des deux sexes dont la petite qui avait osé faire exulter l'Abyssin.

L'embarquement fut difficile. Oséko mordait et s'agitait tel un fauve. Le marchand le musela et le fit transporter avec sa cage. Pendant trois jours, sur la corvette, on entendit son vacarme. Le reste du troupeau suffoquait au fond des cales. Le Timonier avait ordonné qu'on enlevât à son nègre le treillage de fer et de courroies qui écrasait ses lèvres. Il s'était jeté sur le matelot et l'avait mordu si violemment que celui-ci faillit perdre un doigt. Il provoqua la haine de l'équipage. Personne ne voulut s'en charger. Le Timonier vint trois fois par jour lui donner à manger. Oséko était toujours enchaîné. Le Timonier lui parlait doucement.

En fureur, Oséko crachait, soufflait, se lançait contre les barreaux dans la limite de ses liens. Il ne mangeait rien, buvait à peine, criait presque sans relâche. Une nuit, il y eut sur le pont grande rumeur. Le matelot blessé avait excité les autres. Ils traînèrent la cage jusqu'au bord de la rambarde. Oséko avait fini par se taire, recroquevillé dans ses excréments. Il avait deviné qu'on allait le jeter par-dessus bord. Un grand calme l'inhibait. Il avait tendu vers le ciel ses mains aux infamants bracelets. Il priait. Il priait le dieu du soleil, de la lune, des nuages, de la mer, d'accueillir son esprit, de le conduire au royaume de ses ancêtres. Son aïeul, mort si vaillamment au combat, avait sans aucun doute envoyé dans le cerveau malin des Blancs l'idée de le jeter aux ténèbres. Ainsi serait-il libéré du joug de sa capture...

– Canailles !

Il a entendu la voix du Timonier, le fracas d'une dispute, le grincement de la cage que le Timonier repousse au milieu du pont. Des torches sont allumées, l'équipage, silencieux, proche d'une dangereuse oscillation. Tuer le Timonier ? Les matelots entourent la cage et vocifèrent.

– Ce nègre est un singe malade... Nous n'en voulons pas !

Les négociants se sont joints au groupe. Le Timonier dégaine un pistolet.

– Ne touchez pas à cet homme !

Au mot « homme » les négociants ricanent.

– Allons, mon cher, qu'est-ce que ça peut vous

faire qu'on jette par-dessus bord cet animal ? Nous sommes prêts à vous en donner trois en échange !

Le Timonier réfléchit un court moment, il se tourne vers Oséko.

– Veux-tu te battre avec moi ?

Faire alliance de cette manière, encourir le risque d'être vaincu par l'Abyssin est la seule issue. Que faire contre la vindicte des négociants et des matelots ? Oséko serait jeté à la mer ou enchaîné d'office au fond des cales, troqué entre négociants. Ayant perdu tout prestige, le Timonier serait réduit au silence et à la bonne manœuvre de la corvette. Il reviendrait à Rochefort-sur-Mer entaché d'un échec, appauvri de son or. Obtiendrait-il seulement une nouvelle mission ?

– Battons-nous !

Le Timonier connaît quelques mots dans le dialecte de l'Abyssin. Oséko semble incertain. Le Timonier ouvre lui-même la cage. Les matelots reculent ; certains dégainent un poignard. « Canailles ! » répète le Timonier.

– Viens, dit-il, osant entrer dans la cage, viens te battre avec moi.

Le Noir le regarde avec méfiance. Il ne bouge pas quand le Timonier se baisse, ouvre les chaînes, désigne le cercle dégagé du pont.

– Viens !

Le Timonier est torse nu, en position de combat. Des grappes de marins se sont hissés jusqu'au grand mât. Le Noir n'ose bouger, regarde ses poignets libres qui portent la marque rouge de l'étau. Il voit les visages grimaçants des Blancs, la flamme des torches, le ciel envahi d'étoiles. Dans un grand cri, il s'élance.

Le Timonier mord une première fois le plancher. S'il est vaincu, il perdra tout crédit même parmi les esclaves. Il se souvient, du sang plein la bouche, de son ami Hyacinthe, la turbulence extraordinaire de ses idées, ses aventures, le risque chaque fois encouru. Qu'importait de tout perdre, y compris la vie, quand l'enjeu de l'essentielle énergie se présentait! Que ce fût un trésor à conquérir, un océan en tempête à vaincre, une saline à faire exsuder de son or gris, une cité à ouvrir tel un corps de femme, une fille à mater, piller savoureusement et laisser aussitôt, la vie prenait le sens d'un kaléidoscope, d'une éternité à laquelle le Timonier ne songeait jamais. Dieu, pour lui, était dans ce monde sous forme de ces différents ors assimilés à la conquête et qu'il nommait Energie. Dieu coulait dans son sang, sa semence, ses poings, ses muscles, ses désirs, ses idées. Quelquefois, dans le songe à demi éveillé de certaines nuits, le visage entrevu de la fille du saulnier l'irritait d'une crainte confuse. Comme s'il se fût colleté à l'ange minuscule d'un vitrail, indisposant tel le trésor impossible à engranger dans ses greniers. Par quel mystère une enfant si jeune embarrassait à ce point le regard des hommes? Il passa la main sur son visage. Pourquoi, au moment de combattre si férocement, la fille du saulnier avait-elle surgi dans sa mémoire? Pourquoi cette apparition? Que signifiait cette enfant? Il revit la petite esclave obligée de branler le nègre sous le ciel. Il emmêla dans un seul et secret univers la semence de l'homme, la main et la bouche d'une fillette impubère d'où cascadaient les cheveux de la fille du saulnier. Dans un feulement, à son tour, il s'élança.

Les négociants s'agitaient. Qui achèterait le nègre si le Timonier était vaincu ? Les combattants poussaient des cris féroces, se jetaient l'un contre l'autre, s'assommaient, se relevaient, retombaient encore... Le pugilat dura trois quarts d'heure. Un début de roulis secoua la corvette. Le Timonier reprit brusquement le dessus. Ruisselant, demi nu, le pied bien assuré malgré le tangage et les coups reçus, il revint à la charge... Pour la première fois, l'Abyssin, désorienté, recula. Le Timonier ne lui rappelait aucun guerrier rencontré jusqu'alors.

Il sent chez cet ennemi, ce Blanc, la détente insoupçonnée des grands gladiateurs, une force abyssine qui l'assimile à sa race. La force relaie toute espèce d'humanité, elle est ce souffle, ce djinn, sous la peau de certains élus. Le Timonier fait partie de ces vainqueurs... Enchaîné dans sa cage, nu sur l'estrade, à Gorée, tandis que le branlait la fille, Oséko n'avait éprouvé que mépris et haine pour ces Blancs à odeur de porc. Réduit, humilié, il n'avait pas pour cela perdu une once d'orgueil. Il était Oséko l'Abyssin, celui qui avait fait trembler les plus grands guerriers décidés à se venger, le vendre, le voir mourir, ferré dans la cale des navires ennemis... Quand les matelots de la corvette avaient voulu le précipiter, son mépris, son orgueil avaient été à leur comble.

– Viens ! avait ordonné cet homme qui se disait son maître contre un sac d'or.

Oséko ne voulait pas se battre avec un Blanc. Que diraient ses ancêtres au pays merveilleux des sources et des retrouvailles ?

Que diraient-ils de le voir assommé sur le plancher

de ce navire impur ? Le Timonier était ce volcan, ce buffle ailé qui l'avait écrasé. Quel démon se cachait dans le sang de ce Blanc qui faisait reculer les autres ? La voix de son aïeul déchira son cerveau traversé d'éclairs. Le Timonier était digne d'être son maître. Un ordre mystérieux avait décidé de tout. Pendant un temps plus ou moins long, Oséko se soumettrait à cet homme qui pansait ses plaies, le faisait boire et ordonnait de jeter lui-même la cage et la muselière à la mer...

Nul n'osa protester. « A votre guise ! » dirent les négociants. Le Timonier ordonna au matelot circonspect de préparer pour Oséko une cabine contre la sienne. Il deviendrait son ordonnance. Il lui apprendrait sa langue. De ce jour, il l'attachait à son service privé. Oséko le suivrait partout, de Rochefort-sur-Mer à ses sauneries.

– Silence ! tonna-t-il devant la désapprobation du capitaine et des Bordelais. J'en fais mon affaire.

Les négociants débarquèrent les esclaves à Bordeaux et les éparpillèrent à leur gré. La fillette fut vendue à une maison pour filles, au centre de la ville. Elle se nommait Tia. Elle avait un long cou de gazelle, la frayeur des colombes, la mémoire des éléphants. Sa mère, une princesse de la tribu adverse à celle de l'Abyssin, avait été égorgée ainsi que sa famille. Tia avait été amenée à Gorée malgré ses cris et son épouvante. Elle ne savait plus rien de sa tribu. Le marchand força son ventre, l'obligea à tous les gestes qui enivrent l'exultation virile. Il l'initia sans jamais découvrir son visage. Il la cinglait au fouet, elle reconnaissait les poignets aux sequins, le regard cruel, mais ignorait tout de son visage... Il avait fait tatouer deux roses sur la douce peau de Tia. L'une près du nombril, l'autre sur l'épaule droite. Il vantait Tia tel un lot de fleurs à forcer suavement. Le Noir chargé de convaincre les acquéreurs s'allongeait sur le sol. Tia l'enjambait, saisissait le membre entre ses lèvres peintes. Tia roulait avec lui sur le dos. Ils s'enroulaient l'un à l'autre dans un ballet voluptueux de chairs et de souffles mêlés. Tia faisait aussi la bête et la fleur. Tête sur les bras repliés, elle offrait une croupe dans laquelle le nègre entrait, paumes sur les reins de l'enfant vaincue. Tia gémissait; les marchands s'excitaient, les enchères montaient... On la vêtit d'un calicot rouge et d'une jupe en bouillonnés de tulle noir. On lui enfila les bas blancs, la jarretelle ornée de roses et de satin. On entoura son cou d'un nœud en velours noir agrafé d'un papillon en verroterie.

Les négociants, les magistrats, le bourgmestre de la ville enfournèrent l'enfant au corps sombre et radieux.

Tia les toisait d'un regard qui ne cillait pas et où dansait une inquiétante étincelle en forme de brasier.

Oséko sembla une grande curiosité aux habitants de Rochefort-sur-Mer. Le Timonier l'avait fait vêtir d'une veste à brandebourgs, vaste tricorne à pompons, buffleterie croisée sur la poitrine. Les pans relevés de son habit furent ornés d'ancres et de cors de chasse. Les couleurs de ce vêtement étaient rouges et bleues.

Les hautes guêtres, les jambières, noires en hiver, blanches en été, la culotte blanche. Le premier hiver, Oséko devint légèrement gris de froid. Il suivait son maître à cheval. Le Timonier ajouta une pelisse pour le protéger des brouillards. Le Timonier était habillé d'un justaucorps vert foncé avec parements et revers rouges, un gilet blanc, une culotte de peau, de longues bottes, le haut shako rouge et bleu. Ils faisaient sensation dans le pays et sillonnaient chemins et marais.

– N'ayez crainte, ma mère! dit le Timonier, la première fois que le Noir entra dans la maison carrée.

Il avait appris l'histoire fatale de la machine volante, la fin de son aventureux ami, la démence de la Conseillère. Il se rendit sur la tombe de Hyacinthe, mal à l'aise devant cet ensemble tors où rien ne lui rappelait son léger ami. Oséko n'avait jamais vu de tombeaux européens. Il resta ahuri devant les chaînes, les bustes, les sculptures. Il désapprouvait la représentation du visage du mort. C'était un grand péché vis-à-vis des dieux du royaume invisible. Oser greffer dans la matière sa propre image! Le défunt risquait d'être transformé en statue de bronze pour l'éternité. Le Timonier regarda l'Abyssin; sur ses vêtements militaires à la française, il portait toujours les grigris de Gorée. Il roulait des yeux farouches où se lisaient une inquiétude, une méfiance longues à dissiper. Patient, le Timonier lui enseigna peu à peu sa langue, à manger le pain doré, à boire le café, le vin, goûter aux huîtres de Marennes... Le pays comprit très vite qu'Oséko était dans la vie du Timonier bien davantage qu'un esclave ou même un simple serviteur.

La ville s'habitua au Noir. On le craignait. Il s'était

remis à combattre. Le Timonier consentait à ce qu'il affronte, aux jours de foire, les lutteurs sur la plage de Port-des-Barques. Le Timonier aimait à séjourner, aux jours ensoleillés, dans sa villa face à l'île Madame. Oséko l'accompagnait, fourbissait la maison, taillait le jardin, luttait sur la plage.

– Je vais voir mon saulnier, suis-moi ! ordonnait le Timonier.

Au galop, ils rejoignaient le marais de Saint-Froult.

Le saulnier avait appris le retour de son maître et s'attendait à sa visite. Il y avait eu, les jours d'avant, de gros orages. Le saulnier s'était levé en pleine nuit plus d'une fois. Il avait répéré les digues menacées, empêché leur effondrement. Le beau temps était revenu et Casilda l'avait rejoint. Elle aidait les paludiers, en cotillon de toile, bras nus, fichu de linon, grand chapeau et mollets nus. Le saulnier s'apaisait. Il n'aimait guère, jadis, la voir labourer ainsi au sel. Avec les années, son angoisse devenait très grande quand son labeur le séparait trop longtemps de sa fille. Une absence. Un décès. Tout se mêlait. Le sourire de Barbe, celui, tellement vivant, de Casilda, la petite croix d'or sous le fichu en linon blanc... Il y eut, ce matin-là, un grand galop, de la poussière, le hennissement des chevaux. Le Timonier était là avec Oséko. Ils sautèrent à bas de leurs montures. Le saulnier s'avança vivement.

– Continue ton ouvrage, mon saulnier ! cria le Timonier. Je vois que tu t'es colleté aux orages !

Le Timonier fixait la nuque de Casilda, le sillon délicat du dos, visible sous l'étoffe légère, la fraîcheur en fruit des épaules, des bras charmants.

– Tu es devenue bien gente, fille du saulnier!

En trois enjambées, il fut sur le cobier. Il tendit la main à la jeune fille, l'obligea à quitter le bassin, la hissa sur le chemin. Le chapeau glissa en arrière. Une des nattes s'était défaite. Il y eut l'avalanche voluptueuse d'une toison en manteau de reine. Le Timonier ne quittait pas la main de la petite. On entendait le bruit farouche de la pelle et des boquets heurtés sur le sol. Le Timonier éprouvait un malaise proche du désir. Une fulgurance éblouit sa mémoire. A demi nu, avant de combattre Oséko sur le pont de la corvette, il avait entrevu, incongrus, ce visage et ce corps. Elle était à l'époque une enfant très jeune. Le Timonier avait deviné, prémonitoire, cette fille de quinze ans qui lui souriait et dont la main tremblait légèrement dans la sienne, feuille du saule sous le vent... L'image, minuscule, dur petit diamant, de cette figure, avait failli ébranler sa force au moment de combattre le nègre. Un excès de lumière, un peu d'ombre, des éclairs rouges l'avaient fait chanceler. Les négociants avaient cru à une défaillance. Lui seul savait qu'une vision insensée avait bouleversé sa mémoire. La fille du saulnier telle qu'il la voyait, maintenant.

Le silence était troublé par le grillon, l'insecte frôleur, le gorge-bleu, le raclement des râteaux, le souffle oppressé du saulnier. Le Timonier régressait dans une étrange confusion. L'innocence de cette fille était un piège plus redoutable que la cage d'Oséko ou les dures batailles avec la poudre, le fer, le feu, le sang...

– Enlève ce fichu, je te prie!

Elle obéissait, hypnotisée. Il reçut à nouveau la vision de foudre et d'extase. C'était à ne plus s'y tromper, pour une fois dans sa vie, il eut peur. L'amour. L'amour dont il ne savait pas grand-chose si ce n'était la confusion voluptueuse de tous les désirs, l'impossibilité d'y résister, le besoin du rapt, la fougue, et aussitôt l'abandon des corps, l'oubli des chairs ouvertes, de la semence éparpillée tel le pollen aux fleurs...

L'amour éclairait soudain le Timonier, au flanc des vasières roses. Le sens de la fulgurance sur le pont de la corvette devenait une évidence. Il avait donc été frappé d'une prémonition aussi incroyable ? Une enfant dont il ne savait presque rien, exceptée la grâce dont tout le pays parlait, et qui lui était apparue au moment d'un combat, ainsi ces saintes délicates, ces anges qui sont la foudre, le pétale et le glaive mêlés... Il ne se lassait pas de contempler la fille du saulnier. Les yeux largement ouverts, châtaigne claire où dansaient les paillettes d'or des iris. Des opales, se dit-il. Non, plutôt la topaze brûlée que j'ai vue au flanc des vases précieux chez un prince maure... La bouche souriait, corail rosé, sur les dents de l'enfance... Bouche rose, ouverte vers quelle promesse, quel secret, quelle volupté, quelle mise à mort ? Faire saigner cette bouche, en voler les précieux soupirs de l'ombre, amener les lèvres à avouer une passion identique à la sienne. Le nez, d'arête très pure, révélait la joue veloutée en pétale d'églantier. Toucher ce miracle. L'anéantir, s'anéantir avec elle. Ne voit-on pas se ternir et mourir d'extraordinaires papillons quand la main de l'homme ose froisser leurs ailes ? Il ne la ternirait pas, ne la froisserait pas, mais l'amènerait à de plus grands triomphes, d'inconnus voyages dont il serait le timon, le *membre*, oui, *le membre*... La passion l'envahit au point de l'isoler. Il oublia qu'il était venu négocier ses saunaisons, visiter la poudrière Saint-Luc. Il oublia les paludiers, le saulnier, Labrachoulie-le-Géant, muet, courbé sur la vase. Le Timonier s'enfiévrait d'une colère, oui, une colère plus sombre qu'un orage prêt à engloutir les corvettes. Il devenait une poudrière enflammée. Il était prêt à exploser, voler en éclats, entraîner cette fille avec lui, elle qui, maintenant, les bras ramenés sur le chapeau, s'était dérobée. Elle reculait dans l'eau du cobier, semblait flotter sur la mer. Les bras de porcelaine rattachaient le fichu, renouaient la natte. Le Timonier ne détachait plus son regard des bras, anses parfaites d'une panière de fruits, d'une jarre de vin précieux. Que coule de toi, fille du saulnier, autant de cris que de volupté ! Depuis des générations, le Timonier et sa famille avaient été les maîtres du marais. Les maîtres des saulniers. Une vieille mémoire surgissait, mêlée à sa passion. Cette fille était à lui, au même titre que le sel. Cette fille, plus précieuse que l'or de ses conquêtes et cet océan dont il se passait mal.

Le saulnier s'était approché.

– Nous pouvons compter les vaches et les mulons si vous le souhaitez, dit-il au Timonier.

L'angoisse l'avait repris. Casilda ; un pétale, un pétale dans un champ de bataille. Derrière les roseaux, pas plus haut qu'un crapaud de l'étang, le nain Trouillon avait tout vu, tout deviné et fonçait à Marennes chez le citoyen Loizeau. Le saulnier se sentait presque mal. Il blanchissait.

– Comptons les mulons ! dit-il d'une voix forte. Et vous, ma fille, retournez au logis.

– Eh bien, mon saulnier ? demanda le Timonier à Modeste qui s'assit, étourdi, sur le bord de la digue.

Il lui parlait soudain de haut.

– N'aie crainte ! ajouta-t-il.

Il saisit la petite par les poignets, l'entraîna loin du cobier, derrière les chevaux. Il fit glisser à nouveau le chapeau, le fichu. Il retrouva l'éblouissant visage, l'Evidence qui l'avait fait chanceler jadis sur le pont de la corvette.

Il s'émerveilla du coquillage transparent de l'oreille, imagina d'autres chairs plus troublantes. Il osa toucher, étreindre, palper, respirer cette enfant immobile, prise à sa capture de mâle. Il osa baiser, au vu et au su de tous, les mains, l'oreille, la bouche, étreindre les genoux, glisser à ses pieds, effleurer ses chevilles. Elle était la perfection d'un ensemble de hasards. « Es-tu vivante ? » murmura-t-il. Elle était l'extrême rareté en ce monde. Elle ne rappelait au Timonier aucune femme. Ni la petite Indienne, dans le port en bois de New York City, ni les sombres porcelaines des sérails d'Orient où, parfois, certains hôtes lui permettaient de choisir contre la poudre.

Le saulnier avait le cœur pâle, une langue de plomb, de pierre ; il ne pouvait remuer, intervenir, crier : « Assez ! » Il songeait à Barbe ainsi défaite avant leurs noces...

Le silence fut brisé par un bramement, le choc d'une masse qui s'effondre d'un seul bloc. Labrachoulie était tombé, tête en avant dans le chenal. La Fuie se précipita, le retira de l'eau, le coucha sur le chemin près des mulons.

– Laissez-moi ! cria Casilda.

Elle courait; elle courait vers le géant foudroyé. La Fuie lui faisait boire l'eau de la gourde. Casilda tordait un linge sur le front blanchi. L'orbite mauve, la lèvre pâle sous la barbe rouge le faisaient ressembler à un mort. Quelques coquillages étaient accrochés dans sa chevelure. Il remua faiblement, revit le ciel qui avait tournoyé dans sa prunelle quand la bouche du Timonier avait osé effleurer celle de la fille du saulnier.

– Rentrez au logis, ma fille, ordonna le saulnier.

Elle obéit aussitôt et partit sans se retourner.

– Partez aussi, osa dire le saulnier au Timonier. Je vous en prie.

Il sembla hésiter. Il regarda un moment la petite qui courait et disparaissait sur le chemin. Il enfourcha sa monture.

– A bientôt, mon saulnier! dit-il.

Il fonça avec Oséko du côté opposé de Saint-Froult, croisa alors un cavalier tout noir. Le citoyen Loizeau s'avançait vers les vasières.

Il avait tout vu.

L'angoisse du saulnier devenait ce pic, cette pointe qui l'empêchait de respirer. La Fuie lui tendit la gourde. Il but à longs traits. Chancelant, Labrachoulie était retourné aux cristallisoirs.

– J'aimerais compter vos barils de poudre, dit le procureur sans descendre de cheval. Rentrons à Brouage, si vous le voulez bien. J'ai à vous parler.

Il s'exprimait poliment, d'un ton qui interdisait la moindre résistance. Le saulnier le suivit sur sa mule.

Ils entrèrent dans la poudrière Saint-Luc. Le procureur avait amené le grand registre des poudres. Il comptait en silence les barils.

– Comment se fait-il qu'on n'ait jamais retrouvé le plus gros d'entre eux ? dit-il au saulnier aussi pâle que le géant brièvement foudroyé.

– Il a disparu voilà maintenant cinq années. C'est un mystère.

– C'est aussi une faute professionnelle, vous le savez bien ! cingla le procureur.

Le saulnier ne répondit pas. On l'avait autrefois volé. Une nuit, sans doute, une de ces nuits où l'orage se déchaîne sur les digues, où l'homme s'affole, une nuit où les verrous formidables de la poudrière avaient sauté. Qui ? Comment ? Le baril rempli d'une poudre d'espèce rare, meurtrière, foudroyante avait disparu. L'enquête n'avait rien donné. Tout avait été fouillé, même la maison du saulnier, à sa grande honte.

– Celui qui a fait ça mérite la corde !

Le procureur Loizeau était plus véhément, plus agressif que jamais. Il avait croisé dans le marais les deux cavaliers, ventre à terre. L'un d'eux portait sur tout son être la marque d'une félicité agitée, presque meurtrière...

– Saulnier, dit brusquement le procureur, donnez-moi votre fille. Elle n'est promise à personne, n'est-ce pas ?

La poudrière était sombre, à odeur âcre, les murs suintaient. Une froidure de tombe faisait grelotter et parfois provoquait la fièvre.

– A personne, articula le saulnier.

– Dans ce cas, je réitère ma demande.

– Laissez-lui encore une année, citoyen Loizeau, je vous en supplie.

– Une année... Pour quoi faire, une année ?

Le mince sourire restait dans l'ombre, le saulnier ne voyait rien, mais il entendait la voix coupante. Il se heurta aux barils scellés.

– Je n'attendrai pas au-delà de la mission des *Deux Associés,* cingla la voix.

– Oui, oui, souffla le saulnier.

Il s'appuya contre un baril, tâtonna vers la lourde porte, l'ouvrit en grand. L'air, la lumière... Il était au tombeau, encore vivant, avec cet être porteur de mort qui exigeait son trésor, sa vie même.

– Fermez cette porte ! ordonna le citoyen Loizeau. Vous savez bien que la poudre a besoin de l'ombre.

– Oui, dit encore le saulnier. Bien sûr. L'ombre.

Le Timonier s'est rendu à l'amirauté de La Rochelle. Il s'agit de la mise au point de son nouvel ordre de mission.

– Reste ! dit-il à Oséko. Je ne pars que deux journées. Fourbis mes armes. Remplis la malle. Nous allons bientôt embarquer.

A son retour, il est bien décidé à enlever la fille du saulnier. Il ne sait sous quelle forme. La demandera-t-il à son père ? Il l'aime. Tout va de soi à partir de cette foudre. Il partit à l'aube, au grand galop, sur la route de La Rochelle.

Pour fêter la déclaration des droits de l'homme, le citoyen Loizeau a imaginé une fête. Oséko est maintenant un homme libre, un citoyen qui symboliserait la liberté des esclaves. Une grande cérémonie serait organisée à ce sujet sur la place de Marennes. Le procureur profite de l'absence du Timonier pour mander six soldats et un commissaire du peuple à la maison carrée. Ils cognent frénétiquement. Le serviteur ouvre, les soldats l'empoignent, la mère du Timonier s'élance. Que se passe-t-il ?

– Rien, citoyenne ! la fête des droits de l'homme ! ce nègre va représenter la liberté ! On vous le rendra demain !

Ils entraînent d'autorité l'Abyssin, qui revoit, fulgurante, son ancienne histoire de chaînes et d'estrade au marché de Gorée. Il se débat, mord un soldat qui grogne et tire un pistolet.

– Va, mon ami, souffle la mère du Timonier, n'aie crainte...

Les temps sont devenus fous. Elle craint pour la vie de son fils bien décidé à continuer à vivre à sa guise. « Va », supplie-t-elle. L'Abyssin, indécis, regarda la mère de son maître. Les prunelles embuées, la lèvre blanchie, elle le suppliait. Le Noir baissa la tête. « Dieu te bénisse ! » osa-t-elle murmurer.

Il partit entouré de cette garde ricanante. Pour un peu, il les eût assommés, se serait enfui à travers roseaux et chemins jusqu'au port, se serait glissé clandestinement sur un navire en partance au loin. Mais il songea au Timonier. Depuis des mois une telle violence sévissait ici ! Une barbarie, par moments, identique à celle des tribus de son pays qui, un jour, l'avaient capturé au piège des bêtes...

Il fit la route tel un coupable, lié sur un cheval. On osa, pour s'amuser, tourner sa tête du côté de la queue de l'animal. « Je les tuerai un jour, songeait Oséko, les uns après les autres. » On le jeta dans la prison de la ville, sinistre enclos humide, ancien couvent de franciscains. Oséko ne ferma pas l'œil de la nuit. Il hurla, se jeta aux murs, les gardes riaient, jouaient aux dés et l'insultaient. Le lendemain, ils se mirent à cinq pour le traîner sur les lieux de la fête.

On le fit monter sur une estrade. Certes, les chaînes n'étaient qu'un symbole mais elles provoquèrent sa colère. On l'entrava pour de bon. Assis à la tribune des officiels, le citoyen Loizeau se réjouissait. Que le fiel coule, sève maudite, dans tous les cœurs possibles! Que ce nègre au service de l'ennemi juré, le Timonier, crève de honte, de rage et de solitude! Quelle belle injure pour son maître, ce marin de malheur qui faisait trembler de désir la fille maudite! la fille qu'il avait bien l'intention de cloîtrer de force dans sa maison! La population se pressait. On dansa la carmagnole autour de ce qui ressemblait à un échafaud, un très ancien supplice où souffrait ce Noir...

Casilda l'avait vu traverser Brouage, bruyamment mené par la soldatesque à demi ivre. Elle courut vers les sauneries.

– Mon père, dit-elle, mon père...

Le saulnier frémit.

– Je vous avais dit, ma mie, de ne plus venir ici!

La jeune fille tremblait d'angoisse, elle s'était avancée entre les morts.

– Mon père, je les ai vus traiter l'Abyssin avec beaucoup de rudesse... Ils vont l'enchaîner sur la place, à Marennes... Une fête... Mon père, une monstrueuse fête...

Le saulnier la regarda. Elle avait posé sa main sur sa gorge, sur la petite croix de Barbe.

– Par le saint nom de Dieu et la Vierge, allez-y, mon père, allez chercher son maître... Lui seul peut l'en sortir...

Le saulnier baissa la tête. Sous son chapeau, son grand visage disparut. Ses épaules se courbèrent sous le soleil et le poids d'un fardeau invisible. Il sortit par les passerelles entre les digues, confia sa pelle à Labrachoulie qui n'osait plus regarder Casilda.

– Je vais être absent pendant deux jours, dit-il. Continue à baratter les cristallisoirs.

– Merci, mon père ! s'écria Casilda.

Elle resplendissait telle une amoureuse. Son père allait ramener le Timonier. Tandis qu'il apprêtait son unique cheval, elle s'approcha de Symphorienne.

– Racontez-moi Dieu, ma nourrice ! racontez-moi Dieu !

Symphorienne hocha la tête. Quel puissant désordre intérieur la transformait en une fille que se fussent disputée les vents et les grelons ?

– Dieu ne se raconte pas, ma mie. Il est inscrit dans l'Ineffable... Il n'est pas l'homme... Il n'est pas le Timonier... Il n'est en aucun cas le pêcheur... Il n'est pas dans le monde...

Elle regarda la jeune fille bien en face et répéta :

– Il n'est pas le Timonier, ma mie.

Le saulnier rejoignit La Rochelle. Il osa entrer dans la cour pavée, demander le Timonier.

Ils revinrent au galop. Il fallut attendre encore deux longues heures pour passer le bac. Quand ils entrèrent à Marennes, la fête des chaînes abolies était terminée. On avait planté un arbre de la liberté au pied du catafalque. La tribune des officiels était déserte. Des rubans bleus blancs rouges se balançaient mollement. On semblait avoir oublié le Noir. A moins que ce ne fût un ordre du citoyen Loizeau ? Le Timonier grimpa sur la grotesque estrade, délivra l'Abyssin avec peine. Les gardes avaient scellé très fort les cadenas. Oséko était gris de haine et d'impuissance.

Le citoyen Loizeau avait disparu depuis longtemps dans sa sombre maison. Il jouait dans son bureau avec son coupe-papier en forme de poignard.

Il entendit, dans les rues vides, la cavalcade des trois hommes. Il savait que le Timonier viendrait, il savait qu'il s'arrêterait un moment devant sa grille, qu'il crierait :

– Ne recommence jamais cela, Loizeau ! tu m'entends ? jamais !

Un long miaulement s'échappa de la fenêtre de l'étage. Le silence revint. Le fiel immergea une fois de plus l'âme du citoyen Loizeau. « Brouille ! Brouille ! tout se brouille ! » psalmodiait la folle. L'homme couvert de chaînes, c'était lui.

Oséko et le Timonier vont embarquer. Il leur reste encore une nuit.

– Va où tu veux, cette nuit ! plaisante son maître. Tu es un homme libre ! Mais reviens à l'aube. La marée n'attend pas.

Oséko entre dans l'établissement à la lanterne. Il

demande Tia. Les négociants de Bordeaux l'ont vendue à Toinette Michon. Elle est devenue cette fille plus belle que Tamaris, cette déesse couverte de sequins, de bracelets. Elle est devenue la fille qu'il aime, la fille qu'il veut enlever d'ici, la fille pour laquelle il a su se taire et patienter, la fille qu'il emportera très loin, bien au-delà de Gorée. Tia et lui, un jour, s'enfuiront, Tia dont il a tatoué une minuscule étoile près du nombril à la rose, avec une aiguille passée au feu... Tia gémissait, membres à membres mêlés à ceux d'Oséko son amant. Il était hanté par cette fille si jeune – cette enfant – qui avait tout osé sur son membre. Il avait suivi ses pas à la trace. Plusieurs nuits, il s'était demandé s'il aurait la force de ne pas égorger les négociants. Or, elle avait été vendue dans la ville du Timonier... Tia et lui se parlent dans leur dialecte. Il lui demande, à chaque fois, l'humiliation de l'estrade. « Tu dois pour cela payer ma patronne ! » dit-elle. Il jette l'or gagné par ses services sur le comptoir. On lui laisse la fille et la chambre rouge... La bouche délicate lèche son membre formidable, les petites mains intrépides font frémir son être. Il lui demande d'oser le regarder, de recommencer ces gestes d'esclave qui sont maintenant ceux de l'amour. Et Tia demande au colosse les mots de l'amour, les caresses les plus osées, l'enchaînement extatique des chairs, des lèvres, des corps. Tia, tour à tour maître ou servante ployée, Oséko, maître et objet livré...

Le Timonier s'assombrit. Quand donc, un jour, la fille du saulnier demandera à son tour ces caresses et ces morsures qu'il lui donnera sans limite ?

Sur le dos, sur le ventre, en fleur de lotus, en gazelle couchée, front sur la poussière, croupe levée, Tia endure le membre d'Oséko. Le Timonier se jure de ravir à la fille du saulnier ce bonheur du feu dans le ventre, des étoiles dans la tête.

– Allons! dit-il.

Et ils repartent au loin. En mer. En guerre.

BROUAGE 1794

Le citoyen Loizeau relit soigneusement les nouveaux textes concernant la religion.

1791 : La constitution civile du clergé a soumis au pouvoir civil l'organisation de l'Eglise.

1793 : Trois séries de lois organisent la déportation des religieux réfractaires à la République. On a choisi, pour leur exil, Madagascar au climat meurtrier. La terreur déferle à nouveau sur le pays. Plus que jamais, on épie, on dénonce. Le retour du Timonier se confondra à ce navire chargé de prêtres non jureurs. Symphorienne et Casilda s'agenouillent sur le sol, au grand risque et péril de la maisonnée. Elles se souviennent des treize filles du couvent des Récollets, leur arrestation, les coups de poing dans la porte, les voix rudes, les gémissements, les roues qui grinçaient sur les pavés mal joints... Symphorienne s'était précipitée, heurtée à La Fuie, qui la boucla de force dans sa masure, du côté de la glacière. La Fuie grommelait.

Quel manque de bon sens, nourrice! se jeter ainsi en travers des décisions du citoyen Loizeau et de la République! N'avait-elle pas Casilda à protéger au lieu de la contaminer dangereusement avec la religion abhorrée ?

Lorsque la cité fut à nouveau déserte, La Fuie ouvrit la porte de son bouge. Un affreux silence. Les cris et les rumeurs s'étaient évanouis. La charrette était déjà loin, sur la route de Saintes...

1794 : Le Comité de Salut Public ordonne au saulnier de délaisser le sel pour la poudre. L'Etat a besoin de cinq cents barils. Les ordres pleuvent, les délégations républicaines descendent à Brouage sans prévenir. Bien sûr, le citoyen Loizeau est à l'origine de ce nouveau principe. Il escompte bien, entre autres, par ce moyen ruiner les salines du Timonier. Modeste a réfléchi. Il ira au moulin des poudres avec la moitié de ses hommes, dont La Fuie; il laissera ainsi quelques paludiers et Labrachoulie au marais. Non, non, on ne fera pas des marais du Timonier un espace gâs... La poudre. Le sel. La poudre. Le sel. Le saulnier n'a guère le temps de voir sa fille, qui a maintenant seize ans. Le procureur Loizeau rappelle au saulnier sa demande.

– En temps et heure...

Il descend à Brouage, entre en maître dans la poudrière Saint-Luc, fixe le saulnier de son œil rond et brillant.

– Je voudrais voir ta fille, saulnier! dit-il.

Depuis le début de l'année, il tutoie le saulnier. On se tutoie désormais, d'un ton féroce et insolent où se mêlent l'inquiétude et l'observance... Le procureur glisse dans ce « tu » une marque injurieuse. Il creuse l'angoisse du saulnier qu'il traite en vassal... Casilda est-elle devenue l'inévitable gabelle ?

Le saulnier se sent misérable et ne dit mot. Il accueille son subtil bourreau dans sa demeure. La jeune fille file la laine, tête penchée devant l'âtre où cuit le brouet.

– Ne bouge pas, murmure le procureur.

Elle se lève comme si on l'attaquait, noue vivement le fichu sur sa gorge nacrée et la petite croix d'or. Le procureur a ce sourire insupportable qui effraie plus qu'une franche colère.

– Ne cache pas ce hochet, Casilda... Ce n'est rien... On te le pardonne...

Il fait un signe impérieux à la nourrice. Symphorienne va chercher la cruche et le gobelet. Que tout soit bafoué, insulté, tordu comme un mouchoir. Que tout soit le péché et la chute. Que tout soit jeté un moment aux ténèbres. Que tout soit pardonné... Ainsi va le sens de l'Esprit-Saint, le sens des agonisants sur les pontons et dans les cales des *Deux Associés*...

Quand surgit le citoyen Loizeau, toute pièce semble soudain obscure. La lumière est dévorée, happée par la mince bouche qui susurre les mots du fiel. Les mots de l'amour. Oui, les mots de l'amour.

– Quand viendras-tu dans ma maison, fille du saulnier ? Sans toi, la vie reste une longue nuit... Tu le sais, cruelle...

La jeune fille ne répond pas. Il a enlevé la quenouille, il enferme les deux mains dans les siennes. Des serres, des serres de corbeau. Il regarde fixement le radieux visage. Barbe, Barbe qui riait près du puits, secouait la tête quand il lui murmurait le même appel... Il y avait eu le cheval de Hyacinthe, la silhouette blanche et or, la chute, la mort, le fiel, la folie... La fille du saulnier baisse la tête. Il a enlevé le fichu. La petite croix étincelle. Il l'effleure. La peau de Casilda est cet écrin de velours tendre, poudrée, une pêche sous le soleil. Ses mains sont glacées.

– Laissez-la ! ose tout à coup intervenir la nourrice.

Le procureur dédaigne ce cri. Cette folle peut bien radoter dans son jardin. Que lui importe ! il obtiendra la fille du saulnier.

Il refuse son gobelet d'eau. Il se nourrit à peine, ne boit jamais d'alcool. Il n'est que pensées sombres et noirs calculs. Casilda tourne dans sa tête à l'idée fixe. Est-elle sa consolation ou sa désespérance ? Elle remonte à sa désolation de jadis. Retrouve-t-il son humanité égarée quand il entre dans la pièce où elle file, la tête penchée ? Tout dépendra d'elle. Elle seule pourrait enlever le fiel de sa vie, son sort est entre les mains adorables qu'il retient de force entre les siennes.

Il sait qu'il la répugne, qu'elle lutte contre elle-même pour ne pas courir vers la porte, la route, le chemin au-delà des remparts... Il sent sa peur, sa révolte, il voit deux petites larmes scintiller au bord des grands cils. Quand il joue avec sa colombe favorite, il sent sous la plume le même genre de frémissement. Il lui arrive de serrer les douces plumes jusqu'à la semi-suffocation de l'oiseau préféré...

Il sait où est tournée la pensée de la jeune fille. La mer. Le grand navire qui d'un jour à l'autre doit arriver. Le Timonier...

– Au revoir, ma mie, dit-il brusquement.

Il part sans se retourner. La nourrice se signe. Dieu seul est au-dessus de nous. Quand le citoyen Loizeau leur rend ainsi visite, elle a l'impression que le Malheur est entré dans la maison.

Faut-il lui ouvrir toute grande la porte ?

Cruelle mission, pour le Timonier, que de ramener à Brouage et à l'île Citoyenne les prêtres non assermentés ! Le Timonier reçut cet ordre à son retour, après quatre mois d'absence. Il y eut, dans ce périple, plusieurs remous. Les barrages anglais faisaient fureur. Oséko et lui atteignirent cependant Saint-Domingue, les îles où le crépuscule est en queue de paon, les sauvages aux cheveux rouges et tatouages bleutés, les femmes au front marqué d'un sceau à la pointe de feu. Le Timonier avait conquis la confiance des chefs de tribu, négocié à chaque comptoir, troqué la poudre contre l'or, l'or contre la perle, la perle contre la femme, la femme contre l'esclave, l'esclave contre les essences les plus rares... Le Timonier, flanqué de son Noir, est devenu cet écumeur séduit par ces terres roses, ocre, qui lui rappellent la douce Saintonge. Révolté de l'obscurité ténébreuse où a sombré son pays au nom des Lumières. Casilda... Par moments, il l'oubliait quand on lui amenait les filles d'ébène. Retournerait-il enlever la fille du saulnier ? Il la chasse de sa pensée, barbare aux heures où il devient cette bête de feu et de velours au corps des filles... La réputation du Timonier tient en respect les nouveaux chefs de la République. Le citoyen Loizeau a longuement réfléchi. Comment perdre le Timonier qu'il hait de toutes ses forces ? D'abord l'utiliser... Il avait suggéré à l'amirauté que l'on offre à son pire ennemi un poste de capitaine. L'honorer pour mieux le perdre... Hippolyte Canavéral a refusé. Il est une tradition dans sa famille : naître et mourir timonier. Un timonier est à la fois le maître et le serviteur du bâtiment, des éléments furieux. Un timonier voit loin, redresse hors des tourbillons le vaisseau en danger, mène autant le navire que les négociations. Le capitaine en appelle sans cesse à lui. Quand la mer devient cette convulsion pythonesque, le timonier a, seul, le pouvoir de ramener navire, cargaison et hommes... Le compas, le timon n'ont plus de secret pour lui... La roue du gouvernail, les appareils de la navigation reluisent entre ses mains, la puissance de ses mains. Sa cabine de bois, de velours et de cuivre d'or, n'a rien à envier à celle du capitaine... Oséko a tendu sur les parois les tissus aux dessins cabalistiques. Des cercles, des triangles, des poissons, des fleurs inconnues, des langues de feu, mais jamais la représentation du visage humain. Quel Dieu pardonnerait une telle offense ? La mer se retourne avec la brutalité d'une femme en fureur. Imprévisible, avide d'engloutir. Le Timonier le sait. Ruser avec les signes cabalistiques. Ne plus confondre les tempêtes avec la rage des djinns. Ce ne sont que des tempêtes, des bouleversements naturels ! Il a initié Oséko à la navigation moderne. Il le garde près de lui quand il passe la nuit au timon. Le Noir rit, hoche la tête, persuadé que le Timonier a beaucoup à apprendre sur les divinités. « Intempéries », « orages », « atmosphère »... Oséko invoque les grigris. Qui défier ou nommer quand il s'agit de la puissance des divinités ?

Le Timonier aime de même force la mer et les filles inattendues... Qui donc peut dominer le Timonier, le détourner de ses passions ? La fille du saulnier. Voilà son irritation. Il adore dompter la force somptueuse, envoûtante de la mer. Va-t-il s'y anéantir un jour ? Rejoindre tant d'ancêtres disparus en mer ? Les événements du monde atteignent en général peu ce genre de marins. Le Timonier écume le corps des filles comme il aborde les bancs de coraux dangereux... Une conquête, une conquête où saignent la peau, le cœur, d'où il revient, triomphant, oublieux. La fille du saulnier a bouleversé cet ordre en forme de kaléidoscope. Depuis qu'il l'a revue dans les salines, il n'est plus heureux. Il a perdu le sens de la fête qu'était chacun de ses embarquements. Tout s'est compliqué. Les nouvelles lois (le citoyen Loizeau) l'ont entraîné dans une mission qu'il déteste. Pour la première fois, on lui confie un navire qui portera dans ses cales autre chose que les riches marchandises. Des prisonniers... Trois cents religieux ayant refusé de prêter serment à l'ordre nouveau. Le Timonier relit l'ordre de mission. Parmi les paraphes, la signature en lame de couteau du procureur. Tout s'assujettit à sa redoutable influence. Même l'amirauté.

– Enfer d'homme ! s'écrie le Timonier, vil insecte !

Oséko hoche la tête.

– L'homme blanc est malin comme le cancrelat sous la pierre. Il sait ronger la tête des hommes. Y jeter le doute et la folie. Il emportera la tourterelle blanche de Brouage... Il la mettra dans la cage de son jardin, de sa chambre. Elle possède son esprit.

Le Timonier s'agite.

– Tais-toi! tais-toi!

Le citoyen Loizeau commet toujours ses meurtres quand il est absent.

Le Timonier traversait l'océan Indien quand, en septembre 92, les treize agnelles des Récollets avaient été traînées jusqu'à leur dernière prison. Il y avait eu un large papier blanc signé du citoyen Loizeau. Un papier aveuglant, semblable à celui qui ordonne au Timonier de prendre poste à bord des *Deux Associés*. Maudit insecte! canaille! Le couvent des Récollets devint un fenil. *Les Deux Associés* n'allait-il pas être le navire de la honte et du crime?

Le Timonier et Oséko veulent cependant revenir à Rochefort-sur-Mer. Il y a la fille du saulnier, il y a Tia...

Tia... La gazelle noire. Ne voilà-t-il pas que le nain Trouillon s'est mis à convoiter Tia couverte de sequins, la chair nue sous les bouillonnés de tulle?

– Va-t'en! lui crie la patronne. Elle ne veut pas de toi ni de ton argent qui pue la mort...

Le nain grimace.

– Attention à toi, citoyenne Toinette Michon!

– Va-t'en, mirmidon! cours à Marennes chez ton horrible maître!

Toinette Michon pose, sur ses hanches en cruche vernissée, deux poings roses, chargés de bagues. Elle agite en arrière sa toison teinte en rouge. Ses colliers cascadent sur de lourds seins blancs jaillis de la dentelle.

Les commissaires du peuple grognent:

– Va au diable, nain Trouillon !

Toinette Michon a les arguments pour se les allier.

– Viens, toi ! Viens, coqueluche de mon conin !

Le nain Trouillon met tout un jour pour atteindre la rue de la lanterne. A croupetons sur une mule volée au champ du saulnier. Le saulnier avait failli l'assommer d'un coup de gourdin et s'était contrôlé à temps. Le nain désigne la petite croix d'or de Casilda. « Attention à toi, saulnier ! » Labrachoulie voulait cogner. « Attention, géant, je sais où est la poudre ! » Le nain inventait, maudissait, ricanait, faisait l'affreux geste de la décollation. Le saulnier s'obligea au calme et perdit ainsi une mule.

Le nain disparut tout un long jour à l'établissement à la lanterne et n'y rencontra que mésaventures. Les filles le haïssaient. Il avait beau brandir les pistoles que lui jetait le citoyen Loizeau à chaque dénonciation – pistoles volées aux condamnés en tous genres – les filles ne cédaient pas. Il avait élu d'abord Tamaris. Et Tia. Tamaris avait acquis une ampleur des chairs extraordinaire. Maquillée de rouge, de rose, de bleu, elle poussait brutalement le nain dans la chambre la plus laide. Il n'y avait qu'une chaise longue. La porte close, il se trouvait face à cette statue de graisse, cette courge vernissée et brune, aux pendeloques cliquetant sur les épaules, aux seins nus sous la gaze. Elle s'étalait sur la chaise longue. « Donne tes pistoles ! » Elle écartait des cuisses plus larges que le nain et désignait une fente en forme de mangue juteuse. « Eh bien, gnome ! vas-y ! » Le nain était pris de vertige. La négresse partait d'un rire insupportable, enfournait le sac de pistoles dans son sexe, le ressortait, l'y remettait.

– Va raconter ça à ton procureur, vermisseau! envoie-le-nous!

Le nain chancelait. Sa tête énorme, fendue d'une bouche batracienne, lançait des malédictions.

– P'tit zéro! terreur de mon joli conin! l'insultait Tamaris.

– Rends-moi mon argent! piaulait le nain.

Tamaris se levait d'un seul coup, la bourse coincée entre ses muscles secrets et formidables.

– Eh bien, vermine de la vase et des broussailles, viens le chercher, ton argent! tu sais où il est!

La fille avalait une rasade de rhum, reculait sur le nain au point de l'écraser. Il dégringolait l'escalier étroit sous le rire des filles.

Quand avaient lieu ces scènes, Tia se cachait dans la chambre à la rose. Chaque rose était un œilleton d'où l'on pouvait épier. Le citoyen Loizeau, incognito, enveloppé d'une cape, avait loué une fois le cabinet derrière les œilletons... Il avait vu Tia rouler en danseuse sous le ventre d'Oséko, s'accrocher à son dos, se glisser entre ses cuisses formidables. Etre à la fois la jument et le cavalier, la tourterelle et le chasseur... Il l'avait vue se clouer au membre de l'amant, gémir, devenue à son tour cette sombre rose ruisselante... Oséko s'était précipité poignard en main. Il avait senti qu'on les observait. Il avait tailladé avec rage la rose fourbe, peinte en or et cramoisi. Un léger cri s'était fait entendre. Le citoyen Loizeau, depuis ce temps, porte une entaille au coin de la joue. Personne n'ose lui demander d'où vient cette éraflure, cette croix vaguement honteuse... La fille du saulnier blanchit devant cette cicatrice. Elle devine, confuse, qu'elle n'a pour origine aucun glorieux combat. Un insecte, une attaque nocturne, une rixe de l'ombre...

Le nain n'a jamais pu avoir accès aux œilletons ni au corps de Tia. Le Timonier a donné à Toinette Michon une grosse somme pour protéger Tia et Oséko.

Le nain a perdu son argent, accentué sa haine. On s'est moqué de lui, on l'a volé, titillé, poussé... Il se précipite chez le citoyen Loizeau.

– Parle ! ordonne celui-ci, jouant du coupe-papier.

Le nain s'excite, invente le fiel : l'établissement à la lanterne cache des prêtres. Dans la chambre de Tia... Celle de Tamaris... La liste s'allonge. Les soldats bouleversent de fond en comble la maison de Toinette Michon. Piaulement des filles, hurlements de la patronne. La chambre à la rose est bouleversée sens dessus dessous. Mépris de Tia qui n'a pas la même notion du temps que celle des Blancs. Oséko reviendra en temps et heure. Elle dédaigne cette race qui sent le porc et s'agite, pantins mortels... Oséko les égorgera, un jour, sans peine. Tamaris tient tête, poings sur les hanches, les soldats ricanent. Où est l'argent du nain ? Tamaris rit d'une large bouche rouge, désigne son sexe. « Vas-y, p'tit zéro ! Vas-y dans mon con mignon ! » La soldatesque se tord de rire, exige le vin et le rhum, se vautre sur les canapés. Les filles les entourent, la patronne a fait un signe. Qu'elles baisent et baisent les soldats de l'an II ! Tamaris a sorti la bourse de sa cachette insolente et la jette à la volée. Les soldats se pâment. Tia s'enferme dans la chambre à la rose. Mille regards s'amusent à se coller aux lèvres troubles de la rose. Tia sur le lit, Tia au port de reine, attend Oséko et ne craint ni la mort ni cette valetaille bottée qui a surgi dans la chambre aux œilletons. La troupe de cancrelats labourent en tous sens la princesse déchue, couverte de sequins, à deux doigts de mourir, et qui se vengera.

La violence continue.

Les soldats de l'an II quittent l'établissement à la lanterne. Ivres, ils cognent aux portes des fermes, éventrent les fenils, trouvent quelques religieux cachés sous la paille. Les pontons du *Bonhomme Richard* croulent de prisonniers.

Le citoyen Loizeau contrôle la poudre plus que jamais. Casilda s'est mise à trembler. Où est la place exacte de son trouble, sa crainte ? Quelle singulière confusion fait battre son cœur à la volée ? Le saulnier lui interdit d'aller aux vasières ; pour un peu, il la bouclerait dans l'épaisse maison couleur de sel.

La demande du citoyen Loizeau ressemble à un ordre. Il parle de Casilda comme d'un baril de poudre plus précieux que les autres, un trésor qui, bien sûr, lui reviendra.

– Oui, murmure le saulnier, oui...

– En temps et heure, susurre la voix lente et métallique, je ferai un sort à ta fille...

Un sort ; l'épouser, l'établir, la murer dans sa maison.

– Oui, répète le saulnier repris d'angoisse.

Le Timonier chemine dans l'esprit de Casilda, poudre qui s'enflammera – en temps et heure – si on n'y prend garde... Embrasée, Casilda en oubliera le saint nom de Dieu...

Si le diable voulait... Symphorienne retourne au jardin, s'y penche, ouvre la terre, arrache la mauvaise herbe, enlace le chèvrefeuille, implore les forces invisibles, obsédantes. « Je t'appellerai Dieu depuis le matin du brouillard mortel, le matin de l'épreuve, le décès de Barbe, la naissance de Casilda, le renoncement à la vie religieuse. »

Le Timonier espère oublier la fille du saulnier, l'exaltation d'un tel dérangement ! Il confond cette passion aux proues d'or, échevelées, ruisselantes et nues. La dissoudre de sa mémoire ! Aller plus que jamais au corps des filles de soie et d'ébène. Mais sans cesse, la vision d'amour surgit, telles l'écume, la vague, la tempête...

Quand le navire approcha de cette côte ouest de la France, le mal d'amour l'avait repris. Jamais il n'avait eu le mal de mer, ce malaise y ressemblait beaucoup... Ce n'est qu'un désir, se fâchait-il, je l'épouserai, voilà tout, elle restera dans ma maison... Je serai peut-être le premier étonné de la retrouver chez moi, à mes retours...

Les Deux Associés approche de l'île Citoyenne. L'unique lueur de cette abominable mission est de revoir Casilda, la convaincre, la ravir à la maison de son père. Alors il la confondra avec la mer, s'y enivrer, s'y engloutir, l'entraîner dans la suave chute en volutes et spirales...

Avec la patience d'un reptile, le citoyen Loizeau guette le moment de dévorer sa proie, la fille du saulnier, qui jamais ne le regarde quand il descend à Brouage, au magasin des poudres.

Elle ne le regarda pas davantage quand il ordonna la grande fête de l'été. Un char couvert de fleurs, tiré par les mules du saulnier, avec une reine au centre de la nacelle fleurie. Le pays avait dit : « Ce sera la fille du saulnier ! » Le cortège quitta lentement Brouage, jusqu'à Marennes, Casilda vêtue en déesse Moisson. Elle porte une tunique blanche, des sandales d'or, ses cheveux sont tressés de guirlandes de roses et de clématites. Le char est jonché d'épis de seigle et de pétales. La déesse Moisson... La petite croix d'or au cou gracieux et blanc est ce feu, cette audace qui accroche les rayons du soleil. Jamais on n'avait vu plus radieuse figure. L'équipage est mené par les paludiers, le saulnier, la nourrice très inquiète et une partie de la ville. On doit rendre hommage au Comité du Salut Public, danser autour du feu de l'été sur la place.

Le procureur Loizeau alla à la rencontre du char que les paludiers arrêtèrent devant sa maison.

Il tendit la main à la fille du saulnier. A la déesse de la terre. La fée des fleurs...

Labrachoulie, qui avait suivi à pied, dégaina un poignard. Tuer, tuer le citoyen Loizeau...

Casilda tremble légèrement. C'est la première fois qu'elle est devant la maison du citoyen Loizeau, l'épaisse grille aux fusains opaques, la volière silencieuse. Elle reconnaît l'homme vêtu de noir, la main en forme de griffe... Labrachoulie veut s'élancer. Non ! pas maintenant ! grogne La Fuie. Alors, une femme aux cheveux gris, éparpillés en désordre sur le col d'une chemise ouverte, a surgi.

– Ma mère, veuillez rentrer ! ordonne le procureur d'une voix sourde.

Elle ne l'écoute pas, fascinée par l'étrange fée blanche et rose. Casilda a grande pitié de la vieille femme. Elle devine plus qu'elle ne reconnaît la Conseillère. Curieuse, la foule se tait. Ainsi, la miauleuse était devenue cette vieillarde, édentée et qui pleurait. Elle se mit à palper les boucles de la fille du saulnier.

– Hyacinthe ! murmure-t-elle, la voix tremblante. Hyacinthe !

La servante et Machaut se précipitent, entraînent la folle dans la maison.

Le procureur disparaît à son tour derrière la grille. Cette apparition – sa honte, son fiel, son malheur – l'a pour une fois bouleversé. La beauté radieuse de la fille du saulnier aussi.

Modeste avait eu la gorge serrée quand était apparue la vieille femme échevelée. Ramener la petite à Brouage. Il trouvait indécents, absurdes cette fête et ces rires, ce char de fleurs, sa fille aux épaules nues, les cheveux noués de façon païenne. Tout cela parce qu'un être régnait par la terreur sur le marais et sa vie, que les temps étaient à la haine, au sang, à la folie.

Le feu du grand bûcher craquait, on chantait, on dansait. C'était à qui toucherait les cheveux de la reine de l'Eté.

– Rentrons, souffla le saulnier.

Il hissa sa fille derrière sa mule, jeta une couverture sur ses épaules, fit un signe à ses paludiers. Qu'ils ramènent le char quand bon leur semblerait ! Symphorienne monta sur l'autre mule. Labrachoulie suivait, loup qui guette la précieuse couvée... Casilda appuya sa joue contre le dos de son père. Il y avait eu tant de violences, ces derniers jours. Que signifiait cette fête de l'été, des moissons, de la paix et de la raison ? Une menace...

– Rentrons !

Le saulnier criait presque. Symphorienne n'avait vu qu'une seule fois sur son visage, d'habitude calme et triste, une telle expression de fureur. Un jour d'été, si loin, où il était venu rendre visite à Barbe avant ses noces...

– Rentrons...

Il s'enferma un moment dans la poudrière Saint-Luc. Nul n'osa le déranger. Il marcha une partie de la nuit parmi les barils. Le dernier rayon du jour éclairait faiblement l'antre mystérieux. Il y avait l'odeur âcre, mêlée à celle du salpêtre. Tout devenait progressivement sombre. La poudrière, cette caverne inquiétante où le saulnier tentait de calmer son angoisse. Un piège, un piège de mort se profilait, tel *Les Deux Associés* maintenant au large de l'île d'Aix.

LES DEUX ASSOCIÉS

Comment ces prêtres avaient-ils échoué à bord des *Deux Associés* ?

Tout avait commencé en janvier 1794.

Un hiver de brouillard, de pluie transformée en stalactites glacées. Les arrestations avaient été rapides et violentes. Les sentinelles bleues avaient écumé la Vendée, défoncé les portes des granges, éventré les fenils à coups de baïonnette. Parfois s'en échappaient le cri, le sang. A Clisson, Capilla-la-Vieille avait caché dans une armoire, derrière des fagots, deux moines – Juste-le-Mendiant et Espiritù. Les bleus étaient entrés, avaient bousculé et à demi assommé Capilla-la-Vieille. Tout avait été mis à sac, sauf l'armoire... Les deux moines, sous les fagots en épines, avaient entendu crier, jurer, maudire, une cavalcade, le bruit du verre brisé, un ronflement de flammes... Les bleus avaient mis le feu. La maison de Capilla, par miracle, échappa au brasier. La vieille n'avait rien sinon quelques bosses. Les sentinelles emmenaient violemment une trentaine de cordeliers enchaînés. Capilla-la-Vieille se mit alors à chevroter, debout sur le chemin :

Dites les blancs, au loin le canon gronde
Dites les bleus, de quoi avons-nous peur ?
Nous n'avons qu'une seule peur au monde
C'est d'offenser Notre Seigneur.

La soldatesque la repoussa à coups de pied. Une folle, une vieillarde sans importance. Nul ne songea à la tuer ou la faire taire. Juste-le-Mendiant se précipita hors de l'armoire.

– Rejoignons nos frères ! cria-t-il à Espiritù. Ils ont été pris. Nous n'avons pas le droit d'éviter leur martyre...

Mais la vieille avait tout bouclé. Quand enfin, ils purent sortir, le convoi était déjà loin.

Ils décidèrent de les retrouver. La vieille leur donna une fausse direction. Ils partirent vers Nantes alors que le funeste rassemblement avait lieu à Bordeaux.

De brigade en brigade, les prêtres échouèrent à Rochefort-sur-Mer. On les entassa du côté de la poudrière Saint-Maurice, à bord du vaisseau de ligne *Le bonhomme Richard*. La Souffrance se posa alors, rapace au bec ouvert qui leur dévorait les chairs sans relâche. Comme subsistance, une poignée de farine remplie de vers, quelques légumes secs. Il y eut le froid, les coups, les insultes. Le Timonier blâma les conditions des pontons. Accompagné d'Oséko, derrière le groupe bleu et or de l'amirauté, il enjamba les agonisants.

– Que faire de cette racaille ? s'exclamaient les bleus avec mépris.

Le Timonier réfléchit. A bord des *Deux Associés*, les survivants auront peut-être une chance d'arriver vivants à l'île Citoyenne, à Brouage... Inutile de contrarier de plein fouet les ordres des Comités (et du citoyen Loizeau)... Arracher les prêtres à la mort lente du *Bonhomme Richard* passera par l'épreuve des prisons. La traversée sur *Les Deux Associés* est peut-être un espoir... Si la santé des prisonniers le permet (oh, le Timonier n'y croit guère!), la féroce réalité peut être contournée. Attendre, attendre au fond des geôles la fin des brutalités terrifiantes... Peut-être la vie finira-t-elle par triompher ? Eviter au moins à ces religieux le sort des treize filles des Récollets ! les noyades de Nantes !

Beaucoup moururent sur les pontons. Trois cents survécurent et l'ordre de leur exil définitif est officiel. *Les Deux Associés* et *Le Washington* sont prêts. Le Timonier et Oséko embarquent. « Non, Oséko ! tu verras Tia à la fin de la mission. Moi aussi, j'ai une fille à revoir ! » Le Timonier mènera au mieux la douloureuse cargaison. Il abhorre la dureté haineuse du capitaine, sa manière d'accueillir les prisonniers. Rudement fouillés, interrogés, dépouillés de leurs vêtements, on leur a laissé une culotte, une chemise, quelquefois leurs sandales. Tout objet pieux est lancé à la mer. Le Timonier s'est interposé quand une sentinelle a molesté un des frères Boss, voulant mettre en pièces sa bible.

– Assez ! a hurlé le Timonier. Tu entends ? assez !

Il y eut une altercation, des injures. Le capitaine grogna, plia devant la réputation du Timonier.

– Si vous ne laissez pas à cet homme son livre, je ne

vous aide en rien... Quitte à passer pour déserteur. Débrouillez-vous du timon et de la poudre...

Le capitaine laissa faire, la rage au cœur, bien décidé à nuire dès l'arrivée. Le Timonier hausse les épaules et retourne à son timon.

Le père Boss put ainsi conserver son misérable et précieux bagage...

Une échelle abrupte s'enfonce, six pieds au-dessous, jusqu'au tombeau des cales... Six sentinelles jettent les prêtres à travers l'étroite porte de la rambarde. Ils se heurtent, se blessent à tous les angles. Seigneur, Seigneur, n'es-tu pas descendu trois jours en enfer avant ta résurrection ?

Le lieu soulève l'effroi, le Timonier tonne son mécontentement. « Attention, Timonier ! grince le capitaine, tu pourrais bien finir aux cales et pire encore ! » Air raréfié, obscurité, vermine, famine, soif atroce... La prière, traquée sur leurs lèvres par les geôliers, entraîne les coups. Les deux frères Boss sont mis aux fers pour avoir partagé entre tous un dernier trésor : une hostie.

– Nous sommes les plus malheureux des hommes mais aussi les plus heureux puisque nous sommes chrétiens, disent-ils tandis que les tenailles mordent les chairs à vif...

Le Timonier bouscule les sentinelles. « Canailles ! » crie-t-il. Il se précipite aux cales obscures.

– Ouvre les chaînes ! ordonne-t-il. Tu entends ?

Le geôlier hésite, le Timonier l'écarte d'un coup d'épaule, se penche, enlève les fers...

– O mon frère, murmure le père Boss, laissez-les faire...

L'agitation, la division montent. Tout peut basculer contre le Timonier. Le capitaine l'a rejoint.

– Timonier, tu risques le jugement, la mort, d'être mis aux fers immédiatement.

Hippolyte le foudroie d'un regard plein de mépris.

– Ce n'est pas dans la barbarie que je comprends l'ordre nouveau, dit-il. Quant à la mort, je ne la crains pas.

Le capitaine recule, les autres murmurent, un début de roulis penche le navire, le Timonier fait face. Ils finissent par plier. On a besoin du Timonier, de ses sauneries. Tant de marins espèrent travailler dans ses marais ! Il ne perdra rien pour attendre. Le citoyen Loizeau sera mis au courant.

– Canailles ! répète le Timonier qui devine leurs pensées.

Vers l'île d'Aix, on s'aperçut d'une grande confusion administrative. Les frères Boss, ainsi que deux cent cinquante de leurs frères, ne sont pas portés sur les listes. Où sont les listes ? Oséko et le Timonier échangent un discret clin d'œil de triomphe.

– Où sont les listes ? tonne le capitaine.

– Débarquons-les à l'île Citoyenne, suggère le Timonier.

Le capitaine marmonne, l'île Citoyenne est bien trop douce pour ces ennemis de la République ! Les prisons de Brouage sont mieux indiquées, humides, glaciales, suintant le salpêtre... Tant d'émigrés y sont morts avant même leur exécution ! De fait, le sang avait assez peu coulé à Brouage. L'insalubrité du climat avait achevé cette poignée d'aristocrates et de suspects bouclés en 90. Casilda avait déjà fait trembler son père. Elle avait osé descendre au fond de la Forge porter le pain, le secours. Les sentinelles s'écartaient ; une enfant si jeune, que l'on savait convoitée par le citoyen Loizeau... Qu'elle passe! ses secours ne sont pas grand-chose. La fièvre des marais dévore les uns et les autres. Symphorienne accompagnait souvent la petite. « Prions », disait-elle aux prisonniers à l'agonie... Et le saulnier de gronder.

– Cessez, ma mie! vous allez m'obliger à vous marier trop vite au citoyen Loizeau ! lui seul vous protégera de vos imprudences..... Je vous en supplie, cessez !

Elle ne cessait pas, la petite croix d'or bien visible au cou. Le saulnier, l'effroi au cœur, travaillait aux mulons. Il fut soulagé quand disparurent les derniers émigrés, quand la charrette tirée par La Fuie jeta les corps détruits au fond du cimetière de Brouage.

Symphorienne osa composer une grande gerbe. Casilda la déposa sur le charnier refermé à grands coups de pelle hâtive.

Le nain Trouillon, bien sûr, s'était précipité chez le citoyen Loizeau.

– Laisse! avait ordonné celui-ci d'une voix tranchante.

Voilà qu'on allait à nouveau ouvrir la ténébreuse Forge et les antres glacés de Brouage...

Les Deux Associés resta six jours dans les glaces de la Charente. Malgré les chaînes, la faim, la gale, Jean-Baptiste et Josef dirent chaque jour la messe. Ils promirent – et tous avec eux – de ne jamais murmurer contre leurs bourreaux. Quoi qu'il arrivât, chacun répétait : « N'abjure point. » Le pire moment fut le blocage en rade de l'île d'Aix. Six déchaussés moururent, rivés aux vivants, proches d'eux par la maigreur et les plaies. Josef Boss, nu-pieds, eut un orteil de gelé. Leur foi irritait à nouveau les gardes. Elle montait vers un ciel d'étain, par-delà Aix. Les aigrettes garzettes, oiseaux blancs, léger tourbillon de soie, volaient au-dessus de la coque. Le Timonier doutait de délivrer cette coque dangereusement penchée.

Jean-Baptiste et Josef sont entrés dans la sainte indifférence. Celle de saint François de Sales. La terre est cette passerelle, cet exil, ce relais, rongeant la peau, le sang. La foi permet d'atteindre l'envol de l'aigrette garzette, transfigurer sa misère, conserver sa joie. Josef et Jean-Baptiste se réjouissent en secret. Il s'est passé un étrange petit miracle. Le nègre Oséko a demandé le baptême. Il est descendu une nuit dans la cale étouffante. Il a déjoué la sentinelle qui ronflait et s'est approché des frères Boss.

– Parle-moi de ton Dieu! a-t-il demandé.

Alors, dans l'ombre que même l'aurore ne dissipait pas, il se passa la lumière. Josef Boss raconta Jésus-Christ à Oséko ébloui. Il regardait ses grigris, il en tordit deux en forme de croix.

– Donne-moi le baptême! demanda-t-il.

– Tu risques la mort, mon frère.

– Je veux la vie éternelle, dit le Noir en s'agenouillant.

Il y eut le bruit des chaînes, la main levée sur le front du Noir. Un peu de sel, un peu d'eau croupie. Au nom du Père. Au nom du Fils. Au nom du Saint-Esprit. Oséko lève un visage transfiguré. L'équipage confondit la petite croix avec les grigris païens. Seul, le Timonier savait.

– Par le sang du Christ, dit-il, quelle étrange tourmente... Allons, tu as bien fait. Mais ces pauvres bougres sont perdus. Je le crains. Et toi, méfie-toi. Nous n'en avons pas fini... Je ne sais même pas comment tirer cette coque d'ici...

La rumeur enfle à Brouage, au sujet de ces prêtres. Casilda suit l'affaire, Symphorienne ne cesse de prier. Son jardin a disparu sous la neige. Sous la désolation, la nouvelle floraison se prépare. Dieu, Dieu vivant, à travers les plaies de ses créatures... Casilda s'agenouille dans l'église transformée en fenil, sur les pierres du sol, au reflet de satin devant l'autel où s'accumulent un tas de planches... Quelques vaches sont attachées sous les vitraux. Une étable, Dieu n'est-il pas né dans une étable ? Le saulnier gronde quand le nain chuchote à ses paludiers qu'on l'a vue agenouillée à l'étable. Il dit « l'étable » et part d'un rire affreux... Le saulnier renonce à semoncer sa fille et Symphorienne qui lie de grands bouquets de houx et de perce-neige pour cette église bafouée.

Rien ne peut être pire que cette angoisse qui le hante depuis ses noces... Depuis le sourire flottant de Barbe... Dieu, Dieu a abandonné le saulnier à sa misère. Il envierait presque ces religieux massacrés – sauvés.

Casilda sourit. Elle reprend la quenouille ou le tambour à broder. « Pardonnez-moi, mon père, mais Dieu est plus fort que les plus forts... – Taisez-vous, ma fille. » Que dirait-il, s'il savait qu'elle a lavé à grande eau le maître-autel couvert d'excréments d'oiseau ?

Le jour de Noël, Casilda a traversé le marais de Saint-Froult, vers l'île Citoyenne. Elle sait les deux navires claquemurés dans le gel, elle sait les morts et les gémissements des vivants. La douleur du corps, la force de l'Esprit, ce vent fou qui souffle, souffle, quand tout se dérobe. Elle marche, Casilda, pieds nus dans ses sandales, malgré le givre d'argent sur la plaine rose, malgré Brouage, blanc tel un os de seiche. Nu-pieds dans ses sandales! Semblable aux déchaussés, aux filles du carmel. Elle marche pour ces vaillants que l'on exile vers leur dernière cage. Elle marche afin qu'ils aient la force de ne point abjurer. Elle marche pour les cordeliers, les chanoines et les vicaires, les exténués obligés à fouler le sol râpeux. La croix est partout. Dans leur chair, à leurs chevilles sous forme de boulets. Des forçats. Des maudits. Casilda marche pour Pierre Canton, André Honoré, Guillaume Foucher, Jean-François Bourens, François Glauze, Louis Journiac l'aîné et son frère. Elle marche pour Josef et Jean-Baptiste Boss. La funeste liste des noms a été affichée sur la porte du rempart sud. Elle marche... Symphorienne, penchée sur la terre de son jardin, a trouvé une tremblante branche givrée, les miraculées roses de Noël...

Que d'obstacles dans cette marche si légère qu'elle ressemble à l'envol des oiseaux multicolores du marais, oiseaux qui avancent sur le sol avant de chanter dru vers le ciel, pattes légères, plumes de feu, frôleurs de la prêle des roseaux, amants de l'inule dorée, dont la feuille est salée. Tout le marais a ce goût qui râpe la gorge et les pieds. Elle vole, Casilda. Le jour de Noël est le plus court de l'année. Elle vole, à travers cette végétation aquatique qui se source aux eaux fétides des canaux immobiles, traîtres sous les humus jaunes. Elle vole parmi les tiges de renoncules, le cresson qui revivra en avril, les hattonies encore roses. Elle vole aussi rapide que les aigrettes garzettes qui ont suivi *Les Deux Associés* devenu peu à peu ce cloaque.

Elle a rencontré des obstacles.

Porte d'Hiers, il y a d'abord eu la sentinelle. Symphorienne avait tremblé pour la petite. « Ma mie, laissez-moi y aller à votre place... Votre père est au marais. Evitez ce parcours... »

Le saulnier, cette fois-ci, l'enfermerait, s'il apprenait son imprudence. Il y a les regards derrière chaque volet mal joint, la rue Touchelonge à parcourir pour atteindre la porte du rempart. Le couvent des Récollets, désormais domaine public, l'ancien logis du lieutenant du roi, devenu un repaire de sentinelles. La maison du défunt Pierre Aubrière, charpentier de navire, loge à l'étroit de ses pierres grises une famille hirsute, sournoise, qui connaît par cœur les allées et venues de Casilda. Brouage est une place forte si petite et si complexe! Chaque recoin, chaque creux, chaque quadrillage, ne peut échapper au regard. Tout se tient d'un bloc, que ce soit de haine ou d'alliance. Brouage; un seul caillou de ce qui fut un port prestigieux où descendaient les rois.

Casilda a sauté sur le rempart au-dessus de sa maison. La courtine Saint-Luc atteint le bastion d'Hiers. Elle évitera ainsi les regards de la ville.

La sentinelle a dit : « Passe ! » et maugrée ; pourquoi est-il si difficile de résister à la fille du saulnier ? Cette figure de madone, la cascade de boucles déroulées. La perfection d'un corps dont tout appelle l'amour, dessine l'amour. La sentinelle est incapable de décrire la beauté à ce point. On dit de Casilda « l'Amour », « une tourterelle blanche ». Qui oserait approcher Casilda, dérober un baiser, toucher ses bras, les mains qui volettent, ailes de papillon ? La beauté isole autant qu'un malheur. La beauté, c'est quand une sentinelle vous dit : « Passe ! » alors que tout l'interdit.

La sentinelle a dit :

– Passe !

Casilda a marché.

Il n'y avait rien, rien sur ces chemins. Que la désolation, le froid ; un ciel tout vide et tout à coup la Mauvaise Rencontre.

Qui a osé poignarder la fille du saulnier ? Qui a osé chuchoter à ses oreilles, malgré qu'elle s'en défendisse, les abominables mots du doute ? Les mots qui avaient autrefois précipité son père dans l'angoisse et le malheur ? Qui a osé la suivre, la poursuivre sur la mule, puis à pied afin de mieux l'envelopper de sa haine ? La devancer, la faire trébucher, tracer des cercles autour de ses pas ? Se hisser sur un arbre maigre et sans feuilles pour mieux la dominer, crier de plus en plus fort, dans ce pays plus désolé qu'un désert, les mots qui assassinent ? Les mots l'un après l'autre en farandole de squelettes grimaçants d'une danse ivre...

– Taisez-vous, nain Trouillon! taisez-vous!

Elle dut cependant tout entendre. Les mots que les amants avaient chuchotés à l'ombre des foins. Les mots qui ornèrent jadis leurs bouches qui avaient nom Hyacinthe et Barbe. Elle dut supporter, bien qu'elle courût, le cœur affolé, les mots qui avaient crucifié le saulnier. Les mots bondissaient sur la route, tonitruants, serpentins, la faisant trébucher. Dans le ciel tout vide où s'était envolé l'aérostat, la chimère, l'illusion, elle vit s'inscrire le nom de Hyacinthe où se mêlait l'entrelacs voluptueux de celui de Barbe. Dieu est cette machine volante qui s'écrase, tuant d'un coup sa créature...

Elle sombra sur la route. Le nain avait disparu. Quand elle revint à la vie, le saulnier était penché sur elle. Il l'avait couchée contre son cœur. Effrayé, il la berçait tel un enfant.

– Mon père, murmura-t-elle, ô mon père...

Avait-elle rêvé les mots qui lâchaient le terrible secret de sa naissance?

– *Mon Père qui êtes aux cieux...*

Dieu ou la machine volante, de plus en plus haut, étoile volée en mille éclats?

Elle éclata en sanglots.

Le ciel tournoyait. L'angoisse sur le visage du saulnier. Elle éprouva une compassion infinie... Mon père, ô mon père le saulnier... Elle se jura tout bas de racheter sa peine dont elle était une des causes... Elle renoncerait au Timonier. Elle œuvrerait pour ces saints que la folie des hommes allait jeter sur ce chemin où le diable l'avait attendue.

Elle grelotta de fièvre cette nuit de la Nativité. Symphorienne veilla, elle avait sorti de derrière la saulnière les Evangiles. Le givre marquait une étoile au carreau obscur. Symphorienne ouvrit le livre : « *Voici, la Vierge sera enceinte, elle enfantera un fils...* »

Mon père, où est mon père ? Dans la pièce au sel, le saulnier a pris sa tête entre ses mains. La lampe est éteinte, une étoile dans le ciel si noir... « *Et on lui donnera le nom d'Emmanuel, ce qui signifie Dieu avec nous...* »

Le saulnier est entré dans la chambre de Casilda. Symphorienne continue à lire. *Les Deux Associés* a l'air d'un morceau de glace parmi la glace. Oséko s'est agenouillé dans les ténèbres des cales. Il écoute la voix de Josef Boss. « *Josef ne la connut point jusqu'à ce qu'elle ait enfanté un fils auquel elle donna le nom de Jésus...* »

Le Timonier observe à la lunette l'unique étoile. « *Et voici, l'Etoile qu'ils avaient vu en Orient allait devant eux...* » Combien reste-t-il de vivres ?

– Trois mois environ, dit le capitaine. Quatre, si on cesse de nourrir ces chiens...

– Assez ! tonne le Timonier, chien toi-même... Si la coque éclate, ce sera bien fait...

– Attention, Timonier !

– A quoi ? Regarde ! le timon ne bouge plus entre mes mains...

– Quelle nuit sommes-nous ?

– Celle de la Nativité.

– Tu vas mourir, Timonier.

– Autant que toi, porc !

La salive des insultes gèle aussitôt aux lèvres des hommes.

Les Deux Associés est cet oiseau étrange couché sur le flanc... A un kilomètre, à peine, *Le Washington* est également bloqué. Lentement, les hommes à leur bord deviennent fous, certains osent supplier tout bas Dieu et ses saints, d'autres frappent les prisonniers et leur crachent dessus. « C'est de votre faute, maudits ! On va vous jeter par-dessus bord ! » La mère du procureur agite un crayon sur la feuille. Il dessine des papillons, des libellules, non, une machine volante, des voiles, des ailes en forme de croix, et toujours ce visage par-delà ces signes et ces symboles. La fille du saulnier ! la fille du saulnier !

Elle a crié. Elle a osé descendre dans le bureau du procureur. Ensaché dans une épaisse robe de chambre, il joue du coupe-papier sur le dossier des deux navires. La Forge suffira-t-elle à entasser les survivants ? Quel soulagement si ces navires éclataient avec leur cargaison !

– Que voulez-vous, ma mère ? s'écrie le procureur, la main sur la petite cloche d'argent.

– Je veux voir la fille du saulnier ! dit la folle d'une voix valide.

La servante est accourue, silencieuse sur des patins de laine. Le procureur fait un signe. Il entend la vieille femme répéter de plus en plus fort :

– La fille du saulnier ! la fille du saulnier !

Pour une fois, elle n'a pas miaulé ni griffé son visage ou la servante.

– Mon père... murmure Casilda dans sa fièvre, où êtes-vous ?

– Alléluia ! dit Josef Boss. Christ est né.

Janvier ou l'enfer blanc.

Ni mots, ni mémoire. Engourdisement de tous.

Le Timonier veille. « Ne t'endors pas ! » crie-t-il aux matelots, à Oséko dont les paupières se ferment.

Février ou les blocs défaits en gros cailloux dangereux. Lent redressement de la coque.

Mars. Le dégel, rigoles sans fin, tourbillons, fleuves au sein même de l'océan, craquement du bois, des poulies, du timon dans les mains d'Hippolyte. La direction retrouvée. Nous sommes sauvés, dit le capitaine.

Sauvés ? Le typhus fait rage à bord des *Deux Associés* et du *Washington*. Beaucoup succombent. On jette les corps à la mer. Elle les reflue vers les terres. Enfin l'île Citoyenne ! De la côte, on a vu approcher les navires. Un hôpital de fortune a été monté en quelques heures. Josef Boss aperçoit, par une fente de la cale, des haies, un papillon sous le ciel bleu. Sur 497 prêtres embarqués, 245 sont morts, 144 malades.

– Une haie, des arbres, des fleurs, à nouveau, la lumière. Alléluia !

Une joie extraordinaire envahit ces mourants. Ceux qui ne sont pas sur la liste savent qu'ils vont être transférés, à pied, jusqu'à Brouage.

Les gens de Brouage sont entrés dans une grande colère devant cette réalité. Ils foulent l'église, cette porcherie, jettent au fumier les fleurs de Symphorienne, haïssent d'avance cet envahissement. Qu'on entasse ces maudits dans la vieille forge, l'arsenal ou mieux encore, les latrines de la Brèche ! La halle aux vivres pourrait aussi servir de prison. Noyer ces traîtres dans le port souterrain du bastion d'Hiers serait certainement la meilleure solution. Brouage est une toute petite cité, derrière ses remparts, cet arrivage représente le quart de ses habitants. Comment supporter une telle invasion ? Il y a bien, sous le rempart nord, la courtine du Gouvernement, glaciale et humide. Qu'ils y crèvent, ces non-jureurs !

A l'annonce de leur débarquement, les prisonniers, dans un élan de reconnaissance envers la Vierge, rebaptisent « île Madame » cet enclos de pierre et de terre, où sera greffée la grande ombre de leur passage. Voler, s'envoler ainsi le gorge-bleu vers l'infinie béatitude ! bénir les bourreaux, puisque le ciel, la lumière, les fleurs leur sont redonnés d'un coup !

C'est l'été. Quoi, près de huit mois dans ces cloaques ? Symphorienne met à fraîchir le beurre et le vin au fond du puits, arrose longuement ses fleurs, demande au ciel le sacrifice de sa vie pour sauver les prêtres, fleurit la petite tombe de Barbe. Le procureur est venu deux fois au magasin des poudres.

– Je n'attendrai pas une année de plus pour épouser ta fille ! dit-il au saulnier.

– Laissez-moi au moins achever la saunaison ! supplie Modeste.

– Le temps et l'heure approchent, saulnier ! la saunaison n'y fera rien. Ton hésitation ressemble à une offense...

Les Deux Associés est arrivé devant l'île Citoyenne.

Le débarquement est si brutal que trente-six religieux expirent dans l'heure qui suit. Le Timonier frappe d'un grand coup de cravache la soldatesque imbécile. Une rumeur monte, attention, Timonier, gare à toi !

Les prisonniers ont la terre pour matelas, l'azur parfait du ciel pour couverture, l'odeur délicieuse de la violette sauvage, de l'iris maritime et de l'air. Seigneur, Seigneur, je ne vois ni le vent qui souffle, ni ma pensée, ni ton visage. Pourtant le vent souffle, ma pensée existe et ton visage se jouxte à mon espoir... En vain, a-t-on tenté de nous empêcher de prier. Seul murmure permis, la prière au fond de la gorge, le vent dans les feuilles... Nous avions oublié, Seigneur, à quel point la terre était belle, odorante et remplie de merveilles. A quel point la forme d'un papillon rassemble en sa modestie à la gloire d'un manteau de roi...

Les gardes s'irritent ; il faut enfouir au plus vite les cadavres. Ils lancent aux religieux des pelles, des pioches. Ils enterreront leurs morts. A l'entrée de l'île, il y a un grand champ.

– Creuse ! ordonne un soldat.

Le Timonier est convoqué par le capitaine. Les mots volent, telle une grenaille de plomb. « Attention ! » menace le capitaine.

– J'ai mené à bien votre mission... Je refuse d'accompagner plus loin votre barbarie.

Un autre ordre est arrivé pour lui à Rochefort. Une mission pour Saint-Domingue. Les frères Boss, deux cordeliers ouvrent une large fosse. Chaque coup de pioche ébranle leurs forces. Ils ont soif. La canicule est ardente, la terre tremble sous leurs yeux affaiblis par la trop longue obscurité. Ils vont quand même, au rythme des bagnards, cassant la pierre... Ils chancellent, continuent à creuser. Les cadavres sont alignés sous le soleil. Des mouettes s'affolent, tournoient. Josef et ses frères glissent quatre corps disposés en forme de croix. Les gardes haussent les épaules, s'abreuvent plus loin.

– La croix des non-jureurs, murmure Josef. Elle vivra. Il y aura d'abord les ténèbres et l'oubli. Mais elle vivra...

Un grand coup de poing dans le dos arrête cet échange. Sans un mot, les prisonniers referment le vaste fossé. Les gardiens ont tiré violemment Josef, son frère et le groupe.

– A Brouage ! crie une sentinelle à cheval.

La ville a organisé la paille et l'eau, la sentinelle, vaincue, a encore dit : « Passe ! » à Casilda.

Je marche vers la mer, où vont arriver ces anges, ces saints fourbus. Il m'est donné ordre de le faire, cet ordre prend source dans un puits de lumière où se trouve l'absence de la peur. Cet ordre « Va ! », puis le cri de la sentinelle « Passe ! » sont un seul et même sommet. Chaque caillou du chemin blesse d'abord mes pas, puis la route devient douce. Je ne suis que la fille du saulnier Modeste Gorge-Bleu. L'autre rumeur, celle que la bouche impure m'a jetée au visage, il ne m'appartient ni d'y arrêter ma pensée, ni d'y renier mon père le saulnier. J'ai envie de graver, dans le sable dur des vasières, la prière à Marie. Je marche comme on prie, comme on danse. Devenir le vent lui-même qu'aucun obstacle n'arrête, ne plus sentir le froid, la faim, la souillure du sol sous mes semelles si minces. La chair de mes pieds, et la terre ne font plus qu'une seule et même empreinte. Ne plus entendre les mots qui ont poursuivi mes cauchemars et mes réveils. Ma pire entrave a été la beauté. Barbe, ma mère, n'en est-elle pas morte ? La beauté, ma mère, ne m'appartiennent pas plus que le reste. Un orfèvre inconnu, à travers la chair de Barbe et de l'imposture, a modelé de cette sorte mon visage et mon corps. Et mon père, le doux saulnier, a séché mes pleurs, baigné mon visage aux sources fraîches, donné le pain de sa huche et de sa vie... Avant qu'on ne les assassine, les religieuses du couvent des Récollets disaient que j'étais la Vierge d'un vitrail. Le saulnier leur donnait chaque année un grand sac de sel. Symphorienne me menait dans leur clôture... Y a-t-il donc eu un temps heureux, bouleversé à jamais et de sorte si diverse ? Le sang, les cris, et la convoitise des hommes... Sortir de Brouage est maintenant devenu un calvaire. Trop de sentinelles y sont en poste. J'ai grande confusion à montrer ainsi mon visage, remarquer leur trouble qui m'offense. Que ne suis-je une vieille femme courbée et sans pesanteur ! Que ne suis-je même cette pauvresse qui miaule dans la maison de son fils redoutable ! Quel poids soudain dans mon cœur quand je songe à cette malheureuse folle et que j'entends le pas honni de son fils qui ose entrer dans la maison du saulnier mon père... Les sentinelles sont au coin de chaque courtine, porte, bastion, le long du chenal et ses canaux... L'homme qui me dit : « Passe ! » a la tentation de refermer ses bras, ses serres sur moi. L'orfèvre veille-t-il ? Je fuis alors hors de la cité, d'un élan que nul ne pourrait vaincre. Quand l'homme dit : « Passe ! », il enrage à chaque fois de ne point chuter avec moi contre les pierres et la boue du sol...

Casilda craint surtout les autres obstacles. L'enclos du nain Trouillon, la grange de Labrachoulie-le-Laboureur. Elle l'a vu si souvent travailler au moulin du salpêtre, ce géant, dont le regard devient celui de la colombe quand il aperçoit Casilda. A la nuit, il fuit dans sa terre. Casilda ne peut éviter sur son trajet son marais gâs, presque bleu, perdu sous le brouillard, au milieu duquel on devine le poulailler et la grange.

Hors des sauneries, Labrachoulie redevient le maître de ses enclos, l'ogre dont il a les chausses, le coutelas au ceinturon, les longs pistolets. Sa barbe et sa chevelure sont plus rouges que jamais. Il a construit de ses poings à tuer un bœuf l'immense grange, les appentis où ses bêtes et lui-même ne font qu'une seule et sauvage couvée. On y entend braire, grogner, aboyer, caqueter et rugir. Deux loups ne le quittent jamais. Ils gardent son bien quand il travaille à la poudre ou au sel. Ses bœufs l'emmènent, lui et sa carriole, au terrain de l'île Citoyenne où il pêche et ramasse des coques. Au fond des marais, il tue à la fronde les busards cendrés. Il partage leur chair, leurs os, avec ses fauves. Il laisse dormir sous ses poutres une nichée de faucons qui ont fini par faire bon ménage avec les loups. Labrachoulie met des pièges à dents de fer pour capturer et tuer les renards. Ses faucons aiment aussi la chair et le sang. Labrachoulie voisine, par-delà une haie où grouille la couleuvre vipérine, avec le nain Trouillon. Casilda connaît le secret de Labrachoulie-le-Laboureur : il l'aime. Quand elle vient au cobier, partager la vie des paludiers, il cueille pour elle la violette et la rose sauvage. Casilda a le cœur serré. Le procureur n'a-t-il pas susurré sa dernière menace ? « Le temps et l'heure ont sonné, saulnier ! il me faut ta fille ! » Les commères de Brouage caquettent d'envie. « Qu'attends-tu, fille du saulnier ? Tu mangerais dans la porcelaine saintongeaise et passerais voir ton père en voiture fermée... Qui oserait toucher alors à un seul de tes cheveux, à toi, ton père et ta nourrice ? »

Elle ne répondait pas. Certaines matrones ricanaient. « Souviens-toi de Barbe-la-toute-belle ! Gare au Timonier ! » Elles grimaçaient d'un rire insupportable. Casilda fuyait vers le marais, éclatait en sanglots devant la petite tombe fleurie.

Quelle épreuve d'avoir franchi ces mots affreux, l'enclos de la tombe, et maintenant les terres de Labrachoulie ! Le marais devient alors un entrelacs, un guet-apens de sable et de vase où plus d'un imprudent a été englouti.

Labrachoulie l'a vue arriver de loin. Il crie à ses loups : « La paix ! » Il resserre leurs chaînes, refoule les faucons dans leur niche. Il se dresse, racines comprises, dans la salicorne, cette plante gorgée de sel, mêlée aux dures spartines en lames aiguës, fertiles sur les vases nues. Un buisson de lavande entoure Labrachoulie. De loin, ainsi fiché, entre brouillards, sulfures des lumières, fumerolles rougies du sol, il a l'air d'une tour, une place forte, échauguettes comprises, aussi massif que la Forge de Brouage. Il contrecarre le vent, l'espace, le ciel, les sols fourbes. Il crie de loin : « Viens ! » d'un feulement de fauve amoureux, il agite ses bras, ses branches, il voudrait que la petite s'y pose, qu'elle soit son alouette... Vaillante, elle approche. Si je traverse sa terre d'encre, de bronze, de brouillards, de loups et de fleurs, je suis sûre d'arriver en même temps que *Les Deux Associés.* Enveloppée d'une cape de bure et de lin, Casilda dissimule mal son fardeau ; la beauté de son visage, fanal parmi toutes les ombres. En signe de paix, elle agite l'aile gracieuse d'une main dont les ongles ont la nacre des fins coquillages... Labrachoulie, dont la vue est plus aiguë que celle de ses faucons, a tout vu. Le pied à peine maculé de sable, la cheville délicieuse lacée de cordelettes.

– Viens !

Le géant avance vers elle, écarte les joncs, les orges maritimes de son repaire. Une odeur saumâtre l'environne. La fumée de sa pipe exhale une lourde fumerolle. Casilda se baisse, cueille une patience, petite fleur aux feuilles étroites, pétales ouverts sur des dents de velours jaune. Casilda frôle des cistudes, ces minuscules tortues rampantes, craintives de la couleuvre qui a froissé l'herbe.

La fille du saulnier n'a pas emprunté la route de Soubise qui lui eût permis d'éviter l'antre de Labrachoulie. La soldatesque y est nombreuse, en marche pour quérir les prisonniers, les ramener, honteusement groupés, troupeau de mulets. Casilda a préféré franchir les terres du marais gâs pour arriver avant les sentinelles, oser dire : « Béni soit le Seigneur », telles les treize filles du couvent des Récollets, disparues, elles aussi, en troupeau, têtes rasées... Elles avaient continué le chant qui leur avait valu la mort :

Reçois nos louanges, servante du Seigneur
Silence des humbles de Dieu sur notre terre,
Printemps de l'Eglise
Au vent fou de l'Esprit.

La mort enivre les sentinelles comme un vin très noir. Il y a eu la voix maudite du nain qui a vrillé la mémoire de Casilda, les mots abominables et cc grand trou noir qui ressemblait à un gouffre. Il y a eu ensuite les nuits à couleur de givre où il lui fallait, dans son cœur, reconstituer le visage du saulnier, répéter : « Mon père le saulnier », tâtonner vers la petite croix de Barbe, aimer Barbe, l'enfer de Barbe... Il y a eu les larmes, le désespoir en lame de couteau, l'envie éperdue des bras du Timonier, le serment d'échapper au citoyen Loizeau quitte à en mourir, celui d'accueillir ces saints enchaînés, transformer la boue et la mort en cette moisson sans fin... Il y a eu le nouveau courage. Celui d'aimer encore plus fort le saulnier, d'exiger de Symphorienne : « Parle-moi de Barbe, parle-moi de Dieu », celui de traverser le marais gâs du géant, quérir son aide.

Casilda s'est approchée de l'ogre. Elle pourrait toucher la cascade rouge de la barbe, la boucle d'acier dont il a percé ses oreilles, à la manière des naufrageurs de Matra. Sa peau a la même odeur que celle des salines. Il est vêtu d'une pelisse où bouclent de longs poils. Sa poitrine mousse d'une laine plus fournie que celle des bêtes. Il porte un bonnet en peau de cochon sur lequel il a cousu des plumes et des coquilles. Son cou est entouré d'un cercle en corne. Casilda s'est hissée sur ses pieds, elle frôle la poitrine du laboureur, côté cœur.

– Là... là... dit-elle.

Elle baisse la tête d'où a glissé la capuche. Elle laisse le tremblant géant poser la main sur la richesse d'une chevelure éparse. Elle désigne l'espace, l'île Citoyenne. Un des loups a grogné. Labrachoulie le frappe au flanc, d'un coup de botte cloutée de mille petits poignards. Le loup gémit, ravale sa fureur, s'incruste, soumis, devant la porte de terre et de bois séchés. Le géant et ses sbires de poils et de plumes s'écartent. « Passe », semblent-ils dire... Un grand soupir de chien de chasse écrase la lèvre sanguine de Labrachoulie-le-Laboureur. Il a cessé de se révolter contre l'étrange suavité qui arrache à son œil de soufre et de feu l'éclat salé d'une larme. La fille du saulnier ! Vient-elle du haut du ciel, du fond des mers où gisent les perles et le corail ?

Il donnerait sa vie pour elle.

– Toi seul peux m'aider, murmure-t-elle, il se passe d'étranges crimes...

LE TIMONIER

Les Deux Associés a penché ses voiles. Le Timonier a maîtrisé les ruses des mâts et de la mer. Belle manœuvre que d'amarrer devant l'île Citoyenne! A peine une île, ce caillou planétaire, éclaté, découpé en coquille ingrate! Mais que de malades et de morts avant d'y arriver... Que de querelles pour obtenir qu'on lave leur cloaque! Qu'on laisse y pénétrer un peu lumière, qu'on cesse de les insulter!

– Dis à ton nègre de le faire, citoyen! a grondé le capitaine.

Quand le dégel le permit, Oséko descendit au fond des cales, ôta les pires souillures, allongea un à un sur le pont les dix-sept cadavres.

– Lancez-les à la mer! ordonna le capitaine.

– Pas ainsi! a tonné le Timonier, ils ont droit à une bénédiction!

– Attention, Timonier, tu passes les bornes!

– Pas plus que toi, canaille!

– Tu oses ?
– J'ose.
– Gare à ta tête !
– Es-tu sûr que la tienne tiendra encore demain ?

Le capitaine a fait un signe, trois matelots l'ont entouré. De ses poings, le Timonier s'est dégagé. Il a saisi le capitaine par le cou, il a dégainé, il appuie le pistolet contre sa tempe. Il crie à Oséko :

– Remonte un des cordeliers !

Les longs mois dans la glace, l'espoir de survivre amenuisé, la diminution des vivres, la fièvre, la mort, ont rendu l'équipage presque fou. Qu'importe qu'on saisisse en otage le capitaine, qu'on mette aux fers le Timonier, seule la force s'impose. Le Timonier a su redresser la coque quand tout semblait perdu. Qui, en dehors de lui, est capable de ramener à terre *Les Deux Associés* ? L'équipage ne fit pas un geste vers les trois matelots assommés, vers le capitaine. Le vrai chef était devenu le Timonier sans qu'intervienne d'autre protocole que celui de sa puissance intérieure. Il n'y avait plus aucune valeur, aucun sens possible si ce n'était ce timon entre les mains de cet homme qui tonnait, cognait et imposait sa loi... Bien sûr, il y aurait le retour à terre, la vengeance, les malheureux jetés aux prisons humides. Le Timonier n'y pourrait plus rien, ni même sauver sa vie. C'est alors – comme jadis, en revenant de Gorée – que lui apparut le visage de la fille du saulnier, le sens de ce retour vers sa terre, le sens de la marche d'une étoile, une seule, dans les ténèbres...

Oséko remonta Jean-Baptiste Boss très affaibli. Qu'avait-il encore d'humain, le visage gommé sous la barbe sans forme, les orbites profondes, ainsi celles des morts, pourri de crasse, couvert de souillures, la chair couleur des lambeaux qui lui servaient de vêtements ? Le Timonier avait aussi ce visage envahi de barbe, cette maigreur de tant de privations, ces bosses et ces bleus quand les orages le précipitaient contre la rambarde. Les mains en sang, il fallait tenir le timon malgré le gel, mener à terre ces hommes devenus fous où se côtoyaient les pécheurs et les rachetés, où, telle une plaie, saillait la prescience de la chute, la folie, la déchéance... Le Timonier contempla dans l'image de ce prêtre son propre ravage. Quelle forme, en effet, auraient leurs cadavres s'ils venaient à leur tour à périr sur cette coque à demi détruite ? La pourriture de la haine avait gagné les corps. En dépit de son absolue misère, il trouva à Jean-Baptiste Boss quelque chose d'irradiant, oui d'irradiant... Qu'importait la loque du corps ! Là où l'équipage ne voyait qu'immondice, il y avait le feu de l'Esprit, un souffle qui balayait tous les autres. La véritable porcherie n'était pas dans les cales. Le triomphe resplendissait dans les yeux de ces bagnards.

– Fais ton office, homme de Dieu ! dit le Timonier.

Il s'agenouilla près de chaque corps, sans linceul ni chemise. Ils reçurent sur le front le signe de la croix. Il récita l'épître aux défunts : « *Nous ne voulons pas, mes frères, que vous soyez dans l'ignorance touchant ceux qui dorment, afin que vous ne vous attristiez pas comme font tous les autres, qui n'ont point d'espérance...* » Deux matelots jetaient au fur et à mesure les cadavres par-dessus bord. Certains flottaient longtemps avant de disparaître. Ils ressemblaient à des troncs d'arbres maigres, des longs oiseaux sans ailes. Ils avaient perdu toute forme humaine. Ils se confondaient aux restes de glaces, à l'écume, aux éléments. « *Car si nous croyons que Jésus-Christ est mort et ressuscité, Dieu amènera de même avec Jésus ceux qui se seront endormis en lui...* » Beaucoup échouèrent sur la côte, dans un état de putréfaction telle que la population s'indignait. La contagion! la contagion! A coups de pelle et de fourche, les gens du marais ramassaient ces restes, ces lambeaux comme on le fait du fumier. Tout allait pourrir dans une grande fosse refermée à la hâte. La rage montait.

La Fuie s'était précipitée chez le saulnier. Un cadavre sans pieds, les poings rongés était pris dans la digue du cobier. Alors le saulnier dit à La Fuie :

– Prends la charrette, la mule. Demande à Symphorienne le meilleur drap du logis. Enveloppe ces restes. Porte-les au jardin de Symphorienne...

Ainsi fut fait. Symphorienne eut tous les courages. Elle franchit les barrages et les sentinelles. Il était désormais moins aisé de sortir librement de Brouage. Tandis que La Fuie enveloppait d'algues sèches, de foin et du drap, les restes inidentifiables mais dont chacun savait la provenance, Symphorienne creusa une tombe derrière les grands buissons de roses trémières et de clématites. Casilda l'aidait de son mieux. Une joie très pure rendait leurs gestes efficaces. Aucune crainte dans leur cœur. Le corps fut ainsi inhumé dans le jardin ravissant. Labrachoulie avait aidé à mener l'étrange charge. Le dossier s'épaississait sur le bureau du citoyen Loizeau. « Bien, murmurait le procureur, ces cadavres signifient que les navires ne sont plus très loin... Que c'en est fait déjà avec une partie de ces ennemis de la République... Quant à celui inhumé à l'encontre de nos lois, nous en reparlerons en temps et heure... »

Le nain Trouillon avait tout rapporté avant même que ne fût refermée la fosse.

Le Timonier est exaspéré. Un bain, du vin, sa maison, l'oubli de ce cauchemar ! Les dix derniers cadavres ont été balancés sans laisser au prêtre le temps de les bénir. Oséko a envie d'égorger le capitaine. Au tour du Timonier de calmer sa fureur. « Laisse ! ne discute jamais avec des bêtes... Ce sont des bêtes... » Un orage mêlé d'éclairs gronda, tout redevenait difficile.

La seule urgence était de redresser à nouveau les mâts, mener cette coque secouée en tous sens, éviter le naufrage. La côte est si proche ! Mais combien de jours pour l'atteindre ? Seul avec Oséko, le timon entre ses mains, il va encore grelotter des nuits entières. Après le gel, les morts, il y eut les interminables déluges. La faim, la soif. Soupe claire, pain dur, farine polluée. Impression de ne plus jamais s'en sortir. Les glaces, les tornades d'eau et de vent... Tous étaient amaigris, crasseux, les vêtements raidis, déchirés... Le Timonier admirait ces hommes de ne point abjurer, l'ineffable lumière dans le regard de Jean-Baptiste et des autres. Pour eux, le martyre allait continuer. Il les admirait de s'obstiner dans leur foi, leur sérénité, au milieu des secousses, des insultes et des orages sans fin. L'équipage tout entier était exaspéré de la montée des prières par-delà le plancher du pont où ruisselait la pluie. La cale était devenue le recel d'une plante mystérieuse. Les racines étaient ces bouches et ces corps pliés, ces murmures et ces sourires... Une plante, une fleur, une suavité soudaine qui parfois surprenait les matelots raccommodeurs des voiles. Le républicain tout neuf, l'athée récent, le rationaliste d'hier, sursautait d'être par instant surpris de suivre le déroulement des prières. Oser signer son front, ses lèvres et son cœur. La mémoire d'un lointain baptême les figeait soudain. Ils reprenaient leur labeur en jurant et crachant, ils niaient farouchement la curieuse joie qui les confondait à la lampée de mauvais alcool d'un unique tonneau sauvé du ravage.

Hors les cadavres jetés par-dessus bord, il y avait maintenant quarante-deux religieux malades. Le Timonier s'était encore querellé pour obtenir de les faire hisser à la lumière. Oséko les avait allongés à l'étage au-dessus, vers la proue, dans la salle oblongue où était la poudre. Le Timonier avait obtenu un peu d'eau non croupie, quelques couvertures. « Prends garde ! » grince le capitaine. Pour beaucoup de ces malades, il est trop tard. Ils sont néanmoins devenus la force surnaturelle du navire, le soutien de l'ombre, la dissuasion de la peur. Les matelots cessent de jurer quand ils traversent la pièce des agonisants. La salle des poudres est devenue claire, la lumière la traverse en entier, l'orage s'y dissout, la foudre l'éclaire de bleu. Malgré les ordres arrogants du capitaine. « Prends garde, Timonier ! » La salle des poudres est devenue une sorte de sanctuaire. Les matelots renoncent peu à peu au glas des injures.

Enfin, le matin du 15 fructidor, *Les Deux Associés* aborda l'île Citoyenne.

Casilda a tout vu. Le groupe des malades, rudement poussé au sol. Ni soutane, ni chasuble, mais la culotte râpée, la camisole sans forme, le morceau de toile troué en guise de manteau et de couverture. Les pieds sont ces épaves couvertes de sang séché que le gel a tuées. Les sentinelles sont obligées de porter sur leur dos, jusqu'à la route, comme des sacs, ces premiers moribonds du débarquement. Les pieds gelés sont devenus ces bûches, ces cailloux, qu'il vaudrait mieux couper d'un coup de machette pour éviter la gangrène. Sur les têtes embroussaillées, on remarque encore la trace des tonsures. La marée s'en va, les mouettes roses s'ébrouent, crient et marchent, peu farouches, bruissent d'une sorte de rire de gorge sur la vasière d'argent... Les bécasseaux s'alignent, fouillant la vase perlée pour y trouver pitance. Casilda a vu les prêtres creuser le sol. Une tombe. « J'y mettrai des galets, je n'en laisserai pas perdre la trace, autant que nous fleurissons la tombe du jardin... » Elle évita de songer à celle de Barbe, non loin des clématites. Tandis que La Fuie avait refermé la terre sur les restes du prêtre, Casilda avait surpris sur le visage du saulnier une grande ombre. Un orage; le lointain souvenir d'une fosse à jamais refermée sur ce qui avait été son bonheur – sa trahison. Casilda remit en mémoire son serment. Ecarter d'elle l'envie éperdue des bras du Timonier. Elle est si sûre de brûler pour lui! plus sûre encore d'être hélée vers cet absolu auquel elle ne comprend rien. Dieu ? le rachat, celui de Barbe, de la peine du saulnier. La route, la route où avancent péniblement ces martyrs... La route, divisée en fourches. Le Timonier, hors de lui, entre dans sa villa, ne plus rien savoir, se laver le corps, les mains. Ponce Pilate... Que faire quand les barbares ont décidé la mort de l'Esprit ? Le troupeau poussé à coups de crosse vers la route de Brouage... « Bâtarde... Fille de rien ! » avait bavé le nain, ricanant. Dans le ciel, la forme grotesque de la machine volante, au fond d'une maison grise, close de toute part, les miaulements d'une folle, le sang de Barbe, celui de la naissance et du trépas... « Je t'aime ! a envie de crier Casilda, je t'aime ! » Ce « je t'aime » va des cailloux au ciel, au visage du saulnier, à la silhouette du Timonier qui, un jour, avait levé son visage entre ses poings... Le jardin devenu un lieu sacré du fait même de ce corps inhumé. Ce « je t'aime » serre la gorge de Casilda. La Fuie dissimule la sépulture à grands coups de pelle. Symphorienne y plante des vivaces bleues, roses, rouges, orange...

– Par la miséricorde du Christ, murmure-t-elle.

– Ne pleurez pas, ma fille, dit le saulnier. Il a cessé de souffrir.

Elle lui sourit, elle était entrée dans sa propre souffrance.

– A Brouage ! a tonné un soldat bleu.

Les prêtres, glorieux malgré l'anéantissement, avancent en rang de dix. Ainsi l'ont ordonné les sentinelles. Ils vont de l'île à Port-des-Barques, ils traverseront ce village de pêcheurs, ils longeront les baraques des lutteurs à mains nues, alignées sur la plage, le cirque des montreurs de singes. En ce mois d'été furibond, le pays aime regarder forains et monstres de cirque. La lutte à mains nues les fascine. C'est à qui affronte Eusèbe l'homme-loup, de forme fourchue et couvert de poils... Quand donc reviendra lutter contre lui Oséko-le-Nègre ? Peut-être bien ce soir ? Que de monde, tout à coup, sur cette route ! Les prisonniers rejoindront Soubise, puis Brouage. Les sentinelles à cheval veulent éviter le marais de Saint-Froult. Liés les uns aux autres par des chaînes, les prêtres ont davantage l'allure d'un grand pèlerinage que de bagnards. Le groupe s'est mis à chanter un psaume. Les montures des sentinelles sont énervées, les injures pleuvent, le psaume s'amplifie. Les captifs sont ceux qui injurient, soufflettent et crachent.

Le Timonier ne peut plus rien pour ce groupe devant lequel s'écartent les mouettes. Comment pourront-ils supporter les trois heures de marche vers leur dernière geôle ? Soudain très las, Hippolyte détourne de sa pensée cette vision, ce remords. Il est intervenu quand la sentinelle a frappé Josef penché sur la tombe. Les prêtres ont pu achever en paix l'ensevelissement. La mission du Timonier est accomplie au nom de la nouvelle morale, des dignités différentes, des Lumières et de la Raison. Le Timonier restera huit heures en rade, à Port-des-Barques. Puis il reprendra son poste à bord des *Deux Associés*, singulièrement allégé – vide ? vide de sens ? – jusqu'au port de Rochefort-sur-Mer. Hippolyte-le-Timonier prendra vingt jours de repos dans la belle maison carrée. Sa mère, ses servantes, l'attendent. Elles ont ciré sa chambre, empesé les frais rideaux du lit. Il aura alors tout loisir, entre l'oiseau grillé pleurant dans sa graisse, le pain blanc et le pichet de vin, de scander le prénom de son ravage secret. Le prénom, dont la mer et cet affreux voyage l'ont un moment détourné. Casilda, la fille du saulnier. Il a trente-sept années, elle en a seize. Il la veut. Qui l'en empêchera ?

Tant de choses ! La vengeance du capitaine, celle du citoyen Loizeau, son prochain embarquement – à moins qu'on ne le condamne pour rébellion, insolences ou autre chose. Le saulnier lui-même est un obstacle. Et elle ? Elle, cette fille d'or, de soie, de chair si douce, que pense-t-elle de son amour ? Non, avait-elle soupiré quand il avait tenu entre ses poings son visage. Casilda... Un épais silence, un épais secret, depuis que tonnent la vigie, les matelots, les capitaines et les orages. Un silence de pierre, pendant que tournait et roulait l'énorme roue du navire entre ses mains

– Viens, dit-il soudain à Oséko.

– Lave-moi ! ordonne-t-il au Noir.

Il est entré dans sa villa, il a jeté loin de lui ses vêtements couleur de pluie et de boue.

– Brûle-les !

Nu dans le cuveau où l'eau est tiède, Oséko le frotte en tous sens, le masse ensuite d'huile tel un lutteur. Il lui apporte les fruits, le pain, le vin... Le Timonier sombre dans un bref sommeil. Oublier.

Casilda est restée lontemps à voir passer les prisonniers. On eût dit un grand chargement de sel, les sacs tout gris de chez son père. Le sel, coupant les doigts, brûlant le souffle, guérissant les maux, les attisant d'un feu intolérable, engrais de la vie et de la guerre. Casilda s'est agenouillée, au bout du chemin dont la mer s'est retirée. Pour un peu, elle baiserait les pieds mutilés de ces anges. Elle ne craint ni les sentinelles ni les deux commandants de la compagnie.

– Va-t'en ! lui crie l'un d'eux, vêtu de cuir, de toile et de fer.

Il a envie de frapper cette fille à genoux.

– Va-t'en, folle ! Tu causeras la mort de ton père le saulnier.

Il descend de cheval, un voile rouge sur les yeux. Il ramasse une pierre, la lance violemment contre Casilda. La pierre l'a évitée de justesse. Un vieux prêtre, exténué, s'est interposé et l'a reçue.

– Va-t'en ! répète le chef de la compagnie, ou je le tue.

Casilda a reculé jusqu'aux tremblantes vases. « Allons ! » crient très fort les sentinelles. L'attention se détourne, le troupeau reprend sa marche.

Les frères Jean-Baptiste et Josef Boss ont été séparés. Jean-Baptiste est trop malade. Son pied est mort, les plaies de ses jambes le brûlent, l'effort de creuser sous le soleil lui a enlevé ses dernières forces. On l'a mis à la queue du groupe. Ses compagnons le soutiennent. Qu'il avance, par pitié ! même malade ! Eviter Fort-Lupin, cet autre ponton de la fin où les rats le mangeront tout vif. Eviter ces vilaines barques plates où on a si souvent menacé de les lâcher à la dérive jusqu'à ce que l'Atlantique les engloutisse. Jean-François Bourens, originaire d'Albi, jadis hebdomadier à Sainte-Cécile, l'encourage.

– On dit qu'à Brouage, il y a deux officines d'apothicaire, n'aie crainte, mon frère, je vais t'aider à traîner ta croix. Le Christ n'a-t-il pas eu Simon de Cyrène ?

Etienne Audinet, natif de Beaulieu, Corrèze, cordelier, le soutient de l'autre épaule.

– N'as-tu pas vu, ami, qu'un ange du ciel prie pour nous, a reçu des cailloux et désarmé cependant les soldats ?

Jean-Baptiste ne peut s'empêcher de crier à cause de ses plaies. Son pied est devenu cette lance qui lui rentre dans les os. Le corps crie d'une autre espèce de rumeur, endure sa cage, ses liens.

Aux limites dangereuses d'un tourbillon de vase, Casilda attend, patiente, la fin de la haine. La vase, les pierres, le ciel sont cette menace, prête à engloutir son espérance. Elle lutte contre la convulsion amère d'un sanglot, l'humiliation ; celle de ces hommes, celle du saulnier... Elle conforte son esprit par le souvenir du mercredi des Cendres. C'était quelques mois avant l'arrivée des *Deux Associés*, Casilda était entrée dans la pièce au sel. Elle avait brûlé le rameau de laurier dans une pierre creusée. Elle avait ensuite tenu dans ses mains ouvertes la cendre chaude. Elle ressemblait en tout point au sel de son père. La cérémonie solitaire devenait cette chaleur et ce feu de joie. La cendre chauffait lentement sa peau, ses veines, son cœur. La cendre de la peur, de la rage, du silence, la funeste saison de l'oubli de Dieu. L'abolition de toute espèce de fraternité. L'abolition des mots terribles du nain... La cendre n'était plus un rite de mort mais celui du feu qui réchauffe, ressuscite la terre, qui avait existé avant l'humanité et périrait après l'humanité. Le jeûne n'avait pas manqué d'être aussi une fête. Casilda apprêtait quotidiennement son visage, lissait sa chevelure de fée. Elle ne voulait pas que le saulnier ou la sentinelle devinassent ces jours recueillis.

– Allons, ma mie, c'est bien! murmurait la nourrice qui jeûnait, priait et allait au jardin.

A Brouage, en silence, d'autres créatures avaient fait carême. Les vieilles femmes de la rue Touchelongue, l'aïeule de l'apothicaire, la veuve du tailleur de pierre, la mère du boulanger, même La Fuie, de plus en plus alcoolique et barbue... Elles faisaient maigre et avaient, elles aussi, en secret, brûlé le rameau, recueilli la cendre. Elles avaient courbé un front désolé devant l'église souillée.

Labrachoulie-le-Laboureur a été conçu voilà quarante et une années au mercredi des Cendres. Jour d'abstinence. Malgré la République, le triomphe de la Raison, le pays estime que c'est un maudit. Il n'y avait guère eu que la compassion du saulnier pour l'accueillir.

Casilda attendit longtemps que disparaisse le groupe de poussière, de douleur et de cris.

Elle revint vers la route, le cœur lent, accablée devant la tâche. Que faire pour adoucir le sort de ces hommes? Accablée comme au mercredi des Cendres quand, dans un premier temps, le petit rameau s'était convulsé, noir sur la pierre.

– Arrête-toi!

Casilda sent deux bras la retenir, la bâillonner. On

la porte, on l'entraîne vers l'enclos fleuri de roses trémières. Elle reconnaît la villa blanche du Timonier. L'obstacle, cette fois, est redoutable. Hippolyte la porte comme une gerbe, au fond de son éphémère maison d'été. Oséko a tout préparé. Le Timonier entre dans une chambre dont les volets sont clos. Il pose brutalement la petite sur son lit, lui prend les mains. Il parle sans détour.

– Reste. Je t'épouse demain. Dis-moi oui. Ne sois pas folle. Je t'ai vue tout à l'heure tenir tête à la compagnie. Je te mettrai à l'abri malgré toi. Je t'enlève. Peut-être va-t-il falloir quitter ce pays pour des îles lointaines... Nous reviendrons plus tard... Je sais que tu m'aimes...

Il a pris l'extraordinaire visage entre ses mains. Peu à peu, le jour se fait dans la pièce.

– Regarde-moi. Tu n'es pas innocente... Ou alors ton innocence doit mourir... Elle est la cause de tout. Ces prêtres aussi sont innocents, des criminels à force d'innocence... Des faiseurs de remords comme il y a faiseurs de sort...

Son lit est une mosaïque de soies, de cachemires, de précieuses peaux.

– Je t'aime comme une dame. Je te désire pire qu'une prostituée. Je t'idolâtre mieux qu'une icône. Ton innocence doit mourir. Elle est l'outil de ma mort. Ne vois-tu pas que tu me consumes ? Tu es une criminelle céleste.

Il délace, d'autorité, les sandales couleur de chemin. Il prend dans ses mains, dont une porte en chevalière d'or un serpent de jade à l'œil d'opale, les pieds de la jeune fille. Il embrasse la cheville, dénude le mollet, les jambes de neige.

– Tu n'es qu'une femme, Casilda. Une traîtresse. Sois mienne. Deviens vraiment innocente.

Elle tremble, chèvre blanche aux sabots d'or, prise à l'enclos de ses mains, ses baisers d'homme qui sentent le pin, le buis, le feu, la mer, le sang... Le désir, ce faussaire, les agite ensemble. Elle gémit sous ses caresses, ses morsures. « Je t'aime », disent leur deux voix en un seul mirage ; la fatale innocence a repris le dessus. Habitué à réduire plus d'un corps féminin, le Timonier est stupéfait de la violence de Casilda. Elle l'a repoussé, jeté à terre, lui, plus puissant que le timon de ses navires, lui, couvert d'embruns, sûr de vaincre, sûr de plaire. Elle a glissé de ses bras, fine couleuvre. Elle recule contre le mur couvert de fresques, fleurs, fruits venus de Chine et d'ailleurs... Il se courbe, lui qui rit à chaque chute de femme. Quelle chute ? quel mensonge ? Il y a toujours le long cri de plaisir qu'il leur donne et qu'il leur prend.

– Ta criminelle innocence... Tu mens... Toi aussi, tu mens...Tu mens puisque tu m'aimes...

Son orgueil s'irrite, son désir s'exaspère. Il cloue la petite au sol, à demi dévêtue. A terre, sous son corps, elle est cette croix qui relie deux mondes. Celui du ciel, de la terre et ses semences... Il mord le sein ravissant, soleil dans sa bouche, il glisse entre les frais genoux. Il sanglote de faim, la faim de Casilda. « Tu mens...Tu aimes... tu me possèdes. » Tant de femmes ont déjà crié après lui, sa peau d'homme, telles des brûlées vives !

– Tu es à moi... Rien n'existe, tu m'entends ? Que cet amour qui nous sauve...

Il y eut alors sur le mur l'ombre fantastique d'un

faune besognant une nymphe. L'amour a été ce pugilat, cette lutte où nul ne sait jamais qui est le vainqueur. Au fond du tourbillon, des vagues, des souffles, de la force amoureuse qui les jettent l'un à l'autre, comme la mer sur les rochers noirs de l'île, Casilda disait : « Je t'aime. » Un désespoir sans limite, un plaisir mêlé de douleur, la confusion et la rude extase. Le chemin vers les prêtres, le troupeau navrant, sublimé par l'Esprit était passé par la chute de la fille du saulnier. Retrouver son serment, s'enfuir ; ne jamais suivre son vainqueur. Il l'avait fait trembler d'une autre espèce de ravage que la peur. Etait-elle désormais plus réduite que la cendre au creux de sa main, au jour sacré du jeûne ? D'où surgirait la force qui l'adouberait à nouveau en citadelle aussi solide que Brouage ? L'amour du Timonier avait fait d'elle cette frégate menacée de se briser, sombrer, s'anéantir... Les mains et les bras joints non plus vers l'Absolu mais la sombre volupté... Jadis, il avait fallu un roi et des pierriers pour faire de Brouage une place forte. Jean Davignon, maître maçon de La Rochelle, avait offert la pierre de taille, la chaux, les moellons, les outils et la main-d'œuvre. Les caresses du Timonier avaient suavement anéanti le précieux édifice.

Se relever, retrouver en soi les éléments invincibles, la chaux, les moellons, la pierre de taille, le fer, les poutres. Redevenir l'Innocence, se souvenir du serment sur la tombe, au jardin de Symphorienne, abolir à jamais le sourire flottant de Barbe...

Casilda a couru, la cape nouée sur la robe déchirée, nu-pieds. Que lui importent les piqûres de la route ! Maudite ! Maudite fille du saulnier ! Maudite bâtarde! Le nain a bien raison! Sang chaud des putes, pute qu'était Barbe sa mère! Bête en rut roulée dans le foin! Ses sandales sont restées aux mains de son amant le Timonier. Il ne l'a pas retenue, pétrifié de passion. Il a porté à sa bouche les sandales, les a déposées près de la grande coupe de fruits et de fleurs, contre une aiguière. Il boit à longs traits le vin noir, il a envie de pleurer et de maudire. Posséder une fille toujours l'en libérait. Il n'en gardait pas même le souvenir. Il est lié désormais par des courroies de feu. C'est lui qui a perdu son innocence. Au ventre de la fille du saulnier.

– Ferme tout, dit-il à Oséko occupé à fourbir ses armes. Nous partons.

« Tia, se disait Oséko dans sa langue maternelle. Enlever Tia. »

La route est déserte et la terre embaume. Casilda a vu que l'homme n'était pas mort. Il est abattu tel un orme, à la croisée des fourches. Prisonniers et escorte ont disparu. Casilda partage avec eux la morsure du chemin, le clou vif des cailloux, le poids d'une faute qu'elle n'a plus qu'à offrir. Elle se penche sur le gisant. Jean-Baptiste Boss est évanoui. Ni Josef ni les autres n'ont pu convaincre les sentinelles à cœur de pierre. Trop faible pour avancer, ralentissant la marche du convoi, on l'a abandonné. Depuis Soubise, Josef traînait son frère plus qu'il ne le portait. Sur le chemin envahi de cardamine à corolles jaunes, il a fallu laisser Jean-Baptiste. « Dieu te garde! » a murmuré Antoine Brase, capucin de Villefranche. Il reçut un coup de fouet pour avoir protesté. « Laisse ! » a dit doucement Jean-Baptiste. Josef a demandé qu'on l'autorisât à mourir sur cette route, avec son frère. Il reçut à son tour un coup de lanière pour réponse. « Laisse ! » répéta Jean-Baptiste. Il se coucha sur le chemin. Un voile rouge sur les paupières, une semaille de clous sous la nuque, il sombra...

Il ressemble à un tronc d'arbre desséché. Minéral sous la toile raidie et sans couleur de son vêtement. Le pied gelé a pris l'aspect du bois mort. Dans sa chute, Jean-Baptiste a glissé dangereusement vers le fossé saumâtre, ce qu'avait prévu le capitaine de la compagnie, le poussant près des renoncules d'eau. Casilda se penche, elle entend battre le cœur, si faible. Face contre boue, Jean-Baptiste respire encore. Casilda repousse son propre désespoir, sa honte ; celle du serment trahi, le furieux murmure des « je t'aime » de sa bouche à la bouche de l'homme dévorant... Elle retrouve sa vigueur devant cet homme à l'agonie, si près des spirales de sable et de vases où courent les crapauds... L'urgence est de le tirer sur le chemin, de courir vers le marais gâs...

Elle frappe à la porte de la grange. Elle n'a craint ni les loups, ni les faucons de Labrachoulie. Elle entend la forge de son marteau. Il ferre les mules du saulnier. Elle ouvre la bouche, les mots sortent sans défaillance. A-t-elle retrouvé son innocence pour quémander son aide ? Labrachoulie veut-il se charger de ce fardeau si grave, qui gît, là-bas, près du canal aux sangsues ? Ceint d'un tablier de cuir, debout devant le feu qui blanchit les fers, il remue la tête en tous sens. Il est bouleversé, bien davantage de sa présence que de sa demande.

– Je vous en prie, Labrachoulie-le-Laboureur. Faites cela pour l'amour de moi.

Elle a dit : « Pour l'amour de moi ! », elle a crié, elle, l'impure, la folle, la parjure : « Pour l'amour de moi ! » Et elle sut, elle sut alors que tout était vrai. La crucifixion. La descente aux enfers. La résurrection. L'infinie lumière des rachetés... Et la fille du saulnier eut peur. Très peur. Encore plus peur.

Pour l'amour d'elle, Labrachoulie fit tout ce qu'elle voulut.

Labrachoulie ramena sur ses épaules Jean-Baptiste Boss, inconscient.

Il le déshabilla, le lava en entier dans un bain d'herbes cuites.

Il prépara la prêle, le romarin, le thym, la lavande, les fleurs d'hattonies, certaines vénéneuses connues de lui seul. Il les mixa dans un noir chaudron au moyen d'une longue spatule en bois. Il y mêla une grosse poignée de sel chaudière.

Il y eut une mauve ébullition. Il versa ensuite, à petites cassolées, la décoction dans un profond cuveau en bois qui lui servait, à chaque automne, à piétiner les raisins de sa vigne.

Le cuveau prit peu à peu la couleur du moût. Il s'en dégagea une puissante odeur de fleurs, de racines et de marée sauvage...

Labrachoulie porta Jean-Baptiste dans la précieuse eau chaude. Il écrasa dans un sac le son, les algues de l'île Citoyenne, le pressa en compresses sur le dos et les pieds de son malade.

Il massa longuement la nuque, les mains, le cœur, le ventre dévoré de diarrhées. Il insista beaucoup sur le pied sans vie. L'agonisant, peu à peu, ressuscitait. Il battit deux ou trois fois des paupières. Labrachoulie le coucha sur un lit de peaux. Il continua ses massages avec de l'huile de millepertuis, d'un rouge sang. Il enveloppa le pied inanimé d'un onguent de laitue, d'argile, d'humus ramassé à marée basse. Il lui fit boire une tisane d'orties, un verre de sang mêlé de rhum et de poivre.

Il lui enfila culotte et tunique. Elles étaient si larges, qu'il dut les nouer d'une corde pour les ajuster au corps grelottant qui cependant reprenait vie.

Avant de quitter la grange devenue cette officine, Casilda se hissa sur ses pieds écorchés et déposa un baiser près de la barbe du laboureur. Il balbutia des mots sans suite. « A bientôt », promit-elle.

Elle revint à Brouage en chantant. Elle traversa le second marais où s'épanouissaient les délicats iris maritimes. De fins agrions, longues libellules mauves, poursuivaient leur ballet de fécondité. Elle trouva aux reinettes des yeux ivoirins, un son de grelots et de petits carillons. Une mésange à moustaches cria, s'envola d'une traite. Sa tête d'argent brilla longtemps, ses deux plumes, de chaque côté du bec, frôlèrent Casilda. Elle souriait : son sacrifice commençait.

LE CABINET DE ROCAILLE

Les prêtres furent entassés sous les remparts, dans la Forge royale, contre la maison du gouverneur. Certains échouèrent à la poudrière de la Brèche, d'autres, dans les anciens magasins, les antiques latrines. Ils devaient y mourir de leur misère. Peu s'en sortirent, mais ce temps lugubre fut fécond. Leur présence remua une partie du pays. Des hommes et des femmes leur demandèrent en secret le baptême pour leurs enfants, l'absolution de leurs péchés. Dans une grotte – nommée par la suite le « cabinet de rocaille » –, ils eurent le droit de célébrer la messe. Les sentinelles finirent même, quelquefois, par suivre à bouche close le déroulement de la cérémonie.

La prison principale restait la Forge royale. On leur servait la soupe, le pain dur. Ils se mirent à graver la pierre. *« Qui que tu sois qui te donnes la péne de lire cette écriture je prie Dieu que tu soyes sa créature par sa grâce comme tu l'es de nature. »*

Josef écrivit péniblement, à la pointe d'un caillou aigu, l'éloge de la patience. *« N'est-ce pas la patience que je cherche. »* Les murailles de Brouage, peu à peu, devinrent le grand livre de leur foi, la promesse de ne point abjurer.

Pierre Canton, natif des Pyrénées, théologal à Tarbes, eut l'intrépidité de rassembler les siens dans le cabinet de rocaille. Il éclaircissait avec ses amis les Evangiles de Jean, les écrits de Patmos. L'Apocalypse et la Résurrection, la Pentecôte, le sens de l'Esprit-Saint. Jean-François Bourens, hebdomadier de Sainte-Cécile d'Albi, grava à son tour la pierre, dur et unique parchemin à leur disposition. *« N'abjure point. »*

Chaque jour, Casilda descendait au cabinet de rocaille. A quelques mètres de l'entrée, elle suivait la messe. Elle se mêlait aux commères déléguées à la distribution des vivres et des soins. Grâce à La Fuie, elle put entrer dans la Forge et autres fosses. Elle avait facilement obtenu de son père du pain et du sel pour les prisonniers. Symphorienne l'aidait à filer pour eux, mais le rouet était trop lent pour leurs besoins. Le souvenir de la morsure du Timonier figeait Casilda aux moments les plus inattendus. La mémoire s'insurgeait, l'Innocence prenait une autre piste. Quel démon avait jeté cette foudre sur sa route, dans sa chair ? Tout s'embrouillait. Casilda courait alors au cabinet de rocaille. Elle déposait derrière le fruste autel fait d'une pierre quelques coquilles Saint-Jacques. Elle se sentait pâlir ; prête à succomber. L'anéantissement des filles prenait donc source à la capture de l'homme ? Depuis le débarquement des

Deux Associés, Casilda traversait son désert. Où donc s'était tari l'invincible et frais torrent de sa foi ? N'en restait-il plus que le fugitif souvenir d'un éblouissement dont elle ne se sentait plus digne ? Casilda priait, à genoux dans la pièce au sel, le temps passait... Mouette éblouissante, rameau du buis mêlé aux lys, la fille du saulnier se redressait. La petite cité ne disait rien. La sentinelle non plus. L'excès d'otages avait détourné leur guet. La haine, la curiosité, la rancœur, le présent cristallisaient l'intérêt sur ces encombrants religieux que la fille du saulnier rejoignait au cabinet de rocaille. S'agenouiller là-bas était bien une idée de pucelle ! On ricanait mais nul ne songeait à lui nuire. Le citoyen Loizeau ne venait plus à Brouage. On avait fini par oublier les allées et venues de la fille du saulnier. Elles passaient, non pour la charité honnie, mais une aide publique.

Ces prêtres étaient une telle charge ! Ces messes, sans pain et sans vin, célébrées au fond d'une grotte, rejoignaient les rites des catacombes. Le théologal de Tarbes décéda dans ce trou. Ses frères sortirent le corps qui fut déposé à l'hôpital, plus démuni qu'une étable. On cousit le cadavre dans une toile. Point de cercueil pour ces gueux ! Casilda suivit la forme couchée sur un brancard, tiré par La Fuie, déléguée à toutes les basses œuvres. Elle cracha, jura, les yeux injectés. Le cortège comprenait en outre une sentinelle, un adjoint mandé de Marennes. Le théologal fut jeté en fosse, sans repère ni croix. L'adjoint l'inscrivit sur une liste funèbre. On ouvrit plusieurs fois ce coin du cimetière. La Fuie ne cessait plus d'être le mulet et la prieure. Elle s'arrêtait en route, buvait un grand coup d'alcool râpeux, d'une gourde pendue à son cou. Beaucoup donc moururent, quelques semaines après leur arrivée à Brouage. Les autres s'éteignaient à l'île Citoyenne. Les vivants ne cessaient plus d'ouvrir des trous, d'entasser les morts... L'île devenait peu à peu un charnier. Un petit groupe disparut à Aix. « Prions, répétait Josef Boss, convaincu du décès de Jean-Baptiste. Ne murmurons jamais contre quiconque. » Le tombeau du Christ avait aussi été un cabinet de rocaille, guère plus vaste que celui-là... La messe, dite sans faute ni faille, les transportait bien au-delà de la provisoire entrave.

Beaucoup avaient attrapé la gale. Casilda et les matrones – La Fuie, Symphorienne – apportaient l'eau chaude mêlée de sel. Les autorités permettaient de soigner ces ennemis du monde nouveau. L'eau et le sel ne suffisaient point. Il eût fallu les herbes de Labrachoulie. Les prêtres cependant bénissaient Casilda, les rudes matrones et leurs dons. Casilda pansait les plaies les plus vives avec de l'étoupe trempée dans l'eau désinfectante. La nuit, ils dormaient sur la paille, les uns contre les autres. L'odeur était pestilentielle, les matrones grondaient, La Fuie maudisssait les sentinelles, le monde entier. Les sentinelles, maugréant, finissaient par changer les litières. La vie continuait ainsi, précaire, dominée par le souhait homicide des soldats.

Casilda savait, grâce à La Fuie, où retrouver Josef Boss, au fond de la Forge royale. Un souterrain, un tombeau, sombre de mur, suintant d'humidité. Malgré la paille, quelques couvertures, don du saulnier et sa fille, l'ensemble restait un cloaque. Pour l'atteindre, Casilda longeait le rempart Saint-Luc, la courtine de la mer. D'autres sentinelles entravaient sa route, s'amusaient à faire glisser le fichu de sa tête, s'émerveillaient grossièrement de sa beauté. Les plus dangereux l'attendaient entre la poterne et le bastion de la mer. C'était à qui attraperait un morceau de sa peau, ses cheveux, sa bouche. Elle pleurait, tremblait, avançait quand même, le lourd seau en bois à la main. A part les fortes commères de l'hôpital, les femmes n'étaient pas admises à la Forge. La Fuie lui frayait la route. Casilda entrait aux heures de la distribution du pain, du sel, de l'eau. Parfois, le tailleur de pierre, qui aidait les matrones, avançait vers Casilda, lui prenait le seau d'eau chaude des mains.

– Retourne au logis, fille du saulnier. N'attire pas l'attention des soldats. Les matrones risquent moins que toi... On t'a vue prier avec ces gueux... On aurait bien la paix si on se décidait à les jeter au fond de la glacière et les boucler à jamais dans ce trou...

– Taisez-vous, Etienne Maréchal. Ne parlez pas ainsi. Vous n'êtes pas méchant, je le sais.

– Tu es trop belle, fille du saulnier. Hippolyte-le-Timonier ne prendra plus la mer si tu le refuses... Le citoyen Loizeau est bien décidé à obtenir ta main avant la fin de l'automne... Rentre chez toi. Si je n'avais les ans si vieux et fidèle épouse, je t'aurais emmenée dans ma maison...

La Forge est à peine éclairée. Malgré la puanteur, l'obscurité, le frémissement glauque de tous ces corps, Casilda reconnaît Josef Boss.

Elle se penche vers lui, lui tend du pain qu'elle a salé.

Casilda murmure : « Fuir par La Rochelle. » Josef

s'écarte du mur contre lequel il est adossé. Il a continué à y graver :

« *Car l'épreuve de notre foy ne m'apporte point d'autre espérance qu'elle produise seulement la patience. Et il n'est pas possible de subir sans la patience l'épreuve de notre foy.* »

Outre les commères, leurs gros paniers de pain noir, trois lieutenants de la compagnie déambulent. La Fuie fait barrage devant Casilda. L'aubergiste, Gaspard Richaume, a fourni une grande partie du pain. Le chirurgien a promis de passer. Il habite la rue Teigneuse. Chaque jour, depuis la gale, il traverse la voie Saint-Jean pour visiter les malades. Le sel, l'eau, l'étoupe, le soufre ne suffisent plus pour cicatriser les plaies. Il faudrait une nourriture plus abondante, si possible un peu de viande, davantage de promenades à la lumière. Il y eut un regain de vociférations. Quoi ! de la viande ? En mangeait-on seulement soi-même si aisément ? La soupe et le pain n'étaient-t-ils pas aussi leur quotidien ?

La prière du groupe enfoui dans l'ombre composait un bourdonnement par-delà les éclats de voix, le choc des gamelles, des seaux, des armes... Casilda s'en alla très vite. Elle irait porter le message à Jean-Baptiste et celui de Jean-Baptiste à Josef. Elle accomplirait sa mission, malgré la grande vague de fond des bras du Timonier qui avait failli la détruire.

Elle partit vers le marais de Saint-Froult, dans l'éclatante lumière de septembre.

– Pourquoi n'allez-vous pas visiter vos sauneries ? demande la veuve Canavéral à son fils.

– Plus tard, dit le Timonier.

Le marais rappelle l'océan disparu. La fin des moissons fait de cette plaine une sorte de mer. Il y a aussi l'écume des fleurs, vagues vivantes des durs petits rosiers rampants, des lys sauvages et des ronciers déjà mauves... Le ciel, à peine moins bleu qu'eux, ajoute la dernière dentelle à ce parfait ouvrage de la nature et des hommes. Tout cela est la Terre. Elle avait surgi au temps des premiers océans, des volcans éclatés, des montagnes en érection. Casilda admire, marche sans défaillance vers la grange. La voix du nain, par moment, la pétrifie. Celle du Timonier l'agite d'une grande fièvre. Elle ferme les yeux. N'y a-t-il pas eu, l'autre nuit, un galop de cheval non loin de la poudrière Saint-Luc ? Un cavalier suivi d'un autre... Enveloppé d'une cape... Des cailloux contre ses volets. « Viens, fille du saulnier ! suis-moi ! » Rêvait-elle, la tête secouée en tout sens ? « Je t'aime, criait-elle dans son rêve. Je t'aime... »

Elle s'était éveillée en sursaut. La nuit était si noire qu'elle trembla. Où avait-elle déjà éprouvé tant de terreur ? Ah oui, devant la fulgurance d'une vérité. Pourquoi Dieu était-il devenu la Peur ? A moins que ce ne fût le bruit d'un cheval sur la route. Emmène-moi... « Viens ! » fait la voix du Timonier. Il est venu, prêt à l'enlever, la faire disparaître dans leur intime brasier. Allait-elle devenir le second grand malheur du saulnier ?

– Mon Dieu, murmura-t-elle, en ta miséricorde...

Elle s'aperçut, avec un très grand effroi, qu'elle eût tout renié pour les bras du Timonier. La voix du nain glapit, infernale, à ses oreilles : « Fille de catin ! » Elle serra à la briser la petite croix d'or. Son père était rentré fort tard du marais, épuisé des nouvelles tempêtes, des digues à redresser, de la suspicion et la fièvre répandues dans la cité étouffante. La peur donne la rage. Quel péché de confondre Dieu avec la peur.....

Elle sut que la passion déchaînée est aussi une sorte de rage qui foule tout sur son passage, y compris les os des saints.

– Dormez, ma petite mie, fit la voix de Symphorienne, vous avez la fièvre...

Elle retomba, étourdie, sur l'oreiller. La nourrice était penchée sur elle.

– Dormez.

Après le baiser de Casilda, Labrachoulie-le-Laboureur s'était cru au ciel. Il soignait Jean-Baptiste Boss comme un dépôt miraculeux. Ne le lui avait-elle pas confié ? Même les loups s'étaient calmés. Labrachoulie se dévouait pour cette fille de neige, de rose et d'or. Elle était sa divinité, sa seule religion, son culte. Jamais il n'avait de sa vie soigné un autre homme. Il chantait en nourrissant son hôte à la becquée, à cause de son extrême faiblesse. Il glissait à la cuillère, entre les dents serrées, le gruau et le sang, le vin mêlé de miel. Labrachoulie s'inquiétait des yeux fermés du prêtre. Pendant sept jours, il resta inconscient. Le géant grondait doucement. « Réveille-toi, guéris, ou elle ne reviendra plus. » Il lui fit avaler de l'eau-de-vie. « Ne meurs pas ! » Non seulement Casilda n'embrasserait plus jamais sa peau, la brume rouge de sa barbe, mais elle aurait le droit de le maudire. Alors, il prendrait son pistolet et ferait éclater sa cervelle. Il détestait son malade et le suppliait de vivre. Il oscillait, surtout la nuit. Une fureur hors d'âge, l'envie de jeter ce corps débile à ses loups. Un autre brasier s'emparait alors de son âme chauffée à blanc. La bouche de Casilda, les bras en nuée d'aurore. Il sursautait, marmonnait un chant, un rire. Une joie presque insupportable le rendait fébrile. Il en oubliait de se nourrir. Il dormait au fond de son antre. Il avait attaché son malade par une cheville, contre sa couche. Il grelottait toujours, les yeux clos, dévoré de fièvre. Labrachoulie craignait sa fuite, sa dissolution. Rêvait-il ? Avait-il imaginé le baiser de son idole ? Comment faisait-il pour endurer une créature humaine dans son repaire, lui qui ne tolérait d'autre souffle que celui des bêtes ? Vers l'aube, il somnolait, dominé par un rêve sanglant. Il résolvait son dilemme en étranglant l'intrus. Il lui arriva même, la première nuit où gisait Jean-Baptiste, de se retrouver, somnambule et grognant, les mains autour de son cou. Mais il se réveillait et se souvenait. A son tour, il eut la fièvre et trembla. Il conjurait le démon. « Ne me tente pas. Ne guide pas ma main dans le but de voler cette vie. Ou c'est ma vie que je vais perdre. » Un matin, Jean-Baptiste ouvrit les yeux. La fièvre avait disparu. L'absence de Casilda dévorait le laboureur d'un fer si aigu qu'il eût presque embrassé le convalescent. Réveillé ! Vivant ! il en était sûr, désormais : elle reviendrait.

Il tua et cuit un lapin sauvage, tailla le long pain noir dans la soupe. Il fit bouillir le vin, le miel et la cannelle. Jean-Baptiste signa le pain avant de le rompre et regarda de tous côtés. Il semblait chercher quelque chose. Labrachoulie-le-Laboureur comprit. Dans un coin de la grange, avaient été roulés les haillons et un pauvre sac. Jean-Baptiste Boss en sortit les Evangiles, un crucifix en bois. L'eau, les intempéries les avaient en partie jaunis. Jean-Baptiste remercia et bénit Labrachoulie. « Maintenant tu es mon frère en lui », dit-il. Il montra le crucifix. Le laboureur grogna, recula jusqu'à l'alvéole de ses faucons aux aguets derrière une herse en bois, toujours ouverte. Labrachoulie leur jeta un morceau de viande qu'ils dévorèrent avec avidité. Par la meurtrière du toit, on voyait le ciel. Un grand rayon de soleil, plus clair que le premier vin jailli des raisins blancs. La nuit, cette ouverture déversait les étoiles, un morceau de lune, ses inquiétantes facettes d'améthyste... Dans son coma, le prêtre avait tout capté. L'univers, sa rotation. Le chariot d'or, la lune géante, à portée de main, d'autres étoiles inconnues, étincelantes. Un paravent éblouissant, halant toute grâce bien au-delà de ce premier miracle. Gémissant de fièvre, de rêves, de secousses et de progressif apaisement, Jean-Baptiste n'avait pas quitté une seconde cette brèche vers l'infini. Ainsi, les non-jureurs avaient-ils rassemblé leur force, la nuit, à bord des *Deux Associés*. Malgré les bourreaux, le fracas des tempêtes, les glaces meurtrières, le vent mortel, le ciel leur était toujours donné. Jean-Baptiste Boss tendit le pain rompu à son gardien, son guérisseur, ce frère qui oscillait visiblement vers l'hostilité des loups dont on a violé le territoire. Un autre souffle faisait tressaillir le laboureur. Un appel qui le soumettait à une secrète alliance, plus forte que sa volonté.

Labrachoulie mit encore deux jours et deux nuits à accepter cet homme. Il délia la chaîne qui attachait sa cheville au bois de sa couche. Jean-Baptiste le remerciait à chaque secours, chaque adoucissement. Il bénissait jusqu'à la chaîne enfin défaite. Le laboureur frémissait, pris entre sa nuit obscure, et l'envie d'agrandir la brèche. Son âme était ce morceau massif, ce toit ouvert sur le ciel... Un à un, les farouches écrous s'en éboulaient. Labrachoulie-le-Laboureur coupa les derniers liens. Il rembourra de plumes et de laine la couche de Jean-Baptiste. Il se prit à sourire. Il attendait Casilda, il attendait la lumière. Elle était cette forme ravissante et vive, une femme, une enfant, une fée. Labrachoulie attendait sa résurrection, l'intelligence. Il ne savait ni lire ni écrire, à peine parler. Ne lui avait-elle pas dit, un jour, qu'à la Pentecôte, les apôtres, aussi frustes que lui, s'étaient mis à parler plusieurs langues, comprendre le vaste monde et son histoire ? Qu'elle vienne, qu'elle baise encore son front et il deviendrait aussi éclairé que le livre de Jean-Baptiste Boss ! Qu'elle vienne et il croirait volontiers que le Christ a vaincu la mort, il croirait en la promesse que répétaient les prêtres. De l'autre côté de la vie, il est un royaume si beau que la lumière seule puisse s'y comparer. Que coule son sang, pourvu qu'elle vienne, elle vers qui remontent sa désolation et son espérance, elle grâce à qui le mot « amour » est devenu le centre de la vie même.

Au troisième jour de la guérison, Labrachoulie ouvrit la porte de la grange. Il désigna la lumière.

Elle entra, rutilante, et les deux hommes fermèrent les yeux. Les faucons et les loup s'élancèrent. Dominés, châtiés souvent, les loups s'arrêtèrent aux confins de la haie du nain. Les faucons, menés sur le poing du laboureur, ne bougèrent plus. Ils ouvraient un bec en cisailles. Ils dévorèrent les insectes que Labrachoulie ramassa sur la pointe des roseaux. Ils revinrent d'eux-mêmes à l'alvéole et sa herse. Labrachoulie laissa un long moment la lumière entrer dans sa grange. Puis il ferma tout et partit jusqu'au crépuscule rose travailler au sel. Il emmena ses deux chiens et laissa les loups. Qu'ils gardent ses biens et cet homme qui représente maintenant le plus précieux de ses biens. Qu'il disparaisse, et l'existence de Labrachoulie redeviendrait à jamais cet antre obscur, proche de celui de ses fauves. Avant de partir à pied, chiens aux talons, sacs et pieux sur le dos, il réussit à s'exprimer correctement. Il montra comment garder au chaud, dans la cendre, le brouet de la veille, la pomme de terre dans sa pelure. Il mit à cuire un morceau de lard dans le chaudron rempli de raves et de fèves. Il sortit du four construit par lui une galette de froment grillée. Chaque soir, pour guérir le pied meurtri de Jean-Baptiste, il avait mis une brique dans ce four. Il la glissait contre le pied malade. Jean-Baptiste n'en revenait pas ; ses orteils, lentement, fonctionnaient, il commençait à marcher. Labrachoulie remplit aussi un cruchon d'eau, un autre de vin. Le sel reposait dans une terrine en terre brune. Le sel du saulnier Gorge-Bleu ! Il fit comprendre au prêtre de ne signaler en rien sa présence. Ni feu, ni fumée, ni sortie vers la mare, le puits et le chemin. Il viderait lui-même, à son retour, le bac des eaux sales, qui servait à engraisser son fumier, le son pour ses dindons, la pâtée pour ses cochons. Il partit en sifflant *Trois jeunes tambours.* Il fit ses lieues au rythme d'un bœuf bien entraîné.

Qui a bougé dans les tamaris ? Quel lièvre, quelle bête rampante ou bruissant d'ailes ? Quel être ? Tout se confond, dans ce pays. Hommes, faune et flore ont les mêmes ruses devant le danger, l'aptitude à se fondre à la terre même. Ne plus redouter les sentinelles ou les corbeaux sur les labours... Est-ce un corbeau qui pique du bec et des pattes contre la lourde porte scellée d'une barre formidable ? Jean-Baptiste n'est sûr de rien. Captivité, relents des songes fantastiques dus à la fièvre et à la foi... Il a encore dans le corps, la tête, le roulis d'enfer des *Deux Associés*, le cri rude des matelots, la morsure du froid qui avait brûlé sa chair avant de la pétrifier. L'effroi de creuser cette tombe, ensuite la route, où chacun avait été réduit au rang de la bête à abattre, la syncope en bruissements d'ailes. Des corbeaux, des corbeaux piquant son sang, sa mémoire, une descente vers un oubli tout noir... Grandeur de ce coma, ce purgatoire, d'où il avait le devoir de revenir ! Les corbeaux blessaient autant que la sentinelle le poussant au bord d'un chemin bleu. Il y avait eu, quelques secondes avant sa chute, le visage navré de son frère, puis la vision. Un ange, une colombe, une fille, qui l'avait tiré jusqu'au chaud de ce repaire. Une couche, un chaudron sur de douces braises où le plongeait un géant aux bras formidables... Il s'approcha du baquet d'eau claire et rencontra son visage. Il y vit le burin des rides et de ses maux, les cicatrices blanchies du front rasé, l'exceptionnel éclat de ses yeux, d'un bleu d'ardoise. Seul, son regard vivait vraiment, intact, autant que son indestructible espérance. Il reconnut ses longues mains blanches que ni le gel, ni les souillures n'avaient détruites. Il songea à Jean de la Croix. N'avait-il pas résisté, écrivant *La montée du carmel*, en dépit des dures geôles, des poursuites fatales ? Jean de la Croix oubliait l'épuisement de son corps perdu dans la bure rassie d'un vêtement en loques. Les larrons n'avaient-ils pas été les derniers hôtes d'un Dieu au maximum de l'humiliation et de la gloire ? Jean-Baptiste trouva alors aimables les loups, les faucons, l'homme qui veillait sur lui, même s'il frôlait souvent la tentation de l'étrangler.

Ce n'était pas un rapace qui piquait ainsi du bec, puis se hissait jusqu'à la meurtrière du toit par les branches d'un arbre tors.

Le nain Trouillon grimaçait d'alacrité mauvaise.

Devant cette tête hideuse, Jean-Baptiste Boss courba le front. Il pria. Non pour lui, mais pour ce gnome haineux, ce vaincu, cet être rompu, voué aux ténèbres. Il pria pour le mystère de la lumière.

Sur le sol rude et salé, Labrachoulie ahane et souffre. Il est entré à mi-jambe dans les cristallisoirs. Il évite le regard du saulnier plus silencieux que jamais. Il regarde au loin, du côté de Fouras, arriver la mer. Pourvu qu'il ait le temps de rejoindre sa grange avant la nuit ! Il se méfie du nain Trouillon.

Le citoyen Loizeau donne si souvent suite, jusqu'à ce que mort s'ensuive, aux dénonciations du mirmidon! N'a-t-il pas osé sauter d'un cobier l'autre, jusque sous le nez du saulnier, le narguant dangereusement?

– Eh bien, saulnier! on n'a pas vu le Timonier compter ses mulons! Serait-il occupé à courir quelque fille? Laquelle, dis, saulnier? Laquelle? Tant aimeraient se rouler dans les foins avec ce beau gaillard d'homme!

Le nain riait à se tordre. Modeste leva le râteau comme une arme.

– Te voilà bien susceptible, saulnier!

Il avait disparu dans le marais, riant de ce rictus atroce qui glaçait le sang.

– Du calme, mon saulnier... Du calme, murmura le géant... Voulez-vous que je l'égorge?

Le saulnier secoua la tête, livide, et se baissa à nouveau vers la vasière.

Allons, songeait le géant, il faut rentrer. Nourrir son prisonnier, ses bêtes et lui-même. Il ne savait au juste dans quel ordre. Menacer le nain si besoin était, lui clouer une fois pour toutes son bec affreux d'un coup de coutelas, brûler sa cabane de suie et de planches où ils étaient six à survivre. Nain Trouillon avait engendré, avec Toussainte-la-Bègue, quatre créatures aussi difformes que lui. Jambes torses, tête en marmite, derrière en cul de chaudron, agilité des buses dont ils avaient le cri.

Labrachoulie hâta le pas, mit trois quarts d'heure de moins qu'à l'aller. Il coupa par les sables mouvants dont il savait éviter les pièges. Il voulait éviter les féroces gardes-vignes du côté de Soubise.

LE NAIN

Casilda patientait, assise devant la porte massive. Depuis combien de temps était-elle là ? Labrachoulie s'arrêta, saisi d'émotion. Ses sacs et ses pieux, la vase le long de ses bottes, lui donnaient l'aspect d'un rocher couvert d'algues. Derrière les tamaris, le nain Trouillon se tenait immobile et sentait sourdre en lui la convulsion jouissive de la haine. Le nain abhorre la vie, la lumière, la beauté des filles qui l'ont toujours dédaigné. « Mon p'tit zéro ! » s'esclaffe Toinette Michon. Même les négresses n'en veulent pas. Il honnit Brouage, où jamais il n'a pu acheter ne serait-ce qu'un pain. Sa particulière hideur a toujours répugné le pays. « Reste dans ton marais gâs, nabot ! » lui ont crié les uns et les autres. Le nain est réduit au marais. Ses rares escapades à Rochefort-sur-Mer lui ont été si cuisantes ! Labrachoulie, son voisin, provoque aussi crainte et superstition. Le terrain où gîte le nain ne donne pas même du salpêtre. Terre d'où se sont évaporées toutes les formes de moissons. L'anguille s'y change en reptile, les fruits y sont amers, le légume rabougri, le puits saumâtre. Ses fils lui ressemblent. Courbés tout le jour sur les stériles hectares, ils croassent avec les corbeaux qu'ils étranglent et font cuire dans la soupe. Ils cultivent péniblement la rave, et le seigle dont Toussainte-la-Bègue fait un pain lourd, mal cuit et gluant. Les exhalaisons de l'étable communiquent avec la salle où ils s'entassent. Le nain et sa famille dorment dans les balles d'avoine, sans matelas, sans lits de plumes et sans draps. Toussainte-la-Bègue mène au champ, plus sec qu'un paillasson, un maigre mulet roué de coups – la mule volée au saulnier partage leur auge. Elle lessive leurs hardes à grands coups de spatule dans l'eau croupie de la mare gorgée de crapauds et de sangsues. Elle pêche les grenouilles avec un antique filet dérobé aux sauneries. Elle tue les batraciens, à la volée, contre le sol et les enfile, vivants encore, dans de souples roseaux. Elle les grille dans le four obscur, creusé dans le sol du bouge. Elle a bien essayé de les vendre à Brouage, mais on se méfie de ses étranges brochettes. On déteste surtout les nœuds de ses mains à peine humaines, tachées du sang des bêtes. Furtivement, les vieilles se signent quand elle longe la rue Teigneuse. Elle ne parle pas, émet un borborygme guttural, brandit le poing quand la sentinelle la refoule au-delà du rempart.

Le nain a vu arriver Casilda. Elle remue en lui un incendie si complexe qu'il ne peut y donner aucun nom. De lui, arrivera la mort de la fille du saulnier. Cette détermination l'a rendu plus habile et prudent que la vipère qui abonde en sa terre.

Nain Trouillon montera à Marennes. Il sera reçu par le citoyen Loizeau. Contre certains avantages – le citoyen l'a nommé garde-vigne de ses terres – le nain dénoncera le voisin honni, les étranges agissements de la fille du saulnier.

Labrachoulie-le-Laboureur a tressailli de tout son être. Casilda ! Casilda ! Il court, sans prudence, hors de lui. Il court vers le soleil, s'y jette, se retrouve aux pieds de la jeune femme. Il avait cru qu'elle ne reviendrait jamais. Il a laissé le saulnier et ses paludiers. « J'ai la fièvre, saulnier, laisse-moi rentrer chez moi ! » Depuis l'arrivée de ces prêtres, faut-il maintenant davantage de passe-droit pour que la sentinelle enfin vous ouvre ? Maudits non-jureurs ! On dit aussi qu'ils célèbrent de plus en plus d'offices dans le cabinet de rocaille. Même certaines commères se mettent à genoux ! Labrachoulie éclate de joie, irradie, lui qui d'habitude terrifie le passant, barre les routes de sa puissante silhouette. Nul n'ose l'affronter. Il n'y a guère eu, dans ce pays, que la miséricorde du saulnier pour l'insérer au travail du sel. Au début, les paludiers murmuraient, autant qu'ils avaient protesté quand le saulnier avait imposé La Fuie au moulin à poudre et aux sauneries. Des bêtes ! pires que loups ou chiens ! « Taisez-vous ! » avait ordonné le saulnier, et une saison poussant une autre, on s'était peu à peu habitué à ces créatures... Or, voici Labrachoulie devenu ce passeur, ce concierge d'anges. Il troque ses grognements contre le roucoulement des ramiers.

– Ma mie... O ma mie. Vous êtes venue. Entrez. Ne prenez ni froid ni crainte.

Elle lui sourit, il courbe la tête, rejoint d'un coup

son humanité perdue, enfouie, disloquée dans les entraves de sa singulière malédiction.

Au temps de Sa Majesté très catholique, le grand-père du laboureur était bourreau. Il habitait déjà cette grange. Labrachoulie-le-Laboureur étrangle les volailles, égorge ses porcs avec la même dextérité que Fiacre Labrachoulie, son aïeul, jadis exécuteur des hautes œuvres. Les vieux se souviennent du bourreau. Ils l'ont raconté à leur descendance. Le saulnier a employé le petit-fils à la confection de la poudre, mais Brouage n'a jamais admis qu'il y logeât. Labrachoulie-le-Laboureur a aussi les mains couvertes de sang. Il avait été mandé par le citoyen Loizeau, lors de l'exécution des religieuses des Récollets. Le bourreau avait eu besoin d'aide et songé au petit-fils de Fiacre. Il y avait treize filles à décapiter. Les prisons débordaient. Les condamnations étaient si nombreuses qu'on manquait d'aide. Un soldat bleu était venu au galop jusqu'à la grange du géant. Labrachoulie-le-Laboureur avait accepté. Avec indifférence. La tâche ne serait pas plus pénible que celle de malaxer la poudre, porter sur son dos, sous la canicule ou la neige, les sacs si lourds... Le corps des religieuses était bien plus léger que ses fardeaux habituels ! La frayeur faisait d'elles des alouettes prises au filet... Labrachoulie avait ainsi hissé sur la vilaine plate-forme les treize innocentes. Le nain Trouillon avait marché dix lieues pour se régaler du spectacle. A chaque coup du couperet, il éclatait en vociférations d'allégresse. Le saulnier avait failli chasser Labrachoulie pour cet acte. « Je ne suis pas un bourreau, essayait-il d'expliquer par signes. Je suis un mulet, un bœuf, une bête qui porte. Un sac ou un condamné, n'est-ce pas la même chose en cette vie de misère ? Entre la bête, le nain, la boue et moi, quelle est la différence ? »

La fille du saulnier était intervenue auprès de son père. Elle avait eu grande pitié du géant qui baissait la tête. Il regardait ses mains crevassées, puis le ciel, sans rien comprendre...

– Au nom même de ces saintes filles, gardez-le, mon père !

Longtemps, les rêves du géant avaient été traversés de traces rouges, de cris de gorets, de clameurs diverses et d'un grand incendie. Le feu faisait partie de ses cauchemars. Il lui arrivait de s'éveiller brutalement, quand cognait la lune rousse. Il se réfugiait alors dans l'appentis, au fond de la grange. Il y était né. De longues années auparavant, y dormait son grand-père, le bourreau. Sa dernière exécution avait eu lieu à Brouage. Il avait roué un gueux, accusé d'avoir violé et tué une fille qui glanait aux champs. Le terrible aïeul connaissait, en dehors des supplices, les hautes vertus des plantes. Après son décès, l'appentis devint la chambre des noces des parents du laboureur. Labrachoulie y fut conçu au mercredi des Cendres. Sa mère mourut d'avoir marché des lieues et des lieues pour faire baptiser l'enfant... Son père, le Muet, lui apprit les labours, la chasse aux loups, les médecines d'herbes. Tué sous un orage, il laissa ce garçon de quatorze ans dont la force étonnait. Il cloua lui-même les planches du cercueil de son père et le porta dans la charrette à bras. Le soir des funérailles solitaires, il devint le maître de ces lieux. Il quitta l'appentis pour la paille de ses bêtes, sous l'alvéole des faucons. Quand l'angoisse envahissait son âme, ses hoquets l'empêchaient de s'exprimer. Ils ressemblaient à ceux du supplicié, roué par son grand-père, lié sur la place, devant l'église. A Brouage.

Casilda souriait, vêtue de blanc. Elle avait cueilli, au long de sa route, les longs iris, la tendre hattonie. Elle lui tendit le bouquet. Il se mit à trembler. « Merci, merci. » Il se souvint des fleurs qu'il aimait déposer, pour elle, jadis, devant la poudrière Saint-Luc. Elle n'était alors qu'une enfant si petite et parfaite qu'il la confondait aux fées.

Ils entrèrent dans la grange. Jean-Baptiste récitait un psaume.

Il est bon d'atteindre en silence
Le secours de l'Eternel
De porter le joug de sa jeunesse.

Casilda s'agenouilla et ils continuèrent d'une seule voix.

Il se tiendra solitaire et silencieux,
Parce que l'Eternel le lui impose;
Il mettra sa bouche dans la poussière,
Sans perdre toute espérance.

Labrachoulie vit à son cou la petite croix en or. La croix de Barbe! Il trembla : la sentinelle avait-elle aperçu ce qui désormais menait à l'échafaud? Les temps étaient encore si troubles! la déesse Raison si puissante! Labrachoulie se souvint de Barbe. N'allait-elle pas, jeune épousée, faire complies à Soubise ou à

Brouage ? L'été, elle traversait Saint-Froult. Le laboureur se souvenait de la radieuse figure en landau découvert, la petite croix d'or sur son cou de neige. Symphorienne se courbait vers la terre de son jardin. Où se situait la véritable prière ? Une ombre traînait autour de Barbe... Le saulnier était si épris de son épouse ! Pourquoi une telle tristesse sur son visage ? Pourquoi, chez la femme du saulnier, ce sourire flottant, comme on en voit aux parfaites jeunes mortes ? Au passage du landau, le rire strident du nain... Grosse de Casilda, Barbe pria au long de trois saisons. Puis, il y eut la houle destructrice de la naissance, un terrifiant brouillard. On ne revit plus jamais la femme du saulnier et sa petite croix d'or...

Casilda s'approche de Labrachoulie. Elle lui prend les mains. Elle lui demande s'il a été baptisé. Il baisse la tête. Oui, oui, il a été baptisé. Au crépuscule d'un automne en fournaise, porté en secret par les bras tremblants de sa mère. Le prêtre de Marennes, celui de Soubise, Echillais, Saint-Froult, Hiers, Port-des-Barques, Saint-Agnan et tant de paroisses, avaient refusé le sacrement au petit-fils d'un bourreau. Sa mère avait les pieds en sang. Elle avait marché autant que les pèlerins des croisades. A Brouage, un antique capucin accepta enfin de verser le sel sur les lèvres du bébé, l'eau sur son front... Et sa mère, prise de la fièvre des marais, se laissa aller au repos définitif. Elle ne reçut aucun sacrement. Son époux non plus. On les avait déjà exilés, excommuniés. Chacun d'eux, enterré de nuit, dans l'enclos de Saint-Froult, du côté des indigents, des bourreaux, des bossus, des pestiférés et des enfants morts sans le baptême. Du côté où le nain, sa famille et lui-même, sans doute pourriraient. La commune, la République, qu'importe, prendraient alors ses terres, sa grange. Tout serait consumé. Il deviendrait un peu de boue, dans un trou sans croix, ni repère, ni mémoire. Qui songerait à coucher sa dépouille près de sa mère et son père ? Ainsi Dieu éparpille les cendres de ses créatures en plusieurs sortes de décharges.

Alors il s'assit près du feu et se mit à pleurer.

Casilda posa sa main sur le crâne penché, secoué d'un sanglot si fort que les loups grognèrent.

– Tu m'as aidée à sauver ce frère. De toi m'est venu un grand bien. Ecoute-moi, Labrachoulie-le-Laboureur. On a dit que tes mains étaient tachées de sang. J'affirme devant Dieu que tes mains sont désormais plus blanches que l'aile de la colombe. Quant à moi...

Sa voix trembla et le laboureur cessa de pleurer. Il devint aussi attentif qu'à l'écoute d'une source souterraine, prête à jaillir vers la bouche assoiffée.

– Labrachoulie-le-Laboureur, veux-tu de moi pour épouse ?

Labrachoulie serra contre lui le bouquet qu'elle lui avait offert, mêlé de chélidoine arrachée aux murs du cabinet de rocaille.

– Non, balbutiait-il.

Il tremblait plus fort que sous le joug de ses durs labeurs. Sa demeure lui sembla une porcherie, un tas de fumier pour y accueillir une telle lumière. Quoi, ce lys au visage de perle viendrait vivre là, parmi la paille et les bestiaux ?

Casilda avait le cœur battant. Depuis plusieurs

jours, elle était décidée. Le corps brûlé d'un autre appel. Le Timonier hantait son désir. Il était reparti en mer sans qu'elle ne le revît. Elle envisagea une brève seconde de se jeter des remparts. Elle se sentait indigne d'aller au cabinet de rocaille. Un matin, au lavoir avec sa nourrice, elle avait chancelé. Un malaise si grand qu'elle se crut malade. Symphorienne frappait au battoir les draps et les toiles du logis que Casilda triait. Par chance, elles étaient seules.

– O ma mie, soupira-t-elle devant la petite presque évanouie. O ma mie...

Depuis près de deux mois, elle n'avait plus lavé certains linges secrets. La nourrice s'épouvanta – O ma mie – et se pencha vers l'enfant. A son tour, elle pleura.

Casilda courut à la Forge. Malgré les commères, elle alla voir Josef Boss. Elle chuchota des phrases courtes, à l'oreille du prêtre, en proie à son tour à la fièvre. Il lui dit : « Epouse la créature qui te porte l'amour le plus désintéressé. L'amour n'est point jaloux. Va et n'aie crainte. Tu n'as pas fauté. Les traverses de Dieu sont indicibles. »

Nul homme au monde n'avait autant d'amour pour elle que Labrachoulie-le-Laboureur. Le Timonier n'était que passion et ravage, le citoyen Loizeau, l'angoisse absolue, la sentinelle, brutalité, le nain, la haine. L'épreuve était arrivée... L'enfant était en elle. Elle accueillit la certitude de sa présence comme celle d'un supplice. « Ne tue jamais l'espérance, lui avait dit Josef. Aucune faute n'est grave sauf celle qui pèche contre l'Esprit. »

Symphorienne égorgea discrètement un poulet sur le linge afin que les commères soient sûres de la lessive mensuelle. Symphorienne baissa la tête, elle avait deviné. Elles se regardèrent sans parler. Le pire qui pouvait arriver à la petite était le joug du citoyen Loizeau. Le Timonier était reparti sur *La Belle Jalousie.*

– Pourquoi l'avez-vous découragé, ma mie ? dit brusquement la nourrice. Je sais qu'il est venu cinq nuits sous vos fenêtres... Il vous a suppliée...

Alors Casilda regarda bien en face Symphorienne. Elle lui répéta lentement les paroles du nain, venin mortel craché un jour sur un chemin. Son serment de racheter le désespoir du saulnier. La faute de Barbe. Elle resterait à Brouage tant qu'il y aurait un seul prêtre à secourir. Elle avait déjà entrepris sa mission. Elle avait caché Jean-Baptiste chez Labrachoulie... La nourrice trembla violemment, mordit ses poings et regarda la petite. Etait-elle l'incarnation du Malheur ou déjà, très loin de tous, sur une voie royale ? La faute de Barbe, les prières au jardin, la tombe dissimulée du prêtre, tout avait donc déboulé vers ce sacrifice, ce dépassement ? Tout était retombé sur le dos si frêle de la fille du saulnier...

– O ma mie... ma mie...

La nourrice se sentit coupable. C'était à elle de pâtir, marcher sur tant d'épines et de clous. Non à sa petite...

– Dieu seul est au-dessus de nous, dit Casilda. Je vais épouser Labrachoulie. Pour l'honneur de mon père. Tu prendras l'enfant et...

Elle ne put achever. Elle sombra à nouveau dans un malaise où tout était blanc et serein.

– Allons au jardin, murmura-t-elle, à peine remise, allons prier.

A genoux au pied des clématites mauves et roses, elle répétait les graffitis de Josef Boss. *« Si quelqu'un m'aime, il gardera ma parole. »* Elle se sentit devenir à son tour citadelle gravée des mots célestes.

– Maintenant, nourrice, laisse-moi aller...

Elle prit la route, vêtue de blanc, les bras chargés des fleurs qui envahissaient follement la tombe.

Elle répéta humblement au laboureur de l'épouser avant la fin des vendanges et la disparition des oiseaux roses sur les vasières étincelantes.

D'un saut de crapaud, le nain Trouillon a glissé d'une herbe à l'autre. Il s'est dissimulé derrière des bosses, des talus. Il s'est fondu à la vase séchée, aux repoussants pavés du fumier.

Il a deviné où se trouve le baril de poudre, jadis volé par Labrachoulie quand tout le pays le huait et le refoulait vers son marais. Lorsque le saulnier l'avait engagé au sel et à la poudre, il était trop tard; il n'osait plus rendre ce baril. Il l'avait enterré au fond du sable, derrière le buisson de tamaris. Alertées une première fois par le nain, les sentinelles étaient venues. Elles avaient bouleversé sa tanière, mais omis de creuser la terre. Le saulnier avait retiré toute plainte. Les événements de plus en plus violents avaient détourné l'attention de cette histoire.

Sauf, celle du nain.

Depuis des mois, il est obsédé de la cachette de la poudre. Son noir instinct et son pendule l'ont guidé à tâtons, vers les tamaris.

Le nain a fabriqué son pendule avec la rotule de l'assassin roué autrefois par Fiacre Labrachoulie. La terre de ce coin du cimetière, proche des sables mouvants, avait un jour craché les os de ce mort. Le nain s'était précipité, avait noué la rotule à un boyau séché de goret. Depuis, ce pendule l'aidait dans ses dénonciations. Il le guidait vers les affreux secrets de la terre. Cadavres d'enfants au fond des puits taris, vieillards battus à mort, jetés au cul-de-sac des sablières... Nain Trouillon trouvait toujours les vilaines pistes. Les soldats frappaient alors rudement à l'huis des bouges où se terraient les meurtriers. Le citoyen Loizeau gratifiait le nain avec mépris. Il lui jetait un sac d'argent, la permission de surveiller les gardes-vignes. Après le débarquement des *Deux Associés*, il lui ordonna de retrouver la poudre. Jamais, le nain et son pendule n'avaient découvert la beauté sous forme de sources ou de dons de la terre. Sans cesse, il s'agissait d'infamies, de crimes. On faisait appel au nain pour retrouver une vache égarée, une fille en fuite, des raisins volés.

Pendant la Terreur, le pendule était devenu fou. Il avait découvert les premiers prêtres non assermentés. Il avait montré la direction de la Vendée. C'est ainsi que les citoyens avaient retrouvé les blancs cachés dans les robustes armoires, au fond des fenils. Le nain jubilait jusqu'au délire... Arrestations, exécutions lui procuraient les plus grands délices.

Le nain a sauté par-dessus la haie. Le pendule, patient, s'est tout à coup mis à tourner, frénétique. Une de ses oscillations le mène vers la grange – qu'y cache le laboureur ? – l'autre, vers le talus de sable. Le nain triomphe, l'os tourne, tourne en folles spirales. Le nain devine. Il devient alors aussi puissant qu'un géant. Le géant Labrachoulie...

Le nain a cependant une grande crainte : Labrachoulie et ses loups. Le laboureur a souvent menacé de le tuer s'il le trouvait sur sa terre, lui et son os. La peur du nain se communique au pendule qui lance des messages contradictoires, devient raide, muet... Le nain transpire ; un suint d'angoisse, de fébrilité, de colère. Il répugne tout le monde mais chacun va le chercher dans son auge pour son pendule. Le nain déteste ce qu'il voit sous le soleil. Il aime la nuit, ses brouillards, les orages, la solitude et cet os qu'il a su dompter à son service. Son pendule le console de l'infortune de sa taille, son visage grêlé de petite vérole, la moquerie des filles que l'on obtient pour quelques sous... Labrachoulie, ses mains de tueur, ses fauves, l'ont toujours tenu à distance. Il se contentait de lui jeter des sorts abominables. Retrouver la poudre l'aiderait à réduire le laboureur à qui la plus belle fille du monde parle en baissant les yeux... Il a bien vu la fille du saulnier poser la main sur sa tête aussi rouge que sa barbe... Il s'est senti misérable, égaré pire qu'un animal au fond d'un trou. Et pour cela, il lui faut le sang, la vie des autres.

Le nain Trouillon a surveillé le départ du géant vers les salines. Le pendule est devenu si impérieux, vers le talus et la grange, que le nain en oublia sa peur et sauta la haie. Le pendule se mit à frayer une route en zigzags dans le marais gâs. Il le mena aux tamaris et s'immobilisa. L'os se mit à se mouvoir sans dessiner les cercles habituels. Un mouvement régulier, semblable à celui d'une horloge. Le mouvement du Temps. Le mouvement du Feu. L'étincelle et sa menace. Y avait-il de l'or sous ce talus ? Nain Trouillon est aspiré vers la terre, le centre de ses humus, ses corruptions, ses révélations, la clef du songe ténébreux des hommes. La fortune incandescente au centre de la terre... Le sillon épais des tamaris est-il l'ouverture d'une grotte où le nain trouvera les armes contre l'humanité plus noire que le sang ? Sans quitter le pendule qui maintenant le fait presque trébucher, le nain se jeta à quatre pattes. Il se fit reptile et chenille, entama le sable de son poing aux ongles en corne. Il creusait aussi vite qu'un chien qui déniche une charogne. Le sable, la terre, les cailloux volaient autour de lui. Pour ouvrir le sol, il s'aidait de ses poings, ses pieds, son corps en entier. A chaque arrêt, le pendule menait son train. Derrière la haie, Toussainte-la-Bègue surveillait la route tandis que les fils, hissés sur des branches convulsées, guettaient l'horizon. Ils avaient le don volatil de capter l'espace aussi loin que des corbeaux. Le nain grognait, se servait de ses pattes arrière, ses palmes avant. Le sable éclaboussait les tamaris, le nain avait oublié sa terreur, le trou s'agrandissait, devenait plus profond que lui. Le trou était ce puits, cette fente glauque, où pour un peu il se fût enseveli. Le pendule le frappa violemment à l'œil. Il avait heurté un compact si lourd qu'il songea d'abord à un bloc de pierre. Mais il reconnut immédiatement le message de l'os chercheur : c'était un tonneau. La poudre! la poudre était là, dans ce baril marqué aux armes de la poudrière Saint-Luc. Pris de vertige – il tenait enfin Labrachoulie-le-Géant – le nain referma le sol avec la vitesse d'une taupe. Il redressa les tamaris, baisa le pendule, lui parla en secret et l'os s'agita à nouveau. Le nain ruisselait. Jamais il n'avait obtenu autant de pistes en une seule fois. Le pendule avançait maintenant vers la grange. Malgré les bégaiements de Toussainte, l'affolement croassant des fils, nain Trouillon marcha droit vers l'ouverture qui servait de fenêtre. Quand le pendule avance de cette manière, non plus circulaire, mais raide et militaire, il n'indique plus l'or, les sources ou la poudre, il trouve les créatures humaines, ensevelies de force ou de plein gré, séparées des vivants et que les vivants recherchent... Le pendule s'arrêta net. Les bêtes grondèrent. Les pintades sanglotaient, d'un timbre aigu, excitant les autres volailles. Le nain, ivre de la découverte possible, devint intrépide, hyène au flanc de la proie. Le pendule était sa force, une force invincible. Les bêtes le sentirent et se turent. Le nain bondit vers la grange. Le pendule courait, le nain avait du mal à le retenir. Il voulait s'échapper, cet os de mort, aller de lui-même, relié à tous les mystères opaques. Le nain se cloua avec lui contre le bois, à la manière d'une chouette. Il vivait son second triomphe. Par une fente, il aperçut un homme agenouillé auprès de l'âtre éteint.

Nain Trouillon n'avait plus qu'à aller à Marennes, chez le citoyen Loizeau. Il n'eut que le temps de rejoindre son enclos d'un saut de batracien. Il avait entendu, sur le chemin, Labrachoulie siffler ses loups.

LES DEUX MOINES DE CLISSON

Juste-le-Mendiant a donné un grand coup de bâton à Espiritù. Depuis Nantes, Espiritù se décourage. Il gémit sur la longueur de la route, la fausse piste indiquée par la vieille les avait obligés à retourner sur leurs pas, traverser des villages hostiles, retrouver les chemins effacés. La poussière, le vent, les nuages, les ruisseaux débordants, le dernier soleil de l'été, aigu, telle une épée sur le crâne... Espiritù ne voulait plus avancer. Alors, Juste-le-Mendiant lui a assené un grand coup de bâton. Espiritù semble ragaillardi.

– Nous ne sommes plus loin maintenant des prisons de nos frères ! tonne Juste-le-Mendiant. Par nos saints patrons, nous sommes toujours en vie...

Juste-le-Mendiant fit jurer à son frère de repousser les noires imaginations qui paralysent les hommes de bonne volonté, toutes envoyées par le démon...

– Continuons sans nous plaindre. Cette route mène vers la Providence...

Ils avaient parcouru près de six cents kilomètres. Il leur avait fallu deux grands mois. A la fin de chaque journée, Juste-le-Mendiant s'agenouillait à même la route – « Béni sois-tu, Seigneur, pour les siècles et les siècles ! » – ce n'est plus long désormais.

Il devinait le découragement d'Espiritù. Capilla-la-Vieille leur avait donné quelques sous, des hardes, et son dernier pain... A son tour, elle s'en était allée à pied, de l'autre côté de Clisson. Elle avait rejoint le village de ses frères et sœurs. Là aussi tout fumait et il y avait des gémissements... Les hordes avaient sévi ; les blancs se cachaient pour guerroyer, et quand ils étaient pris, ils mouraient dans un cri farouche. Les survivants – dont Capilla-la-Vieille – vécurent de longs mois, bêtes traquées, affamées, grelottant autour du maigre feu allumé sous les ruines de ce qui avait été leur demeure. Les non-jureurs avaient débarqué à Brouage. La place des deux moines de Clisson était là-bas, parmi eux... Sur la route, on les prenait pour des mendiants ; des soldats devenus ces gueux couleur de murailles. Capilla-la-Vieille les avait forcés à revêtir le costume des bleus abattus lors de la mise à sac. Juste-le-Mendiant n'avait-il pas brisé le crâne de l'un d'eux ? Les quelques pièces de la vieille étaient épuisées depuis longtemps. Ils avaient acheté du pain à des villageois, tête baissée sous le couvre-chef orné d'une cocarde décolorée qui leur brûlait le front pire que fer rouge. Ils s'en allaient promptement. Juste-le-Mendiant connaissait bien la route et ses obstacles ! Avant d'entrer au monastère de Clisson, il avait fait vœu de mendier et traverser ainsi la Terre, portant à qui voulait l'entendre la Bonne Nouvelle... Que de fois avait-il été poursuivi par des chiens, des valets et leurs gourdins! Qu'importe! La joie et l'allégresse étaient son lot, sa lampe secrète. Il riait, secouait sa bure sans forme et allait, allait, plus léger que le papillon, le vent, le pollen... Quelquefois, il traversait plusieurs jours sans pain. D'où venait cette force, y compris celle qui lui faisait culbuter trois hommes à la fois quand les situations se gâchaient ? A Clisson, les événements avaient tout bouleversé. Il se retrouvait, vêtu en ennemi de sa foi, de sa joie, sur ce chemin râpeux, dont le but était une prison. Mais non! le but était la divine lumière, le fleuve tout entier charriant ses étoiles, ses nénuphars et sa gloire, l'infini! l'infini! après tant de rocaille, de gémissements et de chute, il était enfin ce pays insoutenable de clarté, où la face de Dieu écrase et emporte!

Il fallait cependant survivre.

Juste et son compagnon dérobaient les fruits aux vergers en bord de ces chemins. Traversant un champ qui écourtait leur voyage, ils furent coursés par un taureau. A chaque obstacle, Juste-le-Mendiant se signait et rendait grâce. Aucune catastrophe n'entamait son allégresse. Il aimait profondément la vie, ses créatures – surtout celles qu'il avait tuées ou assommées – , il aimait davantage la suave mort, la suave certitude du Resplendissement... Chacun de ses jours était un rayon de miel dans sa bouche, mêlé de cendres et de foudres... Espiritù avait moins de force, moins de foi. Le séjour dans l'armoire de la vieille, l'incendie et sa fumée, le sang, les gémissements, le soldat au crâne brisé, l'avaient ébranlé. Il avait quitté Clisson, traîné par son frère, le cerveau enfiévré. Juste l'encourageait, prenait en charge cette soudaine détresse. Parfois, à bout d'arguments, il le frappait d'un grand coup de bâton. Le pire obstacle de ce voyage restait l'homme.

Ils faillirent tout compromettre en volant un poulet. Juste avait sur lui sa fronde. Il tua d'un seul coup une volaille dans une cour de ferme déserte. Il y eut des piaulements aigus, le bruit d'une détonation. Espiritù eut le temps d'attraper la poule rousse au crâne éclaté. De gros chiens aboyaient. Les moines coururent plus fort que jamais dans un bois environnant. Ils étaient alors en Poitou. Le fermier, rubicond, vêtu d'une redingote de l'an II, passa à cheval, plusieurs fois, non loin de leur cachette. Espiritù, fils de paysan, connaissait bien la campagne. Il craignait les chiens et leur flair. Il entra avec son ami dans une sorte d'étang, au milieu d'une clairière. Ils y restèrent jusqu'à ce que tout devînt obscur. A Brouage, les prêtres avaient commencé la lente chute aux ténèbres. « Brouille! écrit frénétiquement la Conseillère sur le guéridon, brouille! tout est brouillé! » Brouille-t-on la piste divine avec le feu et l'eau comme on le fait pour le barbare et le chien sauvage? Les deux moines égarèrent un moment la route. Ils frayaient au hasard de cet interminable bois. La fièvre reprenait lentement Espiritù. A l'aube, ils se rendirent compte qu'ils avaient tourné; la ferme surgit, fatale, devant eux.

– Le diable s'en mêle, grogna Juste-le-Mendiant; prions et cognons s'il le faut!

Il s'agenouilla, fit complie, traita d'imbécile Espiritù qui n'avait pas lâché la volaille pendant leur errance. N'était-ce pas cette odeur qu'avaient flairée les chiens ? Juste-le-Mendiant saisit la poule par les pattes, lui fit faire trois formidables tours, la lança de toutes ses forces sur la ferme. Elle s'écrasa sur le toit d'une grange et les chiens, à nouveau, hurlèrent.

Pendant quelques jours, la malchance fut leur pain noir et quotidien. Ils n'eurent pour nourriture que quelques glands. Ils se méfiaient des villages d'où s'échappaient, parfois, des cris de gorets lamentables. On guillotinait sur les places, on tuait, au nom des Lumières, des créatures incultes, effarées, n'ayant rien compris et qu'un simple battement de cils avait désignées à la vindicte publique...

– Secoue la poussière de tes chaussures et oublie ces lieux ! Oublie ceux qui nous veulent tant de mal... et surtout, marche !

L'été brûla tout d'un coup avec violence. La fille du saulnier était devenue cette flamme aux bras du Timonier. La canicule était traversée, çà et là, d'orages violets. Les deux moines avancèrent sous l'eau, vers Angoulême, sans autre refuge que les futaies, ni lampion que l'exquis ver luisant... Ils dormaient derrière les haies, une pierre pour oreiller.

– Tout va bien ! s'écriait Juste-le-Mendiant. Le Seigneur n'avait pas seulement un caillou où poser sa tête !

– Maudite eau ! maudite soif ! maudit soleil ! délirait Espiritù.

– Maudit toi-même, tonnait Juste-le-Mendiant. Tu blasphèmes et tu oses perdre l'espoir !

Il le frappait, l'obligeait à répéter vingt fois le Credo et lui posait la vraie question :

– Veux-tu repartir ? Quitter la sainte vérité du martyre ? Peut-être t'es-tu trompé de voie ? Si ta foi s'en est allée en même temps que la fumée de l'armoire vendéenne, tu as le droit, le devoir de t'en aller...

Espiritù secouait la tête. Il balbutait : « Je vous salue Marie... » Ils repartaient ; la route taillait à vif leurs chairs ; il y avait longtemps que les semelles de leurs bottes étaient éventrées.

Ils avançaient maintenant vers La Rochelle. Ils chantaient et accrochaient des fleurs sauvages à leurs bâtons. Ils puaient ; ils exultaient, ils avaient des ailes.

Quand ils entrèrent dans Rochefort-sur-Mer, les cristallisoirs et les œillets étaient ce vif-argent sous la lumière.

Espiritù grelottait d'une attaque particulièrement violente. Après le départ du Timonier, Casilda avait tremblé toute une nuit, de même sorte. La fièvre du marais ! s'effarait Symphorienne. Le saulnier respirait avec peine. Barbe ! Barbe en proie à cette agitation, ce délire, jusqu'à ce qu'elle se fige en un sourire flottant... Symphorienne épongeait le front de Casilda, la faisait boire, enveloppait ses pieds de linges trempés d'eau salée. Le lendemain, elle alla mieux et, chancelante, s'en fut vers le marais gâs... « Ma mie, ma mie, où allez-vous ? » La nourrice ne put la retenir ; elle était déjà loin. Il y avait eu alors les vertiges, l'absence du sang, le secret déversé à Symphorienne épouvantée...

Devant la Corderie royale, Espiritù s'effondra. Juste-le-Mendiant le prit sur son dos.

– Accroche-toi et prie. Dieu s'occupe de tout.

Quel mystère les protège ? Rien ne les avait détruits. Ni broussailles ni épines, ni la pluie roide ni le feu du ciel, pas même la folie sanguinaire des sentinelles et leurs soupçons... Qu'importait la morsure des cailloux sur les pieds nus ! Ils avaient échappé à la soldatesque, aux sangsues des ruisseaux, aux dents des chiens, au couperet des hommes... Juste-le-Mendiant porte avec amour ce frère épuisé. Se courber pour mieux soutenir ceux qui défaillent, porter son faix sans gémir ni douter...

Symphorienne est allée au jardin. Elle prie sur la tombe du prêtre couverte de liserons et de vigne rouge. Comment sa petite allait-elle supporter le joug de son faix ? Il allait éclabousser les siens, le saulnier en recevrait un coup mortel. La trahison, presque aux portes de sa demeure confiante... Pour la première fois de sa vie, la nourrice douta. Quel sens avait l'espérance sans limite, la force d'ouvrir la terre, y planter les graines merveilleuses, bénir les brouillards, repousser à jamais toute haine ? Elle douta des serments. Barbe n'avait-elle pas été, autrefois, cette parjure entraînée vers sa perte ? Ces non-jureurs, au nom de quelle illusion agonisaient-ils au fond de la rocaille ? Dieu ou le jeu des dupes, le ciel, cette affreuse blague et tant d'horreurs sous le soleil... Symphorienne regarda les nuages, l'argent des peupliers, les tendres clématites, la petite bosse que faisait la tombe de Barbe, non loin d'un peuple délicieux de capucines. Elle répétait : « Mon Dieu ! Mon Dieu ! », le doute creusait en elle un abîme et une nausée bien plus grave que celle qui avait fait chanceler la fille du saulnier. Le doute devint ce coup de poing qui la courba, front contre la terre où gisait le prêtre inconnu. Le faix... le faix... Elle n'avait que la force d'en partager l'effroi à venir. « Pourquoi, pourquoi elle, mon Dieu ? » cria-t-elle soudain d'une voix sauvage qui rappelait les éclats de la Conseillère quand la douleur devenait trop forte. Un nuage dessina la forme d'une corolle géante, effilochée en machine volante. Une nuée basse obscurcit son cerveau. Le puits : s'y jeter. Elle se souvint de la sueur de sang du Christ. Le doute ; refuser la coupe et son fiel, puis l'accepter...

Vaincue, elle quitta lentement le jardin qui, pour la première fois, n'avait fourni aucune réponse.

Rochefort-sur-Mer sembla à Juste-le-Mendiant un bloc de pierres grises. Une ville close, arithmétique, en angles, un carré... Il traversait, avec son fardeau, un carré de pierres et de solitude. Il marchait sur des pavés anciens qui gênaient son pas. Il évita la grand-place, l'envie farouche de boire et se laver à sa fontaine. Il enfila une rue assez large, entendit des sabots de mules. Il croisa un saulnier et son chargement. Le moine s'approcha de la caravane et demanda la direction de Brouage. Le saulnier eut l'air étonné ; il regarda attentivement ces deux vagabonds, dont l'un, sur le dos de son compagnon, avait l'air inconscient.

– Que veux-tu faire là-bas, l'ami ? demanda le saulnier.

Il portait sa tenue de voyage, celle du parcours du sel. Il avait beaucoup vieilli depuis l'année précédente.

Un tourment courait parmi ses rides, le sillon mauve de l'insomnie ravageait la paupière bistrée...

– Brouage n'est qu'une prison, l'ami ! murmura le saulnier. Que comptes-tu y faire, toi et ton compagnon ? Y cherches-tu de l'ouvrage ? Sais-tu manœuvrer un moulin à poudres ? Ramasser le sel ?

– Nous sommes venus retrouver nos frères non-jureurs, dit Juste-le-Mendiant.

Le saulnier faillit se signer. Une ombre obscurcit ses yeux ; un vague étourdissement le prit. Ces deux hommes sur sa route étaient la réponse à la lancinante question depuis tant de jours... Le saulnier fut repris de son angoisse. La vente du sel s'achevait. Pour la première fois de sa vie, le Timonier ne l'avait pas reçu. Sa mère avait été déléguée à sa place. Elle s'était entretenue avec le saulnier au nom de son fils reparti à bord de *La Belle Jalousie*, un navire bordelais, au long cours. On ignorait au juste pour combien de temps...

Le saulnier avait trouvé la mère du Timonier pâle et altérée. On eût dit la statue du chagrin. A la soie noire de ses vêtements, elle avait ajouté le brassard blanc des veuves et des grands deuils... La maison semblait perdue dans un étrange silence. Oséko l'Abyssin avait disparu. On ignorait si c'était avec son maître. Tout respirait l'abandon, l'absence éternelle, non le voyage. La cour était bouleversée, les plantes pansées de boue séchée comme si on les eût piétinées, blessées grièvement. Le saulnier n'osait poser la moindre question. Mais il savait... Le citoyen Loizeau avait envoyé sa soldatesque fouiller la maison du Timonier. Tia la négresse avait été enlevée par Oséko, lui-même enfui de la ville...

– Prends garde à toi, citoyenne! grognaient les sentinelles, ouvrant à coups de pied les saulnières et foulant chaque pièce.

Personne! le Timonier n'était plus là pour protéger sa mère. Aucune trace de l'Abyssin ni de Tia. Depuis déjà six nuits, *La Belle Jalousie* voguait au loin sur l'Atlantique...

La mère du Timonier avait alors ajouté ce brassard blanc à sa toilette. Effarés, en silence, la servante, l'homme de peine, redressaient les plantes, lessivaient les parquets souillés, rétablissaient les rideaux secoués en tous sens... La maison ressemblait à un navire traversé par un cyclone. Certains meubles étaient sens dessus dessous. L'argenterie, en partie volée, hors des écrins, éparpillée jusque dans la cour, les cristaux et les miroirs brisés.

La mère du Timonier reçut le saulnier avec une grande dignité et traita normalement de leurs affaires. Ils parlèrent gourmas et couches, morts et limaille; ils parlèrent du sel. Mais le saulnier voyait sur le grand visage immobile couler les larmes. Il quitta la maison carrée, l'âme enténébrée. Le pas de ses mules était ce martèlement funèbre. C'est alors que Juste-le-Mendiant l'avait abordé.

– Je suis le saulnier Modeste Gorge-Bleu. Quand tu arriveras avec ton compagon à Brouage, tu trouveras ma maison, contre la poudrière Saint-Luc. Tu demanderas ma fille ou sa nourrice, Symphorienne. Elles te donneront du pain...

D'un coup de talon, il fit brusquement avancer sa mule.

Juste-le-Mendiant enfila une ruelle, remarqua un

établissement où était accrochée une lanterne rouge. La porte était grande ouverte. Les soldats avaient également tout bouleversé chez Toinette Michon, surtout la chambre aux œillets. Les filles interrogées, molestées, menacées de déportation... Où était Tia ? Qu'avait osé faire ici ce nègre ? Y avait-il eu complicité de Toinette Michon ? Le nain, toujours le nain ! Une fois de plus, il avait rôdé chez Toinette Michon, exaspéré, enragé – sans parler d'un incommensurable orgueil de nabot devenu riche. Le citoyen Loizeau lui avait jeté un gros sac de pistoles pour jouer du pendule dans le marais de Labrachoulie. Il finirait bien par l'obtenir, cette négresse de malheur ! Tia... Il s'était maintenant mis en tête d'avoir Tia... Il n'attendrait plus. Et Tia avait disparu. Et les filles l'avaient entouré, folles de haine, glapissant pis que volailles, prêtes à le tuer ! La soldatesque avait alors débarqué...

Toinette Michon hissait hors d'un caraco en satin rouge une tête exaspérée, maquillée de bleu, de vert, de rose fuchsia. Le même rose traversait ses cheveux rouges, serrés dans un bandeau de métal jaune entremêlé de liserons en fausses perles. Des boucles argent ornaient ses oreilles échauffées. Quand le moine entra, elle se concertait avec ses filles. Elles chuchotaient. Oui, oui ! Tia maintenant est loin ! peut-être déjà arrivée dans son pays... Toinette Michon avala d'un coup une liqueur couleur caramel, cadeau d'un riche négociant de Cognac. Elle ressembla à un orange sanguine, la bouche carnassière jetant autant d'injures qu'elle avalait d'alcool... Elle se tourna, échauffée, luisante, la gorge largement découverte, vers les moines de Clisson. Juste-le-Mendiant la trouva superbe. Une femme superbe qui désignait la porte grande ouverte, les rues pavées et grises, l'horizon couleur muraille...

Les filles étaient rassemblées en grappes sur des canapés éventrés. Elles regardaient avec méfiance les arrivants. Encore un coup bas du citoyen Loizeau ? Allait-on les emmener en troupeau pour Madagascar ? Toinette Michon tâtonna vers un poignard glissé dans la jarretelle.

Juste-le-Mendiant regardait, fasciné, cette femme rose, rouge et bleue qui troussait d'un coup une jupe bouillonnée sur une cuisse grasse et bien tournée. Cette cuisse, le poignard contre la culotte en dentelle noire, ouverte sur une toison de feu, la bouche rouge qui sentait l'alcool puissant et odorant, rassurèrent le moine. Le secours venait toujours des femmes. Que ce fût Capilla-la-Vieille, ou, vers Nantes, cette fille de ferme, aussi furtive que le vent, glissant un pain dans leur giron... Les hommes, eux, lançaient sans relâche chiens, rumeurs de mort, et balles. Toinette Michon était un gros séraphin qui tout à coup laissa retomber jupe et poignard et lui servit un verre de cognac. « Ce sont des moines ! cria-t-elle à ses filles. Regardez leur tonsure... » Elle avait autour des poignets tant de bracelets qu'elle cliquetait au moindre geste. Trois rangs de cristaux entouraient son cou. Une femme cathédralesque ! admirait le moine. Il ne voyait ni catin ni hideur mais des figures multicolores, des couleurs de vitraux, des proues dorées d'antiques navires – et la Charité.

– Dieu te bénisse, toi et tes filles ! dit-il.

Puis, tout à coup, il s'écroula sur le corps d'Espiritù.

Ils se réveillèrent couchés dans un lit étrange et rouge. Une chambre où pendaient des tapisseries déchirées, révélant autant d'yeux qu'il y avait sur la portière de fausses roses.

– Brouage... murmurait le moine encore faible, il nous faut aller à Brouage.

Alors il vit Toinette Michon baisser la tête et pleurer.

NOCES

Avant d'embarquer sur *La Belle Jalousie*, le Timonier avait passé plusieurs nuits blanches. Le corps de Casilda ! La violence de sa passion, leur passion. Ce « non, jamais » dont s'acheva leur étreinte le tenait maintenant dans un puissant tourment. Il portait ce refus, épervier qui lui rongeait l'épaule, brûlait sa chair, mordait son cœur. A son chagrin d'homme se mêlait la rage. Il était prêt à tout ; il fonça pendant cinq nuits à Brouage. Il jeta un sac de pistoles à la sentinelle pour qu'elle ouvrît la porte de la cité. Oséko l'accompagnait. Sous la poudrière Saint-Luc, le Timonier cria à mi-voix le prénom de Casilda.

– Ouvre ! Viens ! Tu n'es pas innocente ! Pourquoi mentir ? Tu m'aimes !

Il devinait son souffle derrière l'épaisse muraille. Il était à deux doigts de briser la porte, faire éclater le radieux scandale, jeter à toute la ville qu'il aimait cette fille d'or et de porcelaine quand elle surgit près de lui. En chemise, pieds nus, les cheveux défaits, semblable à l'image de leur frénésie d'amour. C'est lui qui recula. Elle grelottait ; elle se mit à parler. Le secret, le secret de sa naissance, le serment de racheter la peine du saulnier. Racheter le martyre des prêtres. Le serment que tout fût offert ; les fautes et l'innocence, la chair, l'esprit, le sang. « Tais-toi ! s'affolait le Timonier. Tais-toi ! » Pour un peu, il l'eût assommée pour qu'elle cesse de le mutiler ainsi avec son refus. Il la coinça contre la muraille, colla ses lèvres sur les siennes. « Tais-toi, je n'entends rien à ce délire ! Viens ! » Il l'entraîna de force sur son cheval, la ceignit contre lui comme une gerbe de blé, et au galop quitta la cité, jusqu'à sa villa. « Tais-toi ! » répétait-il. Oséko devint la sentinelle farouche de leur amour. Il eût tué quiconque se fût jeté sur leur route. Ils traversèrent le marais gâs. « Assez ! » grinça Labrachoulie à ses loups qui s'agitèrent. Il avait tout vu : le groupe fantastique des deux cavaliers, la chevelure de la fille du saulnier mêlée à la crinière du cheval couleur de feu... Il tourna toute la nuit dans son antre, oscillant entre l'envie d'étrangler son prisonnier, se fracasser aux murs, courir tuer le Timonier, enlever à son tour la fille du saulnier... Jean-Baptiste le regardait avec douceur. Quand Labrachoulie poussa un cri sauvage et tomba le front contre terre, le prêtre s'approcha et le consola comme un enfant...

Il était tombé, le laboureur, vaincu de chagrin. Lui l'inculte, à peine capable de prononcer quelques mots, avait soudain été éclairé de l'intérieur. Une violente lumière déchirant son crâne. Allait-il en devenir aveugle ? Paul ! Paul foudroyé sur la route de

Damas... Labrachoulie avait tout deviné. La villa dans la nuit, au fond de laquelle, dans une chambre sombre et chaude, le Timonier et Casilda s'accrochaient l'un à l'autre, mordaient leurs bouches, y greffaient le grand mot carnivore et rouge : Amour.

– Elle reviendra cogner à ta porte. Ne la repousse pas ! dit le prêtre au géant qui suffoquait. Le moment viendra alors d'aimer...

Et l'Inculte, la Bête, l'Humilié se mit alors à comprendre et accepter.

Casilda revint au logis avant l'aube. Elle s'était échappée de la villa. Elle avait disparu, fine couleuvre parmi les herbes. Elle traversa le marais gâs et le géant baissa la tête, les yeux pleins de larmes. Ses loups, ses chiens, ses faucons se taisaient. « Ne la repousse pas... » répéta Jean-Baptiste. Casilda arriva au pied des remparts, les pieds maculés de boue. Elle demanda à la sentinelle d'ouvrir.

– D'où viens-tu, fille du saulnier ? la rudoya le soldat.

– Tu le sais ! dit-elle simplement. Je t'en supplie, ne lui ouvre plus jamais cette porte quand il reviendra !

– Paye si tu veux entrer ! Tu te comportes en fille...

Elle baissa la tête, elle n'avait rien que sa beauté, et son malheur, sa chute, une chemise défaite, les pieds en sang...

– Paye ! répétait l'homme.

Il l'acculait contre le mur. Il osa toucher la gorge, pétrir le sein ravissant tatoué des suaves marques de l'amour...

– Je paierai... Tout sera consommé... murmura-t-elle.

Il la laissa aller – je te retrouverai, fille du saulnier! Elle avançait tel un blanc fantôme jusqu'à sa maison. La pluie tomba avec violence. Casilda sombra sur le seuil de la porte. Symphorienne la ramassa, inconsciente, trempée. On eût dit une jeune morte au linceul déchiré... « Mon Dieu! » murmura la nourrice. Le saulnier dormait encore. Elle saisit la petite à pleins bras, la déshabilla, la coucha, la frotta de sel et d'huile... Elle revint à elle. Elles se regardèrent. « Les temps sont venus », articula Casilda.

Pendant quatre nuits, elle entra dans une fièvre si grave qu'elle eut le délire. Le saulnier la veillait avec Symphorienne. Elle secouait la tête, balbutiait des tronçons de mots où se mêlait le prénom du Timonier. Elle portait la main à ses yeux, prise d'épouvante quand le saulnier se penchait, navré. « Ma mie! O ma petite mie, quoi donc? » Casilda ne reconnaissait personne et s'effrayait du visage de son père. Etait-ce celui de la sentinelle à qui elle avait promis sa déchéance? le Timonier qui l'emportait, la séparait à jamais de tous et de son serment? ou le prêtre à demi mort? le géant qui l'enfermait à son tour avec ses loups et ses faucons? ou encore, terrible et en lame de couteau, le profil du citoyen Loizeau? Le saulnier retrouvait sur le visage en sueur les traits de Barbe en proie à son dernier mal... La nourrice se taisait. Pourquoi, pourquoi elle, Seigneur? Elle avait ouvert les Evangiles et lu le passage de la nuit au mont des Oliviers. *« Eloigne, éloigne cette coupe de moi... »* Les gourmas étaient inondés et le saulnier, pour la première fois de sa vie, oublia le sel. Tant pis si l'orage et la mer allaient détruire digues et mulons! La seconde nuit, l'orage fut encore plus violent, la fièvre de Casilda très forte. Sur le rempart d'Hiers, on entendit le galop d'un cheval, une altercation, des injures, le coup d'un mousquet. Qui osait entrer dans la cité ? La sentinelle avait tiré. « Maudit ! » grinça le Timonier. La sentinelle jeta alors ces mots abominables. Il aurait la fille ! la fille du saulnier... Qui allait désormais se gêner de la rouler dans la paille, où bon semblerait aux mâles d'en jouir enfin ? La sentinelle éclata de rire, le Timonier avait chancelé et Oséko se précipita. La balle du mousquet avait effleuré son bras. Il saignait ; il blasphémait, il perdit à demi conscience. Josef Boss gravait sur le mur suintant de la forge : *« Tu vois comme on sera quand on se sera reniés. »* L'Abyssin ramena son maître blessé après avoir lancé une pierre à la fronde. La sentinelle bascula du rempart dans le canal glauque... Au petit matin, La Fuie trouva ce noyé... La fille du saulnier s'était enfin endormie, le sourire flottant aux lèvres et l'angoisse de son père était à son comble...

La mère du procureur s'était éveillée en sursaut vers quatre heures du matin – au moment où la sentinelle tombait dans le canal. « Hyacinthe ! cria-t-elle, Hyacinthe... » Elle se traîna péniblement vers le guéridon. Le crayon se mit à courir : « Brouille... Tout est brouillé... » Mais à la place du visage et du prénom de Hyacinthe, il inscrivit celui de la fille du saulnier.

Elle poussa un miaulement si effroyable que la volière se réveilla et devint folle.

Oséko ramena son maître à la maison carrée. Dans la cour, les serviteurs allumèrent la torche et s'empressèrent. La mère du Timonier – Gasparine Canavéral – s'était levée d'un bond et déboulait dans la cour en cape de satin floche. « Allez chercher un chirurgien ! vite ! » On avait transporté son fils dans sa chambre. L'Abyssin avait lavé la plaie, extrait habilement la balle, bandé le bras d'un onguent à base de sel. Il fit le signe discret du silence. La lampe tremblait dans les mains de Gasparine. Le Timonier fut pris à son tour de fièvre. Sa mère le veilla ; elle entendit les mots prononcés dans son délire, le nom de la fille du saulnier. Quand il s'éveilla enfin de son coma, elle décida d'agir.

Il était temps que cesse le tourment de son fils. Il était temps de le marier avant que le mal ne fût trop fort, avant qu'il n'embarquât à nouveau vers les continents inaccessibles ! Le marier... Elle savait à qui : la douce et terne Armance, fille de l'amiral Deresnoue. Cette honorable famille habite la maison voisine, de même beauté que la sienne. La solution n'est-elle pas d'unir ces enfants bien nés ? Sans parler des salines de l'île de Ré dont héritera Armance. Gasparine, de la race de ces femmes qui ceignent de force leurs bras et leurs reins pour sauver le patrimoine et l'héritier, qui voient venir de loin le navire marchand au profit de leur maison. Gasparine, de la grande école des femmes de marin... Veuve d'Hippolyte-Augustin Canavéral, commandant d'une canonnière royale. Le vaillant avait fait sauter son navire au nom du roi, pour résister aux Anglais. Gasparine avait aussitôt porté le noir, armé son cœur de dure vertu et s'était consacrée à cet unique mâle qui, très jeune, continua la tradition de ses ancêtres : la mer.

Gasparine a toujours veillé à tout et à tous. Les deux servantes entretiennent les beaux planchers à l'huile de lin ainsi que les meubles sombres et massifs. Elles essuient les miroirs au tain obscur, l'or qui les entoure... L'entretien des lustres en cristal et des cuivres prend une semaine entière. Leur maîtresse les aide. Une argenterie chiffrée, initiales mêlées à une ancre, dérobe aussi le patient temps des femmes.

Le jardinier taille, empote, coupe les roses, sème la rose trémière, soigne les plantes exotiques de la cour fermée... Tout avait été changé au retour des *Deux Associés*. Il y avait eu Oséko l'Abyssin. La mère du Timonier n'en avait auguré rien de bon. Le nègre faisait scandale en rejoignant Tia à l'établissement à la lanterne. Les temps étaient si étranges et meurtriers! La mère du Timonier eût souhaité prudence et discrétion, non ce déchaînement, et ce serviteur exotique, scandaleux et violent... « Hem! hem, silence ma mère! » tonnait le Timonier quand elle blâmait le choix de son fils. Elle se taisait mais avait commencé discrètement sa négociation avec la famille Deresnoue. Oséko entretenait la villa du Timonier – à la grande irritation de la mère et des servantes. Hippolyte tenait tant à cette villa, où jadis, il emmenait des filles au corsage débordant, cette villa désormais théâtre de sa plus grande passion... Sa mère restait réservée sur ce lieu. Elle préférait n'y accorder aucune importance. La vraie vie était à Rochefort, dans la continuité du nom et de la tradition. La vraie vie était de parcourir leurs marais et les salines. Un jour, la naissance d'un héritier... Les temps – même troublés et hagards – étaient pourtant venus. « En temps et heure! » répète le procureur Loizeau... Jusqu'à la dernière nuit d'amour de son maître à la villa, Oséko avait coupé les herbes, soigné les fruits du verger. Parmi les plants de fèves et les potirons orange, Oséko, à la pleine lune, avait fait un sacrifice au dieu Crocodile. Il avait tant de choses à demander à ses ancêtres et au dieu Crocodile ! Son baptême ne l'éloignait nullement des traditions sacrées de son pays. Il trouvait Jésus-Christ compatible avec le dieu Crocodile... Sa prière est totale : sauver son maître de quelque manière que ce soit, enlever Tia, la ramener dans leur pays, redevenir le chef de sa tribu égarée. Oui, tout cela avait été demandé au dieu Crocodile et au Dieu suprême, en égorgeant un coq blanc sous la lune, un coq blanc acheté au géant du marais gâs, hanté de djinns semblables à cet affreux nain. Oséko ouvrit le cou du coq et l'offrit à pleins bras sous la lune. Le sang coula sur sa tête, il psalmodia les prières de son pays tandis que son maître et la fille du saulnier criaient d'amour, l'un à l'autre mêlés comme la racine à la terre...

La mère du Timonier veut sauver la lignée des Canavéral, remettre le bon sens dans le cerveau troublé de son fils, lui redonner le goût de la belle maison carrée, sa fraîcheur entretenue par les rideaux clos, la fontaine de la cour et son eau désaltérante, à goût de fer et de jacinthe. Un jour, ces terribles événements se calmeront. La vie redeviendra cette maison protégée, sans histoire, parmi la rutilance et les fleurs à goût de miel...

La chambre où repose le Timonier est la plus sobre

de la demeure. Elle n'a pas de plancher, mais des tommettes rouge sombre. Le lit à une place est revêtu d'une couverture au crochet blanc. Jadis, Gasparine l'avait lentement conçue, point après point, de ses fines mains de brodeuse. La mère du Timonier apprécie chez Armance, frêle et blanche, l'extraordinaire habileté de son point d'aiguille. N'a-t-elle pas osé ajouter un carré à ce couvre-lit, un petit espace proche de la guipure par son dessin et sa perfection ? Armance obtient du moindre coton filé une véritable dentelle. De la toile bien tendue sur le tambour, elle sait faire surgir des fleurs, des grappes, des lettres... Elle invente chaque dessin, chaque roue de fleurs. Ce charmant motif, est-ce une rose, le greffon singulier d'un lys mêlé de pâquerette ? Elle brode, à longueur du jour, à longueur de vie, rêvant au Timonier. Elle brode, le front penché, dans le salon où l'a invitée Gasparine.

Au moment de son embarquement sur *Les Deux Associés*, Armance lui avait remis ce lai ajouré. Il représente un oiseau délicat, prisonnier d'une fleur... Et la mère du Timonier avait admiré.

– Je le coudrai au couvre-lit de mon fils ! avait-elle promis à la jeune fille qui rougit à la manière d'une sombre rose...

Quand le Timonier revint, blessé, de son équipée, Gasparine réfléchit au sort de son fils, leur maison, l'avenir de leur nom. Tout passerait par Armance, ses patientes mains de brodeuse... Avancer ainsi à petits points dans le labour délicat des étoffes et des motifs faisait, d'Armance, l'épouse idéale d'un marin. Une femme capable – ainsi l'avait-elle autrefois été – d'attendre des heures et des années le retour des corvettes... Qui peut endurer l'époux si souvent parti sinon la brodeuse, la brodeuse aux lèvres closes sur le soupir retenu, ajoutant les fruits délicats aux branches créées par ses fuseaux, la roue du paon, la queue du poisson inconnu, le feston de la nappe pour le festin des retrouvailles ? Le bonheur passerait par Armance, un jour maîtresse de la belle maison carrée. Elle ouvrirait à son tour chaque saulnière, les armoires de couvent, bondées du linge chiffré, blanc sur blanc, de lettres et d'une ancre. Ces lettres, H.C., cette ancre avaient été l'œuvre de son tôt abandon. Quand elle sentirait sa fin proche, elle passerait ses pouvoirs et ses clefs à cette frêle fille aux yeux trop pâles, aux cheveux trop fins, d'un blond de blé, chastement retenus dans le bonnet ourlé d'une guirlande de myosotis. Armance, qui aime le Timonier, Armance, et son cou de victime, la puissance souterraine de son attente... Peut-être aussitôt après les noces, donnerait-elle un enfant mâle à son fils ? Gasparine aurait la joie de le connaître avant de reposer à son tour dans le lourd caveau familial, près des cendres de ces grands marins et leurs muettes épouses d'autrefois.

Dans sa fièvre, Hippolyte a deviné un complot de femmes. Lui, l'homme, la proie. Où est Oséko ? Il faut, songe sa mère, au marin une épouse fileuse, attachée à la maison de son maître, rivée tel un arbre à profondes racines au lieu de ses retours, jusqu'au jour où plus jamais le marin ne revient.

Hippolyte se traîne et allume lui-même un feu dans

la cheminée. Malgré le temps très doux, il frissonne. Un feu qui craque et qui enfle... N'est-il pas devenu lui aussi ce brasier qui ronfle ? Tous les sentiments se mêlent, portent la cadence ravageuse d'un prénom : Casilda. « Non », a-t-elle dit, au moment où ils s'étreignaient le mieux.

Son vêtement chamarré de grand timonier est suspendu dans l'armoire en bois blond. En culotte noire, chemise blanche à larges manches, ouverte sur son cou puissant, le Timonier réfléchit. Il suspecte cet étrange mal qui serre la poitrine et noue un étau sur le front. Le mal d'amour. Le rongeur du sommeil. Il n'en connaissait pas le ravage. Il se souvient des prêtres ferrés en cale pour avoir osé aimer Dieu... Il se sent ferré, chargé d'un boulet inconnu, le cœur devenu cette chair saignante. Lui non plus ne peut abjurer, oublier la fille du saulnier... Il n'a pu entrer dans la cité. Son bras gauche est douloureux, bandé en écharpe. Oséko a disparu. Il sait bien où et comment. Il ne dira rien ! Ils se retrouveront à l'embarcadère de *La Belle Jalousie*. Le Timonier a raté sa passion d'amour, le Timonier est brisé ; il n'a pu enlever la fille du saulnier. Elle a osé faire clore la cité et qu'on lui tire dessus ! Il la hait, ô comme il la hait, comme il l'adore ! « Va ! » a-t-il dit à Oséko qui a juré au dieu Crocodile d'enlever Tia et de la glisser secrètement à bord de *La Belle Jalousie* en route pour l'Afrique... Oséko a foncé dans l'établissement de Toinette Michon. Il a jeté à bas les soldats qui buvaient et riaient. Il a assommé la soldatesque qui jouait avec le corps de Tia. A-t-il tué ? C'est un géant, un tronc d'arbre, le dieu Crocodile lui-même ! Il se souvient du sang du coq blanc, dégoulinant, chaud et musqué sur son front. Il en a bu et fait serment. Tia s'est accrochée à son cou. Il l'a emportée ainsi, vêtue d'un voile et de jarretelles...

– C'est toi qui as raison et qui sais honorer la vie, balbutie le Timonier, dans sa fièvre.

Il s'est assis à la table en chêne épais. Une plume, de l'encre, un parchemin plus doux que la toile joliment travaillée de son lit... Qu'est-ce que cette dentelle, cet oiseau encagé d'une fleur ? Il fixe longtemps ce motif qu'il n'avait jamais remarqué depuis son dernier voyage. Il est l'oiseau encagé par la fleur. Naïvement, il avait toujours cru qu'un désir d'amour se châtiait, s'éparpillait dans l'allégresse d'autres corps. Oséko et Tia, traités plus bas que la bête, vendus par les hommes, Oséko et Tia dont on avait osé examiner en public la mâchoire et le sexe, Oséko et Tia, exemple éclatant de la passion humaine. Il se sent misérable... Que n'a-t-il égorgé un coq blanc ou plutôt la sentinelle et arraché la fille du saulnier à cette prison qu'est Brouage !

Gasparine devine le tourment de son fils. Seule au salon, bien droite dans le fauteuil orné de chimères en tapisserie, elle suspend un moment l'aiguille au-dessus du métier. Elle brode une scène de cueillette, de séraphins et de corbeilles de fruits. Gasparine entend marcher et pleurer à l'étage. Quoi, il pleure, ce guerrier, ce marin au long cours, cet intrépide qui a fait trembler tant de monde ? Gasparine songe un bref moment à faire quérir le saulnier... Mais non ! c'est impossible ! on n'épouse pas la fille de son saulnier ! Ces ordres nouveaux les ont rendus fous ! La fille du saulnier n'a ni la fortune ni le rang nécessaires pour entrer dans la belle maison carrée. Armance Deresnoue est digne d'occuper un jour cette place dans le fauteuil à chimères, contre la fenêtre, afin de capter les derniers rayons du jour sur les interminables motifs de la toile... Gasparine soupire. Quelle est la fortune de Casilda ? Une figure de vitrail, les écheveaux merveilleux d'une chevelure de bronze doré. Qui, dans ce pays, ne s'est émerveillé d'apercevoir la fille du saulnier ?

Aux places de la ville, sur la mule, menée par son père, aux fêtes de l'été et du sel, dans sa robe de lin et de dentelles, sur le char fleuri, véritable déesse dans le crépuscule de feu, parmi les champs dorés... Ou encore, le bras sous celui de sa nourrice... Une alouette, un cygne en plumetis blanc, une statue de chair rosée... Oublie-t-on le soleil ?

Maintenant qu'il l'avait entraînée sur la couche de sa passion, le vaincu, l'amant anéanti, l'oiseau prisonnier d'une fleur, c'était lui.

La mère du Timonier a invité Armance à boire la précieuse denrée – le café – que le Timonier rapporte de chaque voyage. Le Timonier est encore faible. Plus que la blessure de son bras, il y a celle du cœur. Partir... Rejoindre *La Belle Jalousie.* Il a soudoyé le passeur, la vigie, neuf matelots. Tia et Oséko sont à l'abri dans une cale, derrière les barils de poudre. Le Timonier veillera à leur débarquement, il mènera à bien cette vraie mission. Il périra avec eux s'il le faut... L'embarquement est pour demain. *La Belle Jalousie* attend dans la Charente. Que la furie de la mer l'aide à surmonter celle du cœur ! Le Timonier s'est mis à dessiner Casilda. Ce visage de femme voluptueusement exalté au supplice de ses feux, de son étreinte de bélier. Elle en qui il a jeté sa semence, au risque de tous les affres, elle qu'il aime à en mourir et qui lui a fait boucler la cité en offrant son déshonneur... Qu'a-t-il détruit en cette fille qu'il adore ? Il a saccagé autre chose qu'un corps de vierge, il a dérobé le vœu de son absolu. Il a été le criminel. Il gratte la feuille d'un murmure d'insecte furieux. Combien d'heures reste-t-il ainsi, oubliant le temps, l'espace, les autres ? Il touche, retouche son œuvre. Il fait sourdre autour du visage, des cheveux de Casilda, l'orage violet de leur rencontre. Des cheveux bleus, ceux des vitraux, un ange. Quoi de plus impitoyable qu'un ange ? Un ange de bronze, la bouche rouge, une morsure. Casilda devient, sous la plume du Timonier, le redoutable fanal d'une proue de navire. Celui de la frégate de son père, orgueilleuse jusque dans l'explosion. La proue fut la dernière à se rompre, une femme, une femme d'ébène et de feuille d'or, qui flotta encore un long moment sur l'océan furieux. Elle descendit, intacte, détachée de l'entrave des hommes, au fond des plus denses profondeurs, là où la nuit du ciel ne peut s'y comparer. Elle descendit aux ténèbres, couchée sur le flanc, sur le dos, sur le ventre, une femme en proie au plaisir de son mâle. Le Timonier a exsudé du visage de Casilda la morsure du refus, la force d'une citadelle déchirée mais imprenable. Il a tiré de la beauté de Casilda la figure forcenée d'un ange de guerre.

La nuit est proche. Au salon, chuchotent les

femmes. Sa mère n'a pas osé l'aller quérir. Il est inabordable. Armance Deresnoue boit à petites gorgées tremblantes le café amer. Elle aime depuis si longtemps le Timonier qui à peine la remarque ! Son tambour à broder retient une toile de velours, greffée d'un dragon terrifiant armé d'une gueule rouge, de griffes d'argent. Son amour, l'amour qui la déchire, qu'elle ne sait exprimer qu'avec l'aiguille sur le tambourin, son amour est ce dragon prisonnier d'un morceau de velours...

– Ma mie, quelle violence dans votre sujet ! s'exclame la mère du Timonier. A quoi avez-vous donc songé ?

– Un tapis, le fond d'un fauteuil, une portière...

Jour et nuit, elle a songé au Timonier quand on avait annoncé l'arrivée des *Deux Associés*. Jour et nuit, l'aiguille allait, allait, traçait la fureur sans âge de la passion sans réponse.

Dans la chambre du Timonier, le feu halète, s'assoupit. Il y jette une bûche. Sa malle est ouverte au milieu de la pièce. Il partira à l'aube. Il avale à grands traits du vin chaud où danse un morceau de cannelle.

Il revient à sa peinture, l'écarte de lui. Il arrache une autre feuille et, à la plume bien taillée, recommence un dessin. Le corps de Casilda. Nu. Nu, le corps. Il le connaît par cœur, n'en oublie rien. A tâtons, sauvagement, avec emportement, avec tendresse, il en avait tout dévoré. Les mains désormais vides, il n'a que cette plume pour ressusciter le corps de Casilda. Armance n'a que l'aiguille, son silence et ses écheveaux.

Armance s'est levée d'un seul coup. Elle a fui vers la porte. La noire convulsion d'un sanglot griffe sa gorge. La mère du Timonier baisse la tête. Son fils ne viendra pas. Il reprendra la mer. Il ne lui donnera pas un petit-enfant. Elle contemple le dragon furieux, de soie et de velours, qui luit tel un maléfice.

Le Timonier a jeté au feu les dessins du corps de Casilda. Ils brûlent et se tordent. « Ta meurtrière innocence », tonne-t-il.

Alors, docilement, il couche sa tête sur ses poings et se met à pleurer...

Casilda annonça à son père son intention d'épouser Labrachoulie-le-Laboureur. Le saulnier mit cette extravagance sur le compte d'un reste de fièvre. Il répétait : « Ma mie, ne plaisantez jamais si sombrement sur le mariage. »

Il y avait maintenant quatorze jours que le Timonier avait quitté Rochefort à bord de *La Belle Jalousie*. Quatorze jours que les deux moines de Clisson faisaient scandale en voulant à toute force partager la prison de la Forge... « Nous sommes des moines ! nous sommes croyants ! criaient-ils aux sentinelles ricanantes ; laissez-nous entrer avec nos frères ! » Par une ironie extraordinaire, nul ne les écoutait. Agacées, les sentinelles les repoussaient à coups de pied. Les sentinelles songeaient à se venger du Timonier responsable de la mort d'un des leurs. Or, il était désormais bien loin, dans l'Atlantique... Les moines étaient allés à Marennes demander une audience au citoyen Loizeau. Machaut les fit entrer dans la cour à la volière.

Ils virent au carreau d'une chambre la tête presque chauve d'une vieille femme qui leur faisait des signes d'amitié. Un petit homme sec et jaune les reçut dans l'entrée. C'était le citoyen Loizeau.

– Que voulez-vous ? dit-il d'un ton neutre.

Il portait une robe de chambre en coutil noir, un bonnet de poils, des chaussons en laine. Juste-le-Mendiant prit la parole. Ils avaient quitté à pied la Vendée pour partager le sort de leurs frères... Qu'on leur accorde les entrailles de la pierre et les bourreaux ! Le citoyen Loizeau fouilla d'un gris petit regard celui qui parlait.

– Nous ne sommes pas des barbares ! dit-il sèchement. Nous détestons votre obscurantisme !

Il apprit qu'ils étaient logés chez le saulnier, dans un appentis attenant au magasin des poudres. Son visage devint de plus en plus impassible. Il les questionna sur la fille du saulnier. Elle avait été très malade, elle avait fait pleurer son père en disparaissant dans le marais gâs, du côté de l'antre du géant Labrachoulie...

– C'est bien ! dit sèchement le procureur. En temps et heure...

Il semblait se parler à lui-même. Une lippe d'affreuse amertume retroussa sa bouche.

– Que m'importe que vous creviez, vous et vos gueux ! Ils pèsent lourd sur la municipalité ! Vous n'existez plus... Morts ou vifs, qui êtes-vous ?

Le procureur avait-il changé ? Son règne était parsemé d'assassinés et du bruit claquant des verrous. « En temps et heure » était devenu son obsession. La fille du saulnier avait-elle affaibli sa jouissance des sanctions ? Il eût été invraisemblable d'imaginer deux moines devisant dans sa maison et se voyant refuser leur risque de mort... Le fiel était devenu ce mépris universel dont il entoura les religieux, d'un seul geste qui les bannissait. Le départ du Timonier et de l'Abyssin avait dévié sa rage. Certes, il avait fait bouleverser sa maison, et celle de Toinette Michon. *La Belle Jalousie* était destinée aux îles lointaines et au commerce. Il y avait encore tant de barrages ennemis... Le nain lui avait tout rapporté : l'enlèvement de Tia, celui de Casilda une nuit entière, son délire et l'étrangeté de sa conduite. Devenait-elle folle ? « Non, dit nettement Galmier, sa folie est la trahison en temps et heure... » Sous peu, il n'aurait même pas à aller à Brouage quérir la fille du saulnier... Le saulnier viendrait le supplier, manger dans sa main. Les temps étaient venus... A l'étage, quelques miaulements éclatèrent. Le crayon avait dessiné des triangles, des cercles, des volutes, et le mot « brouille »...

– Allez-vous-en travailler aux salines... Elles seront bientôt les miennes ! éclata soudain le procureur. D'ici peu, on sera débarrassé des fous de votre espèce !

Les deux moines reprirent le chemin de Brouage. Ils allèrent directement au cabinet de rocaille. Très affaiblis, Josef et les survivants étaient en prières. Brouage était une confusion inouïe. La situation s'éternisait. La fille du saulnier était-elle devenue folle ? La nourrice, hagarde, soliloquait, traînant sa brouette au jardin, ne quittant pas la petite. La Fuie, d'une humeur massacrante, insultait les sentinelles, buvait au goulot un mauvais alcool. « Brouille... Tout est brouillé », écrivait l'Invisible à travers le crayon. Les premiers brouillards nimbent la cité d'une vapeur bleue. L'angoisse du saulnier est revenue. Qu'allait devenir sa fille ? Elle avait tellement changé ! La mort de la sentinelle avait échauffé les esprits contre elle. On savait que le Timonier avait rôdé sous les remparts, crié son nom, galopé à travers la cité et les chemins... Les paludiers en faisaient des gorges chaudes. On disait plusieurs choses : « C'est de la faute de ces maudits prêtres ! C'est à cause du Timonier et son nègre arrogant ! Non, plutôt la fille du saulnier... elle a échauffé tant de têtes... On dit que la nourrice fait des messes en cachette ! On dit que le saulnier s'est fait beaucoup d'or avec la poudre ! Qui a volé le plus gros des barils ? Est-ce La Fuie qui a tué la sentinelle ? Non, c'est le géant ! La fille du saulnier ne voit plus son sang ! »

« A mort ! » était le grincement qui ralliait cette exaspération collective.

Le saulnier sombra dans un mutisme effaré. De toute cette boue, montait la lie de la vérité. Sa fille et le Timonier... La nuit du grand orage... Elle ne voit plus son sang... Oui, il avait bien entendu cela, de la bouche d'une commère qui utilisait les moines de Clisson pour les pires corvées.

... Casilda, à travers marais et chemins, se dévouait ouvertement aux prêtres, priait au cabinet de rocaille. Elle allait sur dix-sept années et le saulnier alors se décida à la mettre à l'abri au plus vite. Un grand danger se préparait à son encontre et il ne pourrait la sauver s'il n'agissait pas. Il se sentait las, les poumons fatigués par les effluves du sel, de la poudre et les secrets devinés les uns après les autres. Il eut la vision de la maison du citoyen Loizeau. « Sa famille, balbutiait-il pris de vertige... la confier à sa famille... » Il parcourut en songe la maison du procureur. Il revit les vaisseliers regorgeant de porcelaines saintongeaises, ornées d'un coq bleu, assorties aux fontaines murales, le jardin sombre et clos, sa volière d'oiseaux rares. Il se souvint d'un lit aux rideaux de futaine et sur les sols, les tapis anatoliens. Une seule chambre était toujours close : celle de la miauleuse. On entendait son souffle, les extravagances de sa gorge. L'effroi était très grand quand on reprenait le chemin du grand escalier presque noir. « La mettre à l'abri... Ils sont vieux, ils n'oseront jamais lui faire du mal... elle finira par régner sur ces biens, seule, libre... » Seule ? Il frémit aux mots lourds de sens que chuchotait maintenant toute la cité : « Elle ne voit plus son sang... » Il se sentit devenir fou. « Eh bien, que cet enfant au moins ait un avenir ! »

Les prêtres continuaient à mourir à l'île Citoyenne. Les deux moines avaient rejoint l'île à pied et s'étaient installés sous l'infecte toile où ils agonisaient. On laissa faire et ils furent les spectateurs de la fin de cette histoire... La fille du saulnier se signait désormais ouvertement, s'agenouillait dans l'église-fenil, la nettoyait, faisait complies. Le nain, bien entendu, avait couru à Marennes. Le procureur hochait la tête, un vilain sourire sur sa bouche de plus en plus mince. Il jouait du coupe-papier et fit jeter dehors le nain. Désespéré, le saulnier est décidé ; sauver sa fille passerait par son union avec le citoyen Loizeau. Les issues étaient murées à la manière d'un marais dangereux qui se referme. « Ils sont vieux... Ils la laisseront en paix... elle sera libre un jour... »

Il partit pour Marennes sur sa meilleure mule, au moment où *La Belle Jalousie* atteignait l'Afrique. Il fut reçu aussitôt par le citoyen Loizeau, qui le fit entrer dans un bureau encombré de richesses aux origines troublantes. Tableaux confisqués à des châteaux, tanagras ravissants, bleus de Sienne, tavelés de rose, rafraîchissoir d'argent massif aux flacons taillés en pur cristal. Une cave à liqueur, d'un dessin exquis, issue des biens confisqués, retenait le regard ; facettes à reflets, dix-huit verres aussi fins que des diamants, assortis aux flacons remplis, couleur de topaze. Le père trembla devant ce petit homme aussi âgé que lui, sec et dur, tout en os, gestes sobres, en couperet... Il fixait son visiteur – son quémandeur – et jouait avec un nouveau coupe-papier à tête de faucon. Le saulnier eut l'impression de poignarder sa propre fille tandis qu'il énonçait le sens de sa visite. Le citoyen Loizeau était-il toujours dans les mêmes dispositions vis-à-vis de Casilda ? Le pouvoir, l'argent de cet homme venaient du sang, des meurtres organisés, de la logique d'un système qui ne reculait devant aucune corruption. Les richesses du citoyen Loizeau prirent aux yeux du saulnier leur sens abominable. Jamais il n'avait été amené à les voir d'aussi près. Leurs rencontres avaient toujours eu lieu à Brouage, dans son territoire laborieux, à odeur de salpêtre. Il avait parlé ; il était trop tard, il baissa la tête. L'ombre de Barbe passa entre ces deux hommes si loin et si proches... Le fiel et l'angoisse obscurcirent la pièce.

Le saulnier mit plus de trois heures à revenir à Brouage. Il était descendu de la mule, il éprouvait le besoin de marcher. Une obsession le poursuivait. Il avait livré une biche à un serpent, un ange à un bas démon de cave. Il était prêt à souhaiter que sa vie se rompît, que le ciel et la terre ne fussent qu'un seul et même chaos, que la mort les mît à l'abri, sa fille et lui. Revenir en arrière, supplier le citoyen Loizeau d'oublier cet entretien – cette vente – était maintenant impossible. Le citoyen Loizeau avait eu cet insupportable sourire de triomphe. Son acquiescement s'était borné à un hochement de tête, à une date d'engagement que le père avait dû signer avant de quitter le jardin à la volière. On ne demandait rien impunément au citoyen Loizeau. Le saulnier venait de l'apprendre. Ainsi procédait-il, que ce fût un mandat d'arrêt, l'interdiction aux prêtres de retourner au cabinet de rocaille, une dénonciation précise. Tout passait par un certain type d'administration, les inévitables parchemins – « Point d'écrit, rien à tenir », se souvint trop tard le saulnier. La plume d'oie, taillée en poignard, l'encre noire, la poudre à sécher, un scribe plus terne que la poussière et l'acte d'engagement du saulnier fut dûment transcrit. Les noces, écrivit le clerc obscur, dont un des bras, difforme, asséché par la fièvre des marais, le gênait constamment, les noces auraient lieu à Marennes, la première semaine de pluviôse. Le papier fut bref, daté, signé des deux hommes. Le clerc y ajouta sa patte, en signe de témoignage et le saulnier trembla. Il lui sembla avoir signé la mort de sa fille. Sa mort à lui. Protéger Casilda était devenu ce meurtre dont il réalisait l'horreur. Jamais, il n'avait contemplé d'aussi près ce visage aigu, cet homme malingre et froid... Ses visites à la poudrière Saint-Luc lui conféraient une autre allure. La froideur semblait rigueur, le commerce, zèle actif, les décisions, virilité, l'argent dûment remis, honnêteté. Dans ce bureau, cette maison de porcelaine, de bronze et de pierre, le saulnier, plein d'effroi, avait entrevu les ténèbres de l'âme du citoyen Loizeau. Un tableau, scellé au-dessus du bureau aux pieds sculptés, l'avait lentement épouvanté. Une dame de mousseline et de sourire, toute en dents de perles, sur une escarpolette de roses et de lilas, poussée par un petit marquis que le saulnier reconnut. Les amis de Hyacinthe! Ils étaient là le jour du lancement de la machine volante! Ce frère et cette sœur avaient été exécutés à Tonnay-Charente, trois années auparavant, sous les ordres du citoyen Loizeau. Le brouillard s'épaississait; Casilda sur l'escarpolette, la petite bouche en O, les jambes de rose et de neige, la robe délicieuse, en liseron couleur de ciel... Le petit marquis, ô le petit marquis, de satin et de grâce, décapité. Barbe et Hyacinthe...le sang... le sang... la fille du saulnier ne voit plus son sang... Le saulnier eut un éblouissement et le citoyen Loizeau un mouvement très sec.

– Eh bien, saulnier, nous sommes d'accord pour faire un sort à votre fille? Ne sera-t-elle pas à envier et vous du même coup? A cause de ces maudits prêtres, j'ai une foule de négociations à mener à Saint-Jean-d'Angely, Bordeaux, Saintes... Ah, les mettre dans une barque, bien au large, serait tellement plus simple! Le citoyen Carrier avait su faire vite et bien... Avez-vous eu vent de ces deux moines imbéciles de Clisson?

Nuque renversée sur la têtière tapissée au point de croix, il se mit à rire d'une façon si folle, si hystérique que le saulnier songea à le tuer.

A ce moment, la porte s'ouvrit en grand. La mère du procureur était là. C'était la première fois, depuis des années, qu'elle osait entrer dans le bureau du fils honni. Le procureur, pour une fois, perdit contenance et eut vaguement peur. Il agita avec frénésie une sonnette d'argent.

– Que faites-vous là, madame ? articula-t-il.

Elle regardait ce fils, cet étranger d'un regard où la folie semblait avoir disparu. Elle dit avec force :

– Ne faites jamais de mal à Hyacinthe... à la petite... vous entendez ? à la petite...

Mais Machaut et la servante l'emportaient déjà à l'étage. Le procureur haussa les épaules, fit un geste au saulnier qui ressemblait à un congé. Dans la cour, les tourterelles se taisaient, agrippées aux barreaux.

Le saulnier suivait le lacet de la route et arriva très tard au logis. Symphorienne filait près de la fenêtre, Casilda veillait au pot de fèves sur les cendres. Le saulnier n'enleva pas sa pelisse. Il parla sans regarder les deux femmes. Il leur lut le parchemin (dûment recopié), qui contenait, outre la promesse et la date de noces, la description dotale. La honte du saulnier était telle qu'il ne lisait pas mais récitait, d'une voix monocorde. Casilda habiterait la maison tuilée, sur la grand-place de Marennes. Meubles et vaisselles n'avaient rien à envier à ceux du Timonier. Certains étaient même bien plus richement travaillés. La honte donne au saulnier une voix enrouée, prisonnière d'une gorge en feu. Le citoyen Loizeau, membre du Conseil des Cinq-Cents, a de l'or en réserve, deux servantes, deux domestiques, un cocher. Son épouse disposera du personnel et d'un landau fermé. Elle ira à Brouage visiter son père une fois la semaine. Personne ne l'inquiéterait si elle continuait à se livrer à ses bizarreries religieuses. Le citoyen Loizeau réservait, pour sa chambre, un petit oratoire de nacre et d'or, repris au nom de la Justice aux ennemis de la République, ceux du château de La Roche-Courbon. Sa vie serait douce, continua le saulnier d'une voix morne, à l'abri de tout, de tous, de la misère, des dénonciations, des rumeurs. Le citoyen Loizeau était au courant de ses faits et gestes. Elle était entrée dans la villa du Timonier, et si souvent au cabinet de rocaille. On l'avait vue aussi marcher vers la grange de Saint-Froult. N'avait-elle pas prétendu à son père épouser Labrachoulie-le-Laboureur ? La rumeur l'avait désormais encerclée comme les sables mouvants. Le saulnier la sauverait malgré elle...

Elle ne dit rien. Elle était le Silence. Une étoile lointaine. Le saulnier tremblait et la nourrice pleurait tout bas.

– Pardonnez-moi, mon père, dit-elle, mais le scandale va être grand, votre douleur immense. Je porte un enfant et j'épouserai le laboureur.

Elle quitta alors la maison, le rempart, la ville. Elle marcha tout droit vers le marais de Saint-Froult. Le saulnier pleura, soumis, atterré, comme au jour du décès de Barbe. Le malheur avait frappé une nouvelle fois et il s'agissait de lui ouvrir tout grand la porte.

Labrachoulie-le-Laboureur a arrangé la chambre des noces. Il a disposé, dans un grand seau en bois, les camélias sauvages, le blé séché. Il a lié sur la couche un matelas bourré de paille, tiré du coffre épais son grand trésor : les draps de lin de la mère de Fiacre. Du lin aux ajours brodés, du lin comme au lit des dames. Insurrection bénie de la lumière dans son cerveau ! Il se souvient du saint nom de la Vierge. Il n'est ni une bête, ni le géant qui a porté jusqu'à la fin le corps léger des religieuses. Il n'est ni le voleur de poudre, ni l'étrangleur, ni la terreur des hommes, ni la malédiction du marais. Il est un églantier, un gorge-bleu, une mésange qui mangera dans la main de sa petite épouse. Il est plus petit qu'un pétale de rose. Il est l'ombre douce du mûrier. Il est la transparence des ailes de libellule. Il est L'INNOCENT. Plus tendre que la chair des passereaux, lui que la fille du saulnier a demandé pour époux ! Lui qui, de citadelle imprenable, a senti le miel descendre dans sa gorge, chaque écrou se lever. Il chante en cousant le lit de ses noces, il baise le bois, bénit les murs et le toit de cette chambre.

Il est Ressuscité.

Pendant plus de cent années, on a dit que les noces eurent lieu aux nouvelles semailles. Non, ont rectifié les vieilles qui savent toujours tout, c'était à l'entrée de l'hiver, quand la marée s'en va si loin qu'on ne sait jamais si elle reviendra. Quand les vasières perdent le rose reflet du ciel pour devenir cet enclos où grouille un peuple abominable sans pattes ni cerveau. Pendant des années, tout s'est brouillé, même la carte géographique de Brouage-la-Morte. Cent ans après, on doutait que Brouage eût été une citadelle de force, de poudre, de sel et cette vaste prison de prêtres. On ne savait plus que Brouage avait vu éclore la plus jolie fille de la terre et qu'elle s'en était allée au mystère du marais de Saint-Froult. Même l'océan oublia Brouage. L'église redevint une étable; un à un, les bruits de vie cessèrent, ceux du moulin à poudre, des tisserands, des maîtres pierriers et des saulniers. Il n'y eut que le vent, lugubre, à travers les échauguettes dévastées, l'ennui qui ronge l'âme d'effroi et de vert-de-gris. Les arbres, arrachés, dépouillèrent le rempart en une voie abrupte au-dessus du marais désert. Il n'y eut qu'une cité funèbre qui n'osait jamais parler des noces du laboureur. Peu à peu, le patient travail dans les vasières, la culture des huîtres rétablirent un sens unique à ce coin de l'Atlantique. La Forge devint un entrepôt, une voûte quelquefois visitée.

On oublia les prêtres et le dernier bagne de la fille du saulnier.

Les récits s'éparpillèrent. Le temps en fit une architecture qui s'éboulait, se reconstruisait, perdait sa poutre maîtresse : le nom de la fille du saulnier. Le temps parfois retrouvait ce nom, aux détours imprévisibles des récits chuchotés, envasés. Les mots s'envolèrent, à travers le marais, tel un pollen sur chaque bouche afin d'y construire une légende. La légende commençait par l'histoire des non-jureurs et le scandale qui éclata vers la fin de pluviôse. On apprit aussi – peut-être de la bouche détruite de Toussainte-la-Bègue ? – que la chambre des noces devint, au bout du septième jour, celle du sang, des cris et du feu.

La langue de Toussainte-la-Bègue, au plaisir immense de faire le Mal, oublia ses entraves. Elle alla d'une traite, avec la rapidité bifide des vipères noires et mortelles du marais gâs.

Elle parla devant le citoyen Loizeau qui fit consigner au fur et à mesure, par son clerc, le déroulement du récit. Le citoyen Loizeau fit mander également trois autres juges. La haine donnait aux mots de la mirmidonne une grande précision. Le nain Trouillon levait bien haut son pendule. Le citoyen Loizeau écouta pendant quatre heures la fin de l'histoire. Cela remplit vingt-trois feuillets. Le couple d'avortons les paraphèrent d'une croix.

Casilda Gorge-Bleu avait brusquement quitté la maison de son père vers l'heure de midi. Elle s'était rendue à la Forge, sans crainte du scorbut qui avait commencé un grand ravage. Elle avait parlé longuement au chanoine Josef Boss, frère de Jean-Baptiste, dont on n'avait jamais retrouvé le corps disparu le jour du débarquement des *Deux Associés*. Toussainte-la-Bègue haussait de plus en plus le ton. Elle parlait les yeux fermés, en visionnaire. Son époux, ici présent, avec son pendule, avait retrouvé l'ennemi de la République, caché dans la grange de Labrachoulie-le-Laboureur. La citoyenne Casilda Gorge-Bleu avait été sa complice. Elle avait ramassé le corps du prêtre confié aux soins du laboureur. C'etait un crime de haute trahison.

Depuis des semaines, la citoyenne Gorge-Bleu passait des messages de la grange à la Forge. Mais il y avait eu pire. La dernière semaine des vendanges, à genoux dans la grange, la citoyenne Gorge-Bleu et le laboureur, main dans la main, avaient fait bénir leur union par le non-assermenté Jean-Baptiste Boss. Le géant avait chassé ses loups, ses faucons et Toussainte-la-Bègue n'avait pas craint de regarder par la fente du bois.

Elle s'essoufflait, de la bave au coin de la bouche.

– Continue, dit froidement le citoyen Loizeau dont le coupe-papier commença sa danse de mort contre le dossier ouvert.

Les trois juges écoutaient avec la même frénésie.

Le nain Trouillon opinait d'un claquement de bec à chaque mot. Il avait déposé l'os du pendule sur le bureau d'ébène, en guise de pièce à conviction. Le citoyen Loizeau devenait de plus en plus silencieux, gris, replié dans un brouillard effrayant. Une lame. Un couperet. Un sournois poignard prêt à jaillir, égorger.

Labrachoulie-le-Laboureur, tonnait la bègue, avait l'air d'être redevenu un petit enfant. Il pleurait dans les mains de Casilda vêtue de lin blanc. L'ennemi de la République priait longuement près d'eux et avec eux. Ils rompirent un petit pain qu'ils partagèrent à genoux. Ils burent à la même coupe de vin. Labrachoulie et la fille du saulnier entrèrent alors dans l'appentis arrangé en chambre de noces. Une chambre de bois bien ciré, de fleurs qui embaumaient. Un feu rose et blond. Les trésors du géant étaient là. Ses coquillages les plus rares, roses, argent, dorés, dont il avait fait des colliers, un diadème, des bracelets. Il les offrit à la petite en pleurant et riant à la fois. Il y avait, dans des cruches vernies, du vin très noir, mêlé de miel et d'épices. Il avait disposé une couronne de fleurs séchées au-dessus du lit, allumé un petit feu sous un cruchon rempli d'herbes délicieuses. Un crucifix fait de coques nacrées avait été posé sur un coffre sculpté. La porte se referma sur la bête et la fleur. Toussainte-la-Bègue évoqua alors la boue, les excréments, la bave, la crasse et l'immondice du monde. Le citoyen Loizeau la fit taire. Il en savait bien assez. Il jouait si fort du coupe-papier qu'il creva le lourd sous-main de cuir. Il ne supportait plus la bouche batracienne qui crachait les mots gluants, un à un, désormais, collés dans sa mémoire. Il se tourna vers le nain Trouillon, désigna l'indicateur osseux.

– Et toi, dit-il, qu'as-tu trouvé ?

– La poudre ! beugla Trouillon.

– Allons, ordonna le citoyen Loizeau.

Il partit pour Brouage, accompagné des trois juges, du clerc et de quelques soldats. Ils entrèrent d'abord chez le saulnier.

Pendant des années et des années, les mots coururent, flammèches rattachées à la poudre.

Les voix se perdent, s'entremêlent, composent un lacis de cris, où l'on ne retrouve que l'obsession des noms : Casilda, le laboureur, le saulnier, Symphorienne, le Timonier, les prêtres...

Le citoyen Loizeau, les juges, les sentinelles remplissaient la demeure du saulnier. Les commères s'entassaient à la porte, La Fuie grondait, les chassait à coups de pied, la nourrice pleurait. Tout devint une seule voix tonitruante, une voix d'accusation et de meurtre.

Le saulnier savait fort bien où se cachait sa fille, épouse catholique du catholique Labrachoulie-le-Laboureur. Le saulnier était blême, le citoyen Loizeau lui jeta un regard de mépris et brandit le parchemin de l'engagement. Jamais il ne pardonnerait au saulnier le ridicule dont il l'avait couvert.

– Allons chercher la fille Gorge-Bleu ! ordonna-t-il.

Elle avait baisé la main du géant, plus douce qu'un agneau qui tète encore le lait. La main, copie exacte de celle du bourreau Fiacre Labrachoulie. Il s'était couché à ses pieds, sans toucher son corps. Il n'avait pas dormi mais veillait sur elle tel le loup sur la louve, le faucon sur la femelle en danger. Tant qu'il veillerait, personne au monde ne la toucherait. « Peut-être un jour, ma mie, m'aimerez-vous », pleurait-il. Il lui parlait d'un langage fleuri, charmant, venu d'une source secrète. Une voix cachée sous les couches successives de la guerre, la haine, la peur, la méfiance, le monde animal, le voisinage affreux, les terrains marécageux... Il se souvenait d'un temps si proche où, sans la venue radieuse de la fille du saulnier, il n'était que solitude, apte à marcher sans faire craquer les branches, nager dans les eaux glauques, tuer, dévorer les viandes qui complaisaient à ses loups, assommer bêtes et hommes quand il le fallait...

Il avait élu domicile aux pieds de Casilda. Elle était sa divinité. Comment oserait-il accéder un jour à la couche de lin blanc ? Il passa la nuit à la contempler. La lune servait de veilleuse, le blé mêlé de fleurs embaumait. Elle était un ange du ciel, la fortune des mages, l'or du monde. Il retrouvait, les uns après les autres, les mots les plus subtils que les hommes ont inventés, quand ils parlent d'amour. Il les déposait, ces mots, avec ses baisers, au creux des mains de Casilda.

– Je suis indigne de vous, Labrachoulie-le-Laboureur. J'ai commis grande faute.

Il l'appelait alors sa colombe, sa tourterelle, plus belle que les perce-neige, plus belle que l'argent de l'écume, quand la mer se fait si tendre au soleil...

– Une faute qui vous donnerait le droit de me tuer, Labrachoulie-le-Laboureur.

Il grognait doucement, il tremblait de bonheur et ne l'écoutait pas. Il préparait pour elle le lait, le miel, les petits gâteaux annelés. Cette étrange extase dura six nuits et un matin.

Les deux moines de Clisson furent les témoins de la tragédie qui suivit. Quelle protection continuait à s'étendre sur eux ? Nul ne les remarquait, nul ne les attaquait, nul ne les dénonçait. Ils firent partie du décor du marais, des murailles, ils furent, à leur tour, graffiti dans la pierre où s'inscrivit, à travers leurs mots et leurs prières, l'histoire de la fille du saulnier.

Ils la colportèrent quarante années durant à travers désert, jungle et lointaines peuplades qu'ils partirent évangéliser. Voici ce qu'ils entendirent. Voici ce qu'ils virent. Et quand ils ouvraient la bouche, sans défaillir, ils disaient la vérité, rien que la vérité.

LA GLACIÈRE

Les soldats n'eurent aucun mal à lier les poignets et glisser une chaîne au cou de la citoyenne Casilda Gorge-Bleu. Ils la trouvèrent sur la route de Saint-Froult. Elle souriait et leur tendit aussitôt les mains. Ils l'emmenèrent ainsi à Brouage. Ils étaient à cheval, elle à pied. Elle tombait, on la traînait, elle se relevait, les laissait faire. Elle entra dans la cité par la porte d'Hiers et les habitants la huèrent. Elle comparut immédiatement en justice, dans le palais du gouverneur. Elle devint à son tour une déportée. Un cachot se fermerait sur elle, dans sa propre ville.

Le citoyen Loizeau ne la regarda pas. Il relisait, mot après mot, les rapports. Le juge fit inscrire au clerc, sur la liste des suspects, le nom de la fille Gorge-Bleu, concubine Labrachoulie.

– A mort! criaient des voix.

Le saulnier, dûment gardé à la poudrière, perdit le même jour sa demeure, ses terres, la poudrière et le sel. Une bande de soldats avait foncé aux salines, détruit les digues, les mulons, les cristallisoirs, les œillets. La moisson du sel fut anéantie. On obligea les paludiers à briser les boguets, les servions, les taudelins. Les mules furent lâchées dans les sables mouvants... La nourrice fut interrogée longuement, non sans rudesse, liée sur un banc de pierre, dans la pièce-au-sel. Pourquoi avait-elle aussi mal surveillé les agissements de la citoyenne Gorge-Bleu ? Etait-elle complice de leurs actes ? Pactiser avec les ennemis de la République était un crime punissable de mort.

On l'entraîna dans son jardin. Les soldats arrachèrent chaque fleur, foulèrent chaque plante, profanèrent la tombe dissimulée. Le charmant chèvrefeuille périt en entier. Le jardin n'était plus qu'une broussaille où s'éparpillaient les os du prêtre... Le jardin de Symphorienne ! Piétinés, les joyaux des lys et des roses... Il sembla à la nourrice que chaque plante avait crié et perdu son sang... Les arbres furent démantelés à la manière dont on rouait les manants. A Brouage, le procès continuait.

– Tuez-moi à leur place, suppliait le saulnier.

A la fin du jour, le citoyen Loizeau donna ses ordres.

Le saulnier serait emmené à la prison de Marennes où il resterait sept années. A son tour, on le lia et on le jeta dans une charrette à foin. La nourrice, enfermée à l'hôpital, dans l'étroite pièce-des-fous, partirait pour le bagne de Ré, puis Madagascar. Une des commères témoigna l'avoir vue égorger un poulet sur le linge de la fille Gorge-Bleu.

La fille du saulnier dit alors qu'elle était enceinte.

Elle fut livrée aux investigations de trois matrones. Elles l'examinèrent durement sur une table en pierre, à l'hôpital. La justice au complet était présente. La grossesse, certaine. Le citoyen Loizeau décida que son châtiment – la mort – serait repoussé un mois après ses couches. Sa prison serait la glacière, cet horrible trou recouvert d'une méchante trappe ferait d'elle une bête de sol, vouée au froid et à ses propres souillures. La Fuie viendrait une fois par jour porter l'eau et le pain moisi à la criminelle. La Fuie garderait l'enfant, inscrit à son tour sur la liste des suspects. Casilda serait tondue sur la place de Brouage. Au nom de la République et des droits de l'homme. L'enfant à naître se nommerait « Poupon Gorge-Bleu-Labrachoulie », puisqu'il y avait eu union de chair entre le laboureur et la traîtresse.

Tandis que la foule lui lançait des pierres, l'injuriait, lui crachait au visage, on lui lut ce verdict. Labrachoulie-le-Laboureur serait guillotiné le jour même. Il ne perdait rien pour attendre.

On jeta Casilda dans ce trou obscur où les ténèbres se firent. La foule lançait à la volée, sur la trappe, des seaux d'excréments. Le citoyen Loizeau et la Justice foncèrent vers la grange du laboureur.

... Lorsque Casilda était partie de la grange à l'aube, Labrachoulie avait en vain tenté de la retenir.

– Je dois revoir mon père. Il est dans la peine. Je reviendrai...

Il la suppliait de ne pas l'abandonner ainsi. « O ma mie, ils vont vous faire du mal. » Mais elle s'en était allée. Comment retenir une flamme qui danse sur la route ? Fou d'inquiétude, il l'avait néanmoins suivie de chemin en chemin. Elle s'était alors retournée, elle savait qu'il était là. Elle sentait son amour, sa crainte, sa chaîne. Elle alla vers lui. Il tremblait comme un enfant, immobile au détour d'un fossé à nénuphars. Elle lui fit jurer de revenir à la grange, d'apprendre la patience, de ne se révolter en rien, de les laisser faire... Elle répétait : « Laissez-les faire, mon ami, laissez-les faire... » Elle baisa sa main, son front. Il pleurait ; elle lui dit adieu, que tout était bien. Rien n'entravait jamais l'envol des passereaux du ciel...

Il revint à la grange, la mort dans l'âme. Il donna à manger à ses bêtes, chercha en vain ses loups, se souvint qu'il les avait chassés. Il les entendait hurler au loin. Ils reviendraient, se dit-il. Ses bêtes l'aimaient, il n'avait su retenir que l'amour des bêtes les plus sauvages... Il les avait chassées pour elle, elle qui l'abandonnait. Il grelottait d'un sentiment si nouveau, si proche du malaise, qu'il alluma un feu. Il but du vin, gémit, se crut malade. Il n'avait jamais été malade. Il souffrait derrière son front, du côté de son cœur. Pour un peu, il eût hurlé comme ses fauves égarés. Il martelait le nom de Casilda. Il se sentit devenir fou. Il rugit, tonna, sut qu'il romprait la promesse, irait la chercher à Brouage, tuerait ses ennemis, la mettrait de force à l'abri. Avec lui.

Qui cogne à son huis ?

Il se lève d'un bond, saisit son couteau. Une tenaille bloque sa gorge. Il a égaré tous ses mots. Il grogne, il pressent l'horreur. La fresque funèbre du piège se dessine clairement. Le nain Trouillon est en tête de cette troupe qui ébranle sa porte à la rompre.

Une partie des soldats se précipite, nain en tête, au talus de la poudre. Ils creusent, le nain trépigne, frénétique, rit à gorge déployée. Tandis que les soldats remontent le baril, le citoyen Loizeau n'a pas quitté sa monture ni sa lippe d'affreux mépris.

Labrachoulie a poussé un cri qui ameute d'un seul coup ses loups errants qui ont flairé la trace du maître.

Labrachoulie-le-Laboureur est redevenu la Bête.

Il feule, il écume, il brame, il hulule... Les faucons planent sur sa tanière. Jean-Baptiste Boss prie. La résurrection suivra les cendres, la mort arrive tel un voleur. Il est prêt.

Labrachoulie-le-Laboureur a préparé une grande torche enflammée. Il y a, dans la chambre des noces, une flammèche reliée à un second baril de poudre, plus petit, scellé sous le lit. Il s'agenouille dans la chambre du Bonheur. Il baise le lit si peu défait, il baise le crucifix en coquillages. Les joyaux de Casilda ! Les trésors de son amour de bête qu'elle avait apprivoisée et qui, pour elle, tressait des couronnes de fleurs, trouvait des mots de miel.

Il allume la mèche. On entend le piétinement des chevaux, les voix rudes, le rire du nain, les coups dans la porte à moitié fendue. Le prêtre bénit Labrachoulie.

Labrachoulie-le-Laboureur ne connut plus de la vie que l'embrasement total du lit des noces. Il y eut la formidable explosion du feu et de la poudre. Tout a sauté, tout brûle, y compris le nain qui s'est précipité contre la porte pour mieux la briser.

Le géant court, aveugle, avec des cris effroyables où le citoyen Loizeau, glacé, démêle le prénom de Casilda.

L'incendie!

Les végétaux observent. Les roseaux regardent. L'humus ressent. Les racines vibrent. L'écorce perçoit. Les feuilles saignent. La Terre a tout vu, tout entendu. Elle est le témoin du crime. La Terre a vu attiser la haine pire que les flammes. La Terre fait silence tandis que ronfle le brasier. La flore se replie, se protège des flammes plus hautes que la grange. La Terre geint et craque, brûlée jusque sous les planches de la chambre des noces, où grouillent les insectes de l'ombre. La Terre piaule et pleure en même temps que le grondement des poutres.

La grange est devenue translucide. On voit, en entier, une dernière fois intact, le géant, plus lourd que le bûcher en folie. Le géant brûle à la manière de la Terre si on brûlait la Terre de son centre à son écorce. Il y a les craquelures, les lézardes, les ravines, les soudaines trouées de la peau, des os, des entrailles. Ils s'écartèlent sous les lances des flammes. Une jambe, la main formidable soudain dégantée de sa chair. Elle devient cette ramure desséchée et noire qui bouge, rotative, prête à étreindre encore... Ainsi brûlent les vivants et les morts sans autre hurlement que celui de la Terre.

La grange est ce cloaque relié au marais gâs par son plancher fondu. La chambre des noces, ce gouffre qui suffoque. Le saulnier, attaché sur une mule, la tête tournée à l'arrière, sue d'eau et de sang. La sueur est rouge. Le visage du géant disparaît dans un second brasier formidable qui pète sous le joug de la poudre. Bleu, orange, mauve, rose. Jean-Baptiste Boss est cet éclat, ce météore... Qu'attend donc le géant pour disparaître enfin ? Les trois juges se sont éloignés, la monture affolée. Le procureur Loizeau, seul, reste impassible et se repaît. Le géant a basculé en entier. Tout noircit, craque, se défigure. Jamais les hommes d'ici n'avaient vu brûler la Terre. Ils en sont sûrs, maintenant : les flammes ont largement dépassé les planches et les poutres. Elles entrent au centre de la Terre, ronflent, la blessent, la font crier... Combien de siècles faudra-t-il pour qu'en ce lieu pousse à nouveau la moindre hattonie ? Le feu rampe, happe, rejette chaque plume, chaque os des volailles en mille éclats qui pètent. Le feu se jette aux haies soudain rabougries. Un faucon tournoie, affolé, vers le ciel. Les spartines ont grillé jusqu'à une lieue alentour. Le géant et le prêtre ont été halés en mille parcelles qui rejoignent les éléments, les couches profondes du salpêtre... Poudre à leur tour. Ou sel... Le géant est-il devenu cette cendre mauve qui retombe en pluie sur la Terre ? Le marais gâs est ce désert, cette bosse, ce mulon noirci, anéanti... Le géant, le prêtre ont perdu toute forme. Braises roses, charbon noir, pluie affreuse autour des trois juges qui se courbent, en reçoivent les effluves sur le dos, les écailles brûlantes de ce que furent ces êtres sublimés par le vent fou de l'amour... Les trois juges n'ont même pas vu, à genoux et en prières sur la Terre brûlante, les deux moines de Clisson...

Le saulnier alors s'est mis à hurler. La mule est partie en tous sens. La Terre allait-elle reprendre son ordre immuable, sans autre pitié que le muet témoignage ? Elle indique la trace du crime, de la destruction. La Terre est ce faucon sauvage qui mange, vivante, la nuque des hommes en folie. Elle entre de tout son poids dans leur crâne. Parfois, elle fraye le remords à grands coups de socle et de boquet... Elle leur rappelle, peut-être, qu'ils ont une âme, que l'âme est l'otage de la Terre.

– En route ! grince le procureur.

Frénétique, le crayon de la Conseillère a tout noté. Prémonitoire, le crayon griffonne la suite de l'histoire.

Les chiens, les loups, les faucons hurlèrent plusieurs nuits sur les ruines fumantes. Le citoyen Loizeau, dans son bureau, achève de signer l'épaisse liasse de l'étrange affaire. Par décision du tribunal de la République, à Marennes, la terre de Labrachoulie-le-Laboureur reviendrait à son lointain cousin, un Labrachoulie, natif d'Oléron. Il en serait le vassal, non le maître. Le sel de son marais reviendrait au canton de Marennes, c'est-à-dire dans la bourse du citoyen Loizeau.

Labrachoulie d'Oléron vint à pied. Il s'installa dans ce qui restait du poulailler près des ruines. Il étrangla à la corde les loups, pendit les chiens, tordit le cou des faucons. Tout cela en silence. Il planta une haie de ronces et de chardon du côté du nain dont les cendres avaient été emportées dans la mare aux sangsues. Labrachoulie d'Oléron construisit rapidement son bouge. Il guetta à son tour la famille des gnomes et continua son existence proche de celle des animaux. Il nageait telle une grenouille, buvait les eaux saumâtres, savait planter et retourner les sillons, ramper et grimper. Le plus souvent, il marchait à quatre pattes derrière ses haies d'épines. Il se mit à convoiter une femelle : Toussainte-la-Bègue. De même force que le géant, il épouvanta sournoisement l'avortonne et ses fils. Au fond de leur taudis, chacun supputait l'intérêt de l'alliance. Joindre les terres dont on cacherait au citoyen Loizeau une partie du salpêtre et des moissons. Un mois plus tard, la naine dormait au poulailler et engendrait le début d'une nouvelle couvée. Labrachoulie d'Oléron battait la naine, ses fils, et le pays continua d'éviter le marais de Saint-Froult.

– Tout est bien ! coupa sèchement le citoyen Loizeau quand le clerc lui lut ces événements consignés sur une épaisse liasse.

On transféra Josef Boss, enchaîné, à Fort-Lupin. Il eut le temps, avant de partir vers son ultime martyre, de graver au mur de la Forge les derniers mots sur la patience :

« Car ce n'est que dans les afflictions que la patience se produit et qu'elle sera formée et raffermira nos cœurs. »

Il arriva, exténué, à la citadelle de Fort-Lupin, entourée d'un fossé profond d'eau croupie. La vase avait la couleur de la muraille. Les moustiques harcelaient sans relâche. Josef trouva dans sa cellule deux rescapés du *Bonhomme Richard*. La fièvre leur fut clémence, ils entrèrent enfin en agonie et rejetèrent leur dépouille qui faisait ricaner les gardes. Le dossier administratif s'épaississait encore. Le citoyen Loizeau l'adressa au maire de Saintes. Le dossier atteignait le volume d'un gros livre tandis que Casilda allait sur ses couches. Les prêtres continuaient à mourir. Les derniers vivants de l'île Citoyenne enterraient les derniers morts. L'île n'était qu'un vaste ossuaire. A l'est, à l'ouest, au nord, au sud, contre les haies, du côté de l'arbre attirant les papillons dont la vue avait enchanté les quatre amis gisant en forme de croix... Un matin, les sentinelles revinrent par la passe-aux-bœufs. Il ne restait plus un seul religieux de vivant. Le citoyen Loizeau, irrité, accéléra les courriers à Saintes. L'église de Brouage servait d'étable où mugissaient des vaches. Casilda, ensevelie dans la glacière, vivait encore, à l'abri d'un semi-coma d'où jaillissaient des étoiles, des mouvements d'optique étincelants, des ombres multicolores, des rotations en arc-en-ciel sous ses paupières closes... Brouage l'avait presque oubliée. La ville s'irritait de la ponction dans la halle aux vivres pour nourrir ces prisonniers de plus en plus encombrants.

Saintes alors se décida et les portes s'ouvrirent. Le citoyen Loizeau signa l'accord du transfert des prêtres, la lèvre serrée d'un mortel dédain.

Saintes accueillit les survivants avec bonheur. Le miracle était fait. On les reçut en amis. On les nourrit, on pansa leurs plaies, on les vêtit de propre. Ils eurent gîte et pitance dans les anciens locaux religieux. Certains réintégrèrent à nouveau les paroisses. Les cœurs, pour eux, étaient devenus chair. Ils rendaient grâce à la patience, au martyre de leurs frères. Ils promirent de ne jamais accuser personne, ne donner aucun nom des Malveillants. Ils répétaient volontiers les mots de Josef Boss, gravés à Brouage : *« Car l'épreuve est nécessaire dans toute notre conduite et qui soutient notre foy en notre pène et en toi. »*

Les deux moines de Clisson leur avaient dit où était enfermée la fille du saulnier. Avant de quitter en troupeau Brouage, ils en avaient tout béni, en particulier la maison du saulnier. Quand ils firent un arrêt de prières devant la glacière, les sentinelles les rudoyèrent au fouet. La Fuie vociféra et la soldatesque se soumit en grognant.

La Fuie suivit un moment le troupeau des prisonniers sur la route de Saintes. Elle sortit, d'un taudelin, du pain gris pour qu'ils supportassent la route encore gelée... Les sentinelles n'osèrent pas la chasser. Déléguée à la glacière, elle avait encore épaissi et pris en force... Ses colères, sa capacité à boire l'alcool au litre, à rosser un homme, renverser un cheval à ferrer, une truie enragée étaient à leur comble. Le citoyen Loizeau avait tout prévu sauf l'attachement fanatique de La Fuie à la fille du saulnier. Elle se mit à protéger le cabinet de rocaille. Elle faisait taire les commères quand elles vomissaient leurs insultes et leurs crachats.

– Brouille ! tout est brouillé ! écrit le crayon.

– Mais non, sursaute la Conseillère, tout est devenu clair !

Elle descend d'une traite l'étage jusqu'au bureau du citoyen Loizeau.

– Ne touchez pas à Hyacinthe une nouvelle fois, vous entendez ?

La pluie, les orages, le gel, le vent ont rongé le mur de la glacière. La terre s'est couverte à nouveau de fleurs et de petites couleuvres bleues. Une gigantesque étoile humide et verte envahit la trappe dûment verrouillée. L'air et un peu de jour transpercent cette géométrie ciselée par l'humidité, sur laquelle s'est élargie une toile d'araignée plus vaste qu'un ciel de lit. Allongée sur la paille, sous la couverture trouée, Casilda sourit à ce funeste miracle de l'ombre et des tombes. Son visage, plus blanc que le marbre, sourit sans cesse. Elle boit l'eau, grignote un peu de pain, s'endort de froid, retrouve le ravissement de son rêve, oublie que la vie bouge en elle. La Fuie vient chaque jour changer la paille, la couverture, l'eau. Le citoyen Loizeau lui a fait parvenir l'ordre de raser régulièrement les cheveux de Casilda. La Fuie tonne et crache, n'obéit pas. Quel être en ce bas monde a osé soumettre la fille du saulnier à ses lois immondes ? La parure de Casilda repousse lentement, la bure de sa robe est usée. La Fuie cache sa pitié et lave le doux corps gonflé de vie, maigre à faire peur. L'eau est froide. La Fuie y trempe longuement ses mains plus larges que la roue du moulin à poudre pour la réchauffer. Casilda ne ressent rien, elle balbutie : « Où est ma nourrice ? » La Fuie ne répond pas. Symphorienne est partie pour le bagne. « Tu la retrouveras à Madagascar, pauvre belle, grogne La Fuie, après tes couches qui ne sauraient tarder. A ton tour de voir du pays... Peut-être n'est-ce pas un malheur trop grand... On dit que là-bas le soleil éclaire aussi la nuit... Il y a, paraît-il, dans cette île, un rayon vert. Chaque soir, la terre et la mer se confondent. Des fruits étranges et sucrés tombent des arbres... Ne désespère pas... »

La Fuie lave les pieds, les mains de la petite, si menue malgré son ventre... Le ventre qui bouge... La matrone hésite. Elle est bien grelette pour supporter un accouchement! Sera-t-elle là pour l'assister? La Fuie a voulu s'installer la nuit dans ce trou, près de la pauvrette. Jamais! a dit sèchement le procureur Loizeau. Les sentinelles ont eu l'ordre de la mettre à mort si La Fuie résistait. Il y eut un grondement de tonnerre au-dessus de la glacière. Casilda entendait des tronçons d'orage où il y avait la voix de La Fuie. Elle râlait, cognait, les soldats barraient la trappe. On entendit même un coup de feu et La Fuie dut renoncer. Elle en pleura de rage, de peine pour la fille du saulnier, Casilda lui sourit. La Fuie essuie le ventre d'un linge propre, l'entoure d'une laine furtive...

Elle a glissé sur le cœur le minuscule paquet de cendres qu'elle avait brûlé jadis au mercredi des Cendres. Symphorienne, avant de partir à pied, enchaînée, rasée, avait remis à La Fuie le sachet en peau. La Fuie a rempli sa mission. Casilda la regarde, à travers sa fièvre et le peu de jour sous l'étoile verte. Elle sent la paille, l'alcool, le sang, le fumier, la poudre. Au fond de cette cuve humaine, sans forme, il y a l'ange gardien de la fille du saulnier.

– Tu iras en paradis, lui dit-elle. Tu prieras pour moi. J'élèverai ton nourrisson.

Elle murmure, à l'oreille restée adorable, un secret qui illumine le visage de la mourante. La Fuie a dérobé la longue chevelure abattue par la soldatesque et l'a cachée un moment dans son bouge. Puis elle est allée la porter à Rochefort-sur-Mer, à la maison du Timonier. La Fuie a remis la chevelure à une vieille dame très digne qui s'est mise à pleurer.

– Elle a dit qu'elle remettrait tes cheveux à son fils, tonne La Fuie.

Casilda pleure; des larmes lentes, nullement arrachées à la peine, le frôlement d'un bonheur intense, la certitude que la vie perdue, l'amour assassiné se retrouvent.

La sentinelle crie par la trappe ouverte pendant ses visites : « Sors de là! Tu es restée plus d'une heure! » La Fuie vocifère de cette basse-fosse un flot de malédictions, suivies d'une série de gestes obscènes. La sentinelle hausse les épaules, insulte à son tour. Elle peut bien faire la fière, la Casilda! une traînée qui crève dans un trou! Alors La Fuie se fâche, remonte d'une insoupçonnable légèreté et cogne au hasard. La sentinelle recule, menace de ses armes. La Fuie les lui arrache, les piétine et l'homme recule. « Prends garde au citoyen Loizeau, grince-t-il. C'est toi qu'on enfermera dans ce trou. Personne ne te donnera seulement une croûte de pain. Tu crèveras comme une bête puante. » La Fuie redouble de violence. Elle a compris depuis toujours que le système humain est celui des animaux. L'instinct du plus fort est le seul sens qui ne défaille jamais. La sentinelle craint La Fuie. Il faut être en meute pour oser lui tenir tête. Elle s'est jetée une fois sur un soldat ivre. Elle était plus saoule que lui, et devant la horde ricanante, elle l'avait violé. Elle l'avait enserré entre ses cuisses de titane, enfoui en elle. Elle enrageait que la terreur l'eusse rendu aussi mou. Elle se releva et au pied des torches, au milieu des ripailles où l'on fêtait le vin et la chair du goret qu'elle avait égorgé, elle pissa longuement sur l'homme vaincu. Elle le marqua ainsi définitivement de honte.

Depuis, les sentinelles, même armées, craignent les rages de La Fuie.

Elle a amélioré la couche de Casilda. Sur la pierre, elle a mis dix fourchées de paille, ajouté la couverture de son mulet. L'oreiller est un morceau de peau de bouc rempli de bouts de laine. La nourriture de la prisonnière, aux premiers jours, était ce pain impossible à rompre, cette eau couverte de collidons. La Fuie amena d'autorité le pot de lait, le lard séché, les galettes de froment. Que faire, s'effraie-t-elle, contre l'humidité qui agrandit l'étoile verte ?

La Conseillère ne dort plus. Elle a dérobé un pistolet dans le bureau du procureur. Le guéridon se tait. Le portrait de Hyacinthe prend soudain une signification qui la bouleverse. Elle marche sans défaillir, redresse une tête presque chauve, foudroie la servante du lucide et autoritaire regard d'autrefois. Elle entre sans frapper dans la chambre du procureur. Elle honnit ce garçon déjà vieux, vêtu d'un bonnet de laine, le fiel taraudant sa bouche. Elle honnit cet assassin.

– Relâchez la fille du saulnier et son père ! crie-t-elle.

Dans sa prison, à Marennes, le saulnier mange le pain de pierre, le brouet où surnage l'intestin d'une volaille, grelotte derrière un mur couleur de sel où ne passe aucune lumière...

La naissance eut lieu en mai. Sans la Fuie. Entend-on les gémissements venus du fond de la terre ? La sentinelle somnolait tandis qu'il y eut, sur la paille, la pierre, la planche, les cris, l'eau, le sang, la descente aux enfers de Casilda, sous l'étoile verte doublée du tissage de l'araigne.

Symphorienne prie dans les cales de la corvette d'infamie en route pour Madagascar. Il y a dans le troupeau enchaîné les filles de Toinette Michon et Toinette elle-même. Symphorienne ne se révolte plus. Elle a compris le sens de l'Agneau. La Force de l'Agneau. L'incompréhensible mystère des trois jours en enfer...

L'agonie devint à nouveau ce rêve où le corps du Timonier pesait de tout son poids sur le ventre déchiré de Casilda. Le sang coula longtemps. Celui des noces du Timonier et de Casilda. Le sang d'amour, le sang de vie, le rêve de plus en plus rose. La porte alors se brisa et Casilda fut libre parmi les fleurs et les haies. Elle se mit à chanter dans ce champ de cresson tendre, dans cette clairière aux fraîches sources où l'attendait le Timonier. Il avait posé à ses pieds l'étoile du cachot devenue une couche de soie pour leurs épousailles. « Dormons dans la lumière du monde qui abolit l'enflure de la honte, la lézarde du mur, l'infamie des cris. Portez-moi plus loin que ces remparts. J'ai été clouée vivante dans ce puits ; à cause de vous, mon amour, et d'un amour plus fort que vous. Morte, je ne pèse guère plus lourd que ces cendres, devenues l'anneau d'or de mes véritables noces. Sont-elles les cendres d'or de Labrachoulie, le chaste époux en ce monde, à l'esprit ressuscité, dont j'avais baisé les mains, la bouche, le front ? Portez-moi sous le ciel, sur les mauves iris de la mer. Laissez-moi entrer dans la mer chaude en été, douce aux reins. A moins que ce ne soient vos baisers. Entraînez-moi ensuite dans les airs, là où chutent les éphémères machines volantes... Je porte vos mots d'amour sur mes épaules, tel un glorieux faucon. Mon ami le géant avait sacrifié ses faucons pour dépouiller davantage la chambre des noces. Tout amour s'achève-t-il en cette vie par des cris et des grincements de dents ? Je n'entends plus rien des coups contre les portes des prisons de ce monde. Je descends doucement, sans halte, au plus profond de l'Inexorable. N'est-ce pas cette suavité quand vous sombrerez un jour au-delà des profondeurs de la mer ? »

Casilda, morte, avait l'air d'une fiancée entourée de lumière. Beaucoup de lumière. La Fuie se tordait les mains et sanglotait avec la violence d'une tempête.

La liasse ajoute un feuillet à cette affaire. Le citoyen Loizeau la relit avec une attention hypnotisée.

La nouvelle-née de la fille Gorge-Bleu a été trouvée vivante par la matrone dite La Fuie qui se charge de l'élever. Elle sera portée sur la liste des suspects, sous le nom de « Pouponne Gorge-Bleu-Labrachoulie ». La fille sera inhumée à Saint-Froult, dans le coin le plus reculé de ce cimetière où gisent les maudits du pays. On l'emmènera de nuit, scellée dans un sac, dans la charrette qui sert à jeter les ordures de la ville loin des remparts. La Fuie, exécutrice de cette besogne, aura mandat d'ouvrir une fosse dans l'enclos maléfique, où grouillent des bêtes aveugles et molles qui dévorent jusqu'aux os des morts...

Deux jours plus tard, un dernier feuillet brouilla l'affaire. Le corps de Casilda avait disparu de la glacière. Le citoyen Loizeau ordonna une enquête. La Fuie, dans son bouge, nourrissait tel un chevreau le bébé entouré d'une peau de lapin. Dans la glacière, dit-elle, quand elle était allée quérir le cadavre, tout avait disparu, excepté la robe maculée de sang. Elle la montra aux enquêteurs qui l'emmenèrent chez le citoyen Loizeau. Probablement un des loups de Labrachoulie avait emporté le corps. « Ils ont été tués », rectifia l'homme de loi. « Ils avaient enfanté une meute, grogna La Fuie. Ils sont venus et ont défoncé la trappe. La sentinelle aussi a été égorgée. »

De méchante façon : un grand coup de cisaille à travers la gorge. Les loups, disait la Fuie, les loups... et sa voix devenait un ululement.

Chaque maison, chaque rempart, la Forge, la halle aux vivres furent passés au peigne fin. Nulle trace du corps de Casilda.

L'histoire du corps disparu entra très vite dans la légende. On dit qu'un ange l'avait emmenée. Qu'un loup-garou l'avait dévorée. Dieu ou diable vengeait ainsi les prêtres. La ville serait punie. On dit que Casilda était ressuscitée. Une commère avait vu son ombre errer vers l'île Citoyenne. Non, rectifiaient les vieilles. L'île Madame, l'île Casilda ; elle avait enfanté dans la virginité une sainte, balbutiaient les vieilles. Certains affirmèrent que le spectre de Labrachoulie avait tout exécuté : la sentinelle, l'enlèvement. Des enfants prétendirent l'avoir vue marcher, de brouillard vêtue, dans le marais de Saint-Froult. La ville, retournée au silence, osa invoquer le pardon de Casilda. Casilda huée, tondue, crucifiée sous les souillures... Qu'elle bénisse les moissons, la marée furieuse, l'or des coquillages... Où s'en était-elle allée au troisième jour de sa mort ? Alors, la ville exigea que Pouponne Gorge-Bleu-Labrachoulie soit élevée dans la maison de sa mère, la maison du saulnier. Sous la protection de La Fuie. La ville demanda que le saulnier fût libéré. Le citoyen Loizeau épaissit son silence. Il ne put empêcher que la maison du saulnier s'ouvrît pour l'enfant et la nourrice. La ville grondait, grinçait, se révoltait, changeait sa haine de cible.

– Canaille ! crie la Conseillère, pointant le pistolet sur le magistrat livide.

Elle a tiré...

La Fuie berce Pouponne Gorge-Bleu. Elle l'endort chaque soir avec l'histoire de Casilda, sa mère. Elle était plus belle que la nacre, la perle d'eau, la mésange si douce, la colombe et le soleil...

Elle marmonne tout bas, tout bas, dans l'oreille délicieuse, semblable à celle de sa mère, l'énigme d'une histoire dont seuls les moines de Clisson eurent révélation.

Elle a enlevé de ses bras puissants le corps de sa tourterelle. Elle l'a glissée contre son cœur, sous sa cape faite d'une peau de mulet. Pour agir avec toute liberté, elle a égorgé la sentinelle. Un meurtre, oui, un meurtre. Au nom de sa petite et de l'enfant. Elle a égorgé le soldat avec son coutelas de cou qui lui sert à ouvrir les pommes, les coques, tuer les gorets, les volailles, couper le seigle et les ronces. Son couteau à tout faire. Ce couteau qui a sectionné le cordon qui reliait la nouvelle-née à sa mère.

Elle a donné un peu de lait au bébé, l'a enveloppé de laine. Puis elle a agi.

Casilda ne pèse pas plus lourd qu'un enfant. Elle lui dit tout bas des grands mots d'amour comme en disent les mères à l'enfant tué. Elle l'a portée ainsi, de nuit, jusqu'à l'île Madame. La marée était basse. Elle marcha, ne cessant de lui parler, baiser son front si doux, ses mains glacées, sur le chemin de la passe-aux-bœufs. L'île n'était qu'un vaste cimetière. La tente qui avait servi d'hôpital, disloquée par les tempêtes, un lambeau lugubre, agité par le vent. La Fuie ouvrit alors la terre, à l'entrée de l'île. Et les deux moines s'agenouillèrent.

– On retrouvera peut-être un jour tes cendres. On élèvera ici la statue de la Vierge et on rebaptisera cette île « île Madame ».

La Fuie pleurait, prémonitoire, active, désespérée d'avoir vu mourir l'innocence.

– On te retrouvera, ma mie, comme on retrouvera ces saints à travers le vent fou de l'Esprit.

Elle referma la tombe, y remit le petit arbre qui avait attiré les papillons. La marée grondait ; l'aube bleuissait le grand chemin de sable. Elle partit sans se retourner.

Le procureur Loizeau n'est que blessé. Il fait un signe autoritaire à Machaut et la servante. Il s'est blessé par maladresse, est-ce bien clair ?

– Canaille ! répète la Conseillère.

Le citoyen Loizeau sait que continue la punition. Que le fiel a maintenant atteint l'excès intolérable de l'océan dans la gorge...

Le Timonier regarde longuement les cheveux dorés, annelés. Douce couleuvre de soie qu'il porte à ses lèvres. Le désespoir, la révolte l'agitent. Oséko lui a apporté ce paquet qui a mis près de deux années à le rejoindre dans cette île où il a fait fortune. Un comptoir de thé, de corail, de cannelle... Oséko est devenu son intendant. Tia a un fils magnifique, le Timonier quatre concubines sombres et douces, au sexe en mangue tiède... Trois bâtards sont nés. Le Timonier joue volontiers avec eux. Ses femmes l'entourent, dansent avec une poupée contre le ventre ; elles veulent l'enfant ! encore ! encore l'enfant ! La fécondité avec le puissant Homme Blanc fait d'elles des reines enviées.

Le Timonier est habillé en sorte de roi. Turban à plumes, caraco chamarré, culotte brodée... Cette île est douce à vivre ; que n'y a-t-il enlevé de force la fille du saulnier ? Lorsque Tia et Oséko avaient été découverts, le capitaine les avait fait jeter au hasard de cette côte et le Timonier ne les avait pas abandonnés. Trois mois plus tard, en face, arrivait le convoi des filles déportées. Oséko et le Timonier avaient traversé cette partie de l'océan Indien et acheté Toinette Michon, ses filles dont Tamaris, et Symphorienne.

– Nous reverrons un jour la France ! promet le Timonier. Parle, nourrice, parle...

C'est alors qu'était arrivée, en plus des cheveux, une lettre de Gasparine. Symphorienne apprit en même temps que le Timonier la fin de la tragédie.

Le Timonier est secoué de rage et de douleur. On avait osé tondre, torturer ce corps qui le hantait toujours. Ce corps qui avait enfanté un enfant... leur enfant... Qu'importaient les noces singulières avec le géant ! Symphorienne apaisa l'angoisse du Timonier. Elle chuchota le compte des dates et des lunes... Le poulet égorgé sur les linges secrets... L'enfant avait été conçu à leur première étreinte... Le Timonier galopa une nuit entière autour de l'île. Oséko le mena au sorcier qui regarda longuement la chevelure de Casilda.

– Va ! homme blanc ! va retrouver la fille du saulnier !

– Morte ! hurla le Timonier. Morte !

– Va ! répéta le vieil homme couvert de plumes et d'os rutilants. Traverse à nouveau la mer jusque chez toi ! La vie prend toutes les formes !

Le souvenir du fin visage, la chevelure vivante et tiède lui soufflèrent la réponse. Symphorienne le supplia de retourner à Brouage sauver le saulnier et l'enfant – était-ce encore possible ?

Le Timonier mit six mois à regagner son pays. Il ne prit pas le temps d'entrer dans la maison carrée de Rochefort. Il fonça à cheval jusqu'à Marennes. Il cogna à la porte du citoyen Loizeau. Rien ne résistait à cette force et cette fureur. Il entra directement dans le bureau du procureur qui le regardait venir, avec un soulagement extraordinaire.

– Canaille! tonna le Timonier.

Il l'abattit d'un coup de pistolet.

A l'embrasure de la porte, la Conseillère riait et se mit à crier :

– La fille du saulnier! allez chercher ma fille!

D'un geste rapide, elle saisit l'arme et tira à son tour. Les serviteurs se jetèrent sur elle.

– C'est moi! disait-elle; moi qui ai tué le monstre!

Douée d'une force inouïe, elle repoussa le Timonier.

– Va! cria-t-elle d'une voix rauque qui lui rappela celle du sorcier, va chercher l'enfant!

Le saulnier entendit la porte de la prison s'ouvrir. Il était libre. Incapable de se diriger, la raison égarée. Il fallut le ramener chez La Fuie qui chantait tout bas, d'une voix de rocaille et d'ombre, à l'oreille d'un petit enfant ravissant, tout de boucles annelées. Le saulnier lui sourit. Il n'avait reconnu ni Brouage, ni la poudrière, ni sa maison où La Fuie l'accueillit, le coucha, lui donna à manger. « Vous avez bien épaissi, ma pauvre nourrice », murmurait-il. La fièvre le dévorait, mais il était heureux. Il ne cessait de regarder gazouiller l'enfant aux boucles blondes, aux yeux d'étoile. Il était heureux puisque Casilda avait deux ans, une petite robe brodée à la main, et qu'au loin, on entendait battre la grande roue du moulin à poudre...

Alors, il y eut à la porte la grande ombre du Timonier.

– C'est moi, mon saulnier, je suis venu la chercher...

TABLE

Cet ouvrage a été réalisé par la
SOCIÉTÉ NOUVELLE FIRMIN-DIDOT
Mesnil-sur-l'Estrée
pour le compte des Éditions Grasset
en avril 1992

Imprimé en France
Dépôt légal : avril 1992
N° d'édition : 8792 – N° d'impression : 20415
ISBN : 2-246-43261-8